समृद्ध जीवन कैसे जिएँ!

AF897505

समृद्ध जीवन कैसे जिएँ!

डेल कारनेगी

अनुवाद : डॉ. सुधीर दीक्षित

MANJUL
मंजुल पब्लिशिंग हाउस

MANJUL
मंजुल पब्लिशिंग हाउस
कॉरपोरेट एवं संपादकीय कार्यालय
द्वितीय तल, उषा प्रीत कॉम्प्लेक्स, 42 मालवीय नगर, भोपाल-462 003
विक्रय एवं विपणन कार्यालय
• सी-16, सेक्टर 3, नोएडा, उत्तर प्रदेश, 201301
वेबसाइट : www.manjulindia.com
वितरण केन्द्र
अहमदाबाद, बेंगलुरू, भोपाल, कोलकाता, चेन्नई,
हैदराबाद, मुम्बई, नई दिल्ली, पुणे

डेल कारनेगी द्वारा लिखित मूल अंग्रेजी पुस्तक
लिविंग एन एनरिच्ड लाइफ़ का हिन्दी अनुवाद

यह हिन्दी संस्करण 2018 में पहली बार प्रकाशित

ISBN 978-93-87383-93-7

अनुवाद : डॉ. सुधीर दीक्षित
कवर डिज़ाइन : तृणांकुर बैनर्जी

मुद्रण व जिल्दसाज़ी : रेप्रो इंडिया लिमिटेड

अनुक्रम

प्रस्तावना

बढ़ते अनुभव के साथ मेरा यह अहसास भी बढ़ता जाता है कि हमारे जीवन पर हमारे नज़रिये का बहुत प्रभाव पड़ता है। नज़रिया मेरे लिए तथ्यों से ज़्यादा महत्त्वपूर्ण है। यह अतीत से, शिक्षा से, धन-दौलत से, परिस्थितियों से, असफलताओं से, हुलिये से, प्रतिभा से या योग्यता से भी ज़्यादा महत्त्वपूर्ण है। यह किसी कंपनी को... चर्च को... घर को बना सकता है या मिटा सकता है। उल्लेखनीय बात यह है कि हमारे पास हर दिन यह विकल्प होता है कि हम उस दिन कौन-सा नज़रिया चुनेंगे। हम होने वाली घटनाओं को नहीं बदल सकते। हम बस यह कर सकते हैं कि अपने पास मौजूद एक तार के वाद्य से बजाते रहें... और वह एक तार है हम ख़ुद। अब मुझे यह विश्वास हो चुका है कि जीवन में मेरे साथ होने वाली घटनाएँ 10 प्रतिशत मायने रखती हैं और उन पर मेरी प्रतिक्रिया 90 प्रतिशत मायने रखती है। यही हर एक के बारे में सच है... हम सभी अपने-अपने नज़रिये के स्वामी हैं।

—डेल कारनेगी

समृद्ध जीवन जिएँ! ऐसा कौन होगा, जो इस पृथ्वी पर अपने गिने-चुने बरसों में ज़्यादा से ज़्यादा हासिल न करना चाहे? हम एक तिहाई ज़िंदगी सोने में बिता देते हैं, एक तिहाई ज़िंदगी करियर में या अपने परिवार की देखभाल में लगा देते हैं और अगर हम ख़ुशक़िस्मत रहें, तो बचा हुआ एक तिहाई हिस्सा मनोरंजन, सांस्कृतिक या धार्मिक कामों में या निरर्थक कामों में बिता

देते हैं। बहुत से लोग नीरस, उबाऊ ज़िंदगी जीते हैं। वे असंतुष्टिप्रद काम करते हैं, ज़िंदगी में पिछड़ते रहते हैं और अपने ख़ाली समय में व्यर्थ के काम करते हैं।

इस पुस्तक में हम बताएँगे कि हम ऐसे जाल में क्यों फँसते हैं। हम कुछ सुझाव भी देंगे, ताकि आप इन समस्याओं से उबर जाएँ। हम चाहते हैं कि आप वर्तमान से बेहतर, ज़्यादा उत्पादक और ज़्यादा संतुष्टिदायक जीवन की ओर बढ़ें।

आत्म-विश्वास

जिस पहले बिंदु पर बात करनी चाहिए, वह है आत्म-विश्वास। आत्म-विश्वास का मतलब है अपने बारे में यह भावना कि अगर हम किसी चीज़ को हासिल करने की ठान लें, तो हम उसे हासिल कर सकते हैं। यह भावना पूर्ण और सार्थक जीवन के लिए अनिवार्य होती है। इसकी कमी की वजह से ही कई लोग अपनी नौकरी, कारोबार और निजी जीवन में कभी सफल नहीं हो पाते हैं। लोगों में आत्म-विश्वास की कमी क्यों होती है? एक आम कारण यह है कि वे अपने प्रारंभिक जीवन में किसी काम में असफल हो गए थे और वे इसकी पुनरावृत्ति से डरते हैं। दूसरा कारण यह है कि दूसरे लोग - उनके माता-पिता, शिक्षक, बॉस - उनके प्रदर्शन से कभी संतुष्ट नहीं रहे, जिस वजह से वे ख़ुद को असफल मानने लगे।

बाक़ी लोगों ने सफलता का स्वाद तो चखा, लेकिन बाद में वे असफल हो गए। उन्होंने उस असफलता को अपने मन पर हावी हो जाने दिया और इस वजह से उनका आत्म-विश्वास कम हो गया। हम दिखाएँगे कि इससे कैसे उबरा जाए। हम बताएँगे कि आत्म-विश्वास तथा प्रबल आत्म-छवि कैसे विकसित की जाए और क़ायम रखी जाए।

उत्साह

प्रशासन, व्यवसाय, विज्ञान और कला के क्षेत्र के महान स्त्री-पुरुषों के जीवन के अध्ययन से यह पता चला कि उन सभी में जो एक गुण समान होता है वह है अपने कामकाज और अपने जीवन के प्रति उत्साह होता है।

उत्साह सभी सफल लोगों की सफलता के पीछे का रहस्यमय घटक है। साथ ही यह लोगों की ख़ुशी का सबसे बड़ा कारण भी है।

उत्साह दूसरे लोगों, नौकरी और संसार के प्रति इंसान के नज़रिये को प्रभावित करता है। यह नीरस और समृद्ध जीवन के बीच का बड़ा फ़र्क़ है।

लक्ष्य तय और हासिल करना

सभी सफल व्यक्ति किसी लक्ष्य को ध्यान में रखकर अपनी शुरुआत करते हैं। इंसान को सफलता की लंबी राह पर जो पहला क़दम उठाना चाहिए, वह है लक्ष्य तय करना और उन्हें पाने की दिशा में काम करना। हम कहाँ जा रहे हैं और वहाँ पहुँचने की हमारी योजना क्या है, यह जानने पर हम अपने समय, ऊर्जा और भावना को केंद्रित कर सकते हैं - और उन लक्ष्यों तक पहुँचने की दिशा में सही रास्ते पर शुरुआत कर सकते हैं। हम अध्ययन करेंगे कि ऐसे लक्ष्य कैसे तय करें, जो हमें ऊँची सफलता पाने के लिए प्रेरित करें। हम यह सीखेंगे कि विचलित होने से कैसे बचें और राह में आने वाली बाधाओं से कैसे उबरें।

छवि

हम जिन लोगों से मिलते हैं, उनके सामने हम एक छवि पेश करते हैं। यह छवि एक बहुत बड़ा घटक है, जिसकी वजह से वे या तो हम पर विश्वास करते हैं या नहीं करते। इसी छवि से यह भी तय होता है कि वे हमारे साथ आरामदेह महसूस करते हैं या नहीं।

हम इतनी अच्छी छवि बना सकते हैं, जिसकी बदौलत हमारा हर जगह स्वागत हो। हमारी छवि बनाने वाली कुछ चीज़ें जन्मजात होती हैं - जैसे हमारी शारीरिक बनावट, समझदारी और हमारे गुण। बहरहाल, हर इंसान में यह क्षमता होती है कि वह अपने ज़्यादातर आंतरिक गुणों का विकास करके ऐसी छवि बना सके है, जिसकी दूसरे प्रशंसा करें।

हम जैसे बनना चाहते हैं, वैसे बनना आसान नहीं होता, लेकिन ऐसा अपनी इच्छाशक्ति और प्रतिबद्धता से किया जा सकता है। यह बहिर्मुखी, ख़ुशमिज़ाज, आशावादी और सकारात्मक बनने की प्रबल इच्छा और समर्पण

से शुरू होता है - एक ऐसी छवि, जिसकी आस-पास के लोग प्रशंसा करेंगे। इस पुस्तक में हम सीखेंगे कि आप पहली बार में अच्छा प्रभाव कैसे छोड़ सकते हैं और उस छवि को क़ायम रखने और उसमें निखार लाने के तरीके।

स्व-प्रेरणा

लक्ष्य हासिल करने की इच्छा होना ही काफ़ी नहीं है। हमें लगातार इस इच्छा और महत्त्वाकांक्षा का विकास करना चाहिए, लक्ष्यों को सजीव रखना चाहिए और सक्रिय प्रयास करके उन्हें स्वस्थ व सार्थक बनाना चाहिए। यही एकमात्र तरीक़ा है, जिससे हम अपने सपनों को हक़ीक़त में बदल सकते हैं। हम उन सपनों का पता लगाएँगे, जिनसे हम ख़ुद को लक्ष्य हासिल करने के लिए प्रेरित कर सकते हैं और इस दिशा में आगे बढ़ाने वाली तकनीकें भी सीखेंगे।

सकारात्मक बनें

आशावादी नज़रिये से ज़्यादा ऊपर उठाने वाली आदत दूसरी नहीं है। आशावादी नज़रिये का मतलब यह विश्वास करना है कि चीज़ें बुरी नहीं, अच्छी होंगी; हम असफल नहीं, सफल होंगे; चाहे कुछ हो या न हो, हम ख़ुश रहेंगे।

आशावादी और अपेक्षावादी नज़रिये को रखने से ज़्यादा मदद किसी दूसरी चीज़ से नहीं मिलती। यह नज़रिया हमेशा सर्वश्रेष्ठ, सर्वोच्च और सबसे सुखद की तलाश और उम्मीद करता है। यह हमें कभी निराशावादी, हताश मनोदशा में नहीं जाने देता। हमेशा सकारात्मक रहना आसान नहीं होता, ख़ास तौर पर जब स्थितियाँ हमारी योजना के मुताबिक़ न हों। हम सीखेंगे कि किसी भी तरह की समस्याएँ आने पर नकारात्मकता से कैसे उबरें और सकारात्मकत सोच कैसे बनाए रखें।

साहसी बनें

सफल लोगों में अपने विचारों के अनुरूप काम करने का साहस होता है। वे जिस उद्यम में वाक़ई विश्वास करते हैं, वे उसमें अपने पैसे, मेहनत और भावनाओं का निवेश करने के इच्छुक होते हैं। यदि हम अपनी नौकरी या

जीवन में प्रगति करना चाहते हैं, तो हमें जोखिम लेना होगा। सतर्क विश्लेषण से हम असफलता की आशंका को कम तो कर सकते हैं, लेकिन इसे पूरी तरह ख़त्म कभी नहीं कर सकते। बिना कष्ट के कोई लाभ नहीं होता है। हमेशा सुरक्षित खेलकर हम कष्ट से तो बच सकते हैं, लेकिन हम वह भारी ख़ुशी और संतुष्टि कभी महसूस नहीं कर पाएँगे, जो बाधाओं से उबरने और लक्ष्यों तक पहुँचने से मिलती है।

असफलताओं से उबरें

हमारे पास अनुभव और तकनीकी जानकारी होने के बावजूद हम हमेशा सफल नहीं होंगे। कई बार हम असफल भी होंगे, लेकिन हमें असफलता को ख़ुद पर हावी नहीं होने देना चाहिए। हम अपनी ग़लतियों से सीखेंगे और सीखी गई बातों को असफलताओं से उबरने पर लागू करेंगे।

प्रायः निराशा या असफलता की वजह से हमारा मनोबल घट जाता है और हमारा आत्म-विश्वास कम हो जाता है। यदि तुरंत सुधारवादी क़दम न उठाया जाए, तो यह आत्म-करुणा, असफलता और अप्रसन्नता में बदल सकता है। हम यह पड़ताल करेंगे कि पराजय के मनोवैज्ञानिक प्रभावों से कैसे निबटें और अपने मनोबल को दोबारा कैसे बढ़ाएँ।

इस पुस्तक से अधिकतम लाभ पाने के लिए

सबसे पहले तो इसे पूरा पढ़ जाएँ, ताकि आप इसके पूरे विचारों से वाक़िफ़ हो जाएँ। फिर हर अध्याय को दोबारा पढ़ें और उनमें दिए दिशानिर्देशों पर अमल करें। इससे आप समृद्ध जीवन जीने की राह पर चलने लगेंगे, जो सफलता की दिशा में एक बड़ा क़दम है।

—आर्थर आर. पेल, पीएच.डी.
संपादक

1

अपना आत्म-विश्वास बढ़ाएँ

ख़ुद पर विश्वास करें! अपनी योग्यताओं पर भरोसा रखें! अपनी शक्तियों में विनम्र लेकिन तार्किक विश्वास के बिना आप सफल या ख़ुश नहीं रह सकते।

—डेल कारनेगी

जब लैरी की कंपनी ने एक नए विभाग के सुपरवाइज़र के पद का विज्ञापन दिया, तो लैरी के मन में आवेदन करने का लालच आया, लेकिन पल भर बाद ही उसके मन में यह विचार आया, "मैं तरक्की तो पसंद करूँगा, लेकिन मैं शायद वहाँ की ज़िम्मेदारियों को नहीं सँभाल पाऊँ।"

सूज़न ने अपने बॉस को एक सुझाव दिया, जो उसके ख़याल से उत्पादकता को बेहतर बना सकता था, लेकिन बॉस ने इसमें कुछ दोष बता दिए। सूज़न की प्रतिक्रिया यह थी : "मैं असफल हूँ। मैं किसी विषय पर पूरी तरह नहीं सोच पाती। मैं दोबारा कभी सुझाव नहीं दूँगी।"

क्लेयर से अपने चर्च की एक कमेटी की चेयरमैन बनने का आग्रह किया गया। उसने अपने पति से कहा, "मुझे इस प्रोजेक्ट के बारे में चर्च के सदस्यों के सामने बोलना होगा। मैं यह काम किसी तरह नहीं कर सकती।"

एलियट साल के पहले तीन महीने तक अपनी कंपनी का शीर्ष सेल्समैन था, लेकिन चौथे महीने में उसका प्रदर्शन कमज़ोर रहा। वह काफ़ी पीछे रह गया। उसने ख़ुद से कहा, "मैं उस पहली तिमाही में ख़ुशनसीब था, लेकिन क़िस्मत ने बाद में साथ नहीं दिया, और अब मैं वहीं हूँ, जहाँ मुझे होना चाहिए - मुश्किल से कोटा पूरा कर रहा हूँ। मैं जानता था कि यह सिलसिला ज़्यादा समय तक नहीं चल सकता।"

इन स्त्री-पुरुषों के साथ क्या समस्या है? इन सभी में आत्म-विश्वास की कमी है। उनमें से प्रत्येक ख़ुद को बुनियादी तौर पर असफल मानता है और यह सोचता है कि वह जीवन भर निचले स्तर पर बने रहने के लिए अभिशप्त है।

ऐसा समय होता है, जब हममें से किसी को भी अपनी योग्यताओं और उपलब्धियों पर शक हो सकता है और हमारा आत्म-विश्वास रसातल में पहुँच सकता है। स्थिति बदतर हो जाती है, जब हम अपनी योग्यताओं और ख़ुद का आकलन इस आधार पर करते हैं कि दूसरे हमारे बारे में क्या सोचते हैं। इस तरह की मानसिकता में असफलता का डर हावी हो जाता है और हम जोखिम लेने से कतराते हैं। यदि यह मानसिकता पुख़्ता हो जाए, तो हम ख़ुद को नीचे रखेंगे, दूसरों की सकारात्मक राय को महत्त्व नहीं देंगे तथा उनकी नकारात्मक राय को मान लेंगे। इस तरह ख़ुद को पराजित करने वाले वैचारिक तौर-तरीक़े और नकारात्मक दृष्टिकोण निरंतर चलते रहते हैं।

आत्म-विश्वास हमारे आत्म-गौरव का अखंड हिस्सा है। हम जो निर्णय लेते हैं, उन पर हम तभी विश्वास कर सकते हैं, जब हमें ख़ुद पर भरोसा हो। हमें ख़ुद को सचमुच मूल्यवान और महत्त्वपूर्ण महसूस करना चाहिए। यदि हममें आत्म-गौरव नहीं है, तो हम अपने निर्णयों के सही होने पर विश्वास कैसे कर सकते हैं?

हम अपने बारे में जो सोचते हैं, वो हमें महत्त्वपूर्ण नहीं लगता। इससे ज़्यादा परवाह तो हमें इस बात की होती है कि दूसरे लोग हमारे बारे में क्या सोचते हैं। बीसवीं सदी के पादरी और लेखक विलियम बेकर ने अपने पाठकों से कहा था : "इस बात की परवाह न करें कि 'लोग' आपके बारे में क्या सोचते हैं। वे आपका अति या न्यून आकलन कर सकते हैं! जब तक वे आपका सच्चा मूल्य समझेंगे, तब तक आपकी सफलता मुख्यतः इस बात

पर निर्भर करती है कि आप ख़ुद के बारे में क्या सोचते हैं और आपको ख़ुद पर विश्वास है या नहीं। अगर कोई आप पर यक़ीन न भी, तब भी आप सफल हो सकते हैं, लेकिन अगर आपको ख़ुद पर यक़ीन न हो, तो आप कभी सफल नहीं हो सकते।"

महान यूनानी दार्शनिक एपिक्टेटस ने कहा था, "जो ख़ुद का स्वामी नहीं है, वह इंसान स्वतंत्र नहीं है।" जब तक हमें अपनी योग्यताओं पर विश्वास न हो और जब तक सफल होने के अपने संकल्प में यक़ीन न हो, तब तक हम उस मार्ग पर चलना शुरू ही नहीं करेंगे, जो हमें लक्ष्यों की दिशा में ले जाता है। हमें ख़ुद से बड़ी चीज़ों की उम्मीद करनी चाहिए। यह विश्वास हमारे भीतर के सर्वश्रेष्ठ गुणों को सामने लाता है। जैसी पुरानी कहावत है :

"जीवन के युद्ध हमेशा
सबसे शक्तिशाली या सबसे तेज़ इंसान नहीं जीतता है;
देर-सबेर जीतता वही इंसान है
जो सोचता है कि वह जीत सकता है।"

हम वही हैं, जो हम ख़ुद को मानते हैं

जिन लोगों में आत्म-विश्वास नहीं होता, वे इस बात पर बहुत ज़ोर देते हैं कि दूसरे क्या सोचते हैं और इसी से वे यह तय करते हैं कि ख़ुद के बारे में कैसा महसूस करना चाहिए। असफलता के डर के कारण वे जोखिम लेने से कतराते हैं और अमूमन सफल होने की आशा नहीं करते हैं। वे अक्सर ख़ुद को नीचे रखते हैं, सकारात्मक राय को महत्त्व नहीं देते हैं और नकारात्मक राय को सच मान लेते हैं। नतीजा यह होता है कि ख़ुद को पराजित करने वाले वैचारिक तौर-तरीक़े और नकारात्मक दृष्टिकोण निरंतर चलते रहते हैं। ख़ुद को पराजित करने वाले कुछ वैचारिक तौर-तरीक़े ये हैं :

- **अतिवादी सोच :** जब बॉस से सूज़न के सुझाव की आलोचना की, तो उसकी प्रतिक्रिया अतिवादी सोच से प्रेरित थी। इस एक असफलता की वजह से ही वह यह महसूस करने लगी, "अगर मेरा प्रदर्शन आदर्श नहीं है, तो मैं पूरी तरह असफल हूँ।"

- **आपदा :** आपदा जीवन के हर मोड़ पर मँडराती है और अचानक सामने आ धमकती है। मिसाल के तौर पर, एक छोटी-सी नकारात्मक झलक, छोटी-सी आलोचना या हल्की-फुल्की टिप्पणी सारी वास्तविकता को छिपा लेती है। "मैं वह प्रस्तुति ठीक से नहीं दे पाया, इसलिए अब मुझे कभी प्रमोशन नहीं मिलेगा।"
- **नकारात्मक चीज़ को बढ़ा-चढ़ाकर देखना :** अच्छा प्रदर्शन बुरे प्रदर्शन जितना महत्त्वपूर्ण नहीं माना जाता है। यह एलियट की प्रतिक्रिया थी। "मैं जानता हूँ कि पिछली तिमाही में मेरा बिक्री का रिकॉर्ड सर्वश्रेष्ठ था, लेकिन यह बस क़िस्मत की बात थी। अब मैं अपने पुराने असली स्वरूप में लौट गया हूँ। इस तिमाही में मैं बस अपना कोटा पूरा कर रहा हूँ।"
- **"चाहिए" वाले कथनों पर अधिक ज़ोर देना :** "चाहिए" कथन हमें आदर्श परिदृश्य की ओर ले जाते हैं, लेकिन इसके बाद एक यथार्थवादी विचार प्रक्रिया आनी चाहिए, जो "वर्तमान स्थिति" तय करे। वर्तमान स्थिति तय करने पर ही हम यह योजना बना सकते हैं कि हम जहाँ हैं, वहाँ से "चाहिए" तक कैसे पहुँचें। अक्सर हम अपनी वर्तमान स्थिति को देखकर ही डर से पंगु हो जाते हैं, क्योंकि हमें ज्ञात होता है कि जहाँ हमें होना चाहिए, वहाँ से हम बहुत दूर हैं। यहाँ ठहरकर अवलोकन करने और पटरी पर पुनः लौटने का समय है।
- **हम अपने आरामदेह क्षेत्र के बाहर हैं :** बचपन के बाद हम एक आरामदेह परिवेश बना लेते हैं। सैली के परिवार में सारे निर्णय उसके पिता लेते थे। बच्चों को समझा दिया गया था कि उन्हें दिखना चाहिए, उनकी आवाज़ नहीं आनी चाहिए। आज सैली बड़ी हो चुकी है, लेकिन पत्नी, माँ और कर्मचारी के रूप में जब उससे निर्णय लेने को कहा जाता है, तो वह असहज हो जाती है। चार्ली कई साल तक अमेरिकी सेना में प्रशासकीय ग़ैर-कमीशन्ड अफ़सर था। उसने निष्ठा से सेना के नियमों का अध्ययन और अनुकरण किया। रिटायरमेंट के बाद अपनी पहली ग़ैर-सैन्य नौकरी में वह कुशलता से काम नहीं कर पाया, क्योंकि कंपनी में सेना जितने स्पष्ट लिखित नियम नहीं थे, जो उसे मार्गदर्शन दे सकें।

> सांड्रा एल. एक स्थानीय बुटीक में किशोर वय की पोशाकें ख़रीदती थी। उसके बॉस ने उससे कहा कि वह दर्शकों के सामने एक फ़ैशन शो का वर्णन करे। यह सुनकर वह दहशत में आ गई। एक-एक ग्राहक से बात करना तो उसके लिए सामान्य और आरामदेह था, लेकिन किसी समूह के सामने बोलना उसके आरामदेह दायरे के बाहर था। उसके बॉस ने सलाह दी कि इस समस्या से निबटने के लिए वह डेल कारनेगी कोर्स करे।

डेल कारनेगी द्वारा ईजाद किए गए कोर्स में प्रतिभागियों की बोलने की हिचक दूर होती है, क्योंकि इसमें क्लास के हर सदस्य को हर क्लास में कम से कम एक बार बोलना ज़रूरी होता है। यह कारगर होता है, क्योंकि दर्शक प्रशंसा करते हैं और हौसला बढ़ाते हैं। नब्बे वर्ष से ज़्यादा समय से डेल कारनेगी प्रशिक्षण कार्यक्रम ने हज़ारों-लाखों प्रतिभागियों की मदद की है। इसने सांड्रा की भी मदद की, जो अब साल में कई बार फ़ैशन शो का वर्णन करती है। अपने बॉस तथा ग्राहकों से मिली प्रशंसा से उसका आत्म-गौरव बढ़ चुका है।

आत्म-विश्वास बढ़ाने की रणनीतियाँ

नीचे बताई गई रणनीतियाँ ख़ुद को पराजित करने वाले वैचारिक तौर-तरीक़ों को तोड़ सकती हैं।

आत्म-स्वीकृति

आत्म-स्वीकृति का अर्थ है इंसान के रूप में ख़ुद को स्वीकार करने की हमारी योग्यता। इसका मतलब है अपने सकारात्मक पहलुओं - हमारे गुणों, शक्तियों और योग्यताओं - पर ध्यान केंद्रित करना, जिनसे मिलकर हमारा अनूठा व्यक्तित्व बना है। हमारी आत्म-छवि के इन क्षेत्रों पर ध्यान केंद्रित करने से आत्म-विश्वास और आत्म-गौरव दोनों पर ही सकारात्मक प्रभाव पड़ता है। लेकिन आम तौर पर देखा जाता है कि लोग अपनी शक्तियों के बजाय अपनी कमज़ोरियों पर ध्यान केंद्रित करते हैं और ख़ुद का नुक़सान कर बैठते हैं। हमें सकारात्मक तसवीरों पर ध्यान केंद्रित करने में ख़ुद की और दूसरों की मदद करनी चाहिए।

अपनी सफलताओं पर ध्यान केंद्रित करें

यहाँ अहम बात यह है कि हम अपने अतीत की सफलताओं और उपलब्धियों पर ध्यान केंद्रित करें। हमने अतीत में जो भी अच्छे काम किए हैं, उनके लिए खुद की प्रशंसा करें। असफलताओं पर ध्यान केंद्रित करना कहीं ज़्यादा आसान होता है, क्योंकि दूसरे हमें उनके बारे में अक्सर बताते रहते हैं। लेकिन जब हम जीवन की सफलताओं के बारे में सोचने में समय लगाते हैं, तो दृष्टिकोण तेज़ी से बदल जाता है।

जीवन में मिली सफलताओं और उपलब्धियों की सूची तैयार करना अति महत्त्वपूर्ण काम है। पहलेपहल तो पूरी सूची तैयार करना मुश्किल लग सकता है, लेकिन लगन से काम करने पर हमारी सूची बढ़ती जाती है और इसके साथ-साथ हमारा आत्म-विश्वास भी बढ़ता जाता है।

हेनरीटा एक सेल्स रिप्रज़ेंटेटिव थी जो ऑरलैंडो, फ़्लोरिडा की एक रियल एस्टेट फ़र्म में काम करती थी। उसे एक ग्राहक का पत्र मिला, जिसने उसने हेनरीटा की प्रशंसा करते हुए कहा था कि उसी की बदौलत उसे "आदर्श घर" मिला। हेनरीटा ने वह पत्र ऑफ़िस में सबको दिखाया। उसके बॉस ने सलाह दी कि वह सफलता की फ़ाइल में वह पत्र रख ले और आगे मिलने वाले पत्र भी उसी फ़ाइल में रखे। उन्होंने कहा, "यह तुम्हारी 'सफलता की फ़ाइल' है। जब परिस्थितियाँ सही नहीं होंगी, तब इन पत्रों को पढ़ने से तुम्हें ख़ुशी मिलेगी। ये पत्र इस बात का प्रमाण हैं कि तुम यह काम पहले कर चुकी हो, इसलिए तुम इसे दोबारा भी कर सकती हो।"

हेनरीटा ने इस सलाह पर अमल किया। जब उसने देखा कि हर सफलता पर पत्र नहीं मिलता था, तो उसने "सफलता का लॉग" भी बना लिया। इस लॉग में वह अपनी महत्त्वपूर्ण उपलब्धियाँ लिखती थी - कोई मुश्किल बिक्री करना, किसी महत्त्वपूर्ण भवन निर्माता कंपनी से नए घरों के लिए पहले बिक्री करने के अधिकार हासिल करना, किसी महीने में ऑफ़िस में अधिकतम बिक्री करना आदि।

हम सभी के जीवन में गिरावट और मंदी के दौर आते हैं। हेनरीटा भी इसका अपवाद नहीं थी। जब कोई बिक्री काफ़ी आगे तक जाने के बाद पूरी नहीं हो पाती थी, जब मंदी का दौर आता था या निराशा महसूस होती थी, तो वह अपनी "सफलता की फ़ाइल" खोलकर उन पत्रों को दोबारा

पढ़ती थी और अपने लॉग में लिखी सफलताओं की समीक्षा करती थी। इससे उसका आत्म-विश्वास लौट आता था और वह दोबारा पूरे उत्साह से काम करने लगती थी।

प्रेरक चर्चा तैयार करें

जब हम यहाँ बताई गई दोनों श्रेणियों को मिलाकर सप्रमाण आत्म-चर्चा तैयार करते हैं, तो हम उस पर विश्वास करने लगते हैं। किसी खेल टीम के पिछड़ने पर उसका कोच टीम को प्रेरणा देता है। हम अपने कोच स्वयं हैं, इसलिए हमें भी ख़ुद को वैसी ही प्रेरक चर्चा देनी चाहिए। हमें ख़ुद से क्या कहना चाहिए? ऐसा तर्क दें, जिसमें प्रमाण का वज़न हो और जो जाँच में खरा उतरे। प्रमाण जितना ज़्यादा शक्तिशाली और दमदार होता है, संदेश भी उतना ही ज़्यादा विश्वसनीय और शक्तिशाली होता है। यह आंतरिक चर्चा हम सभी को समय-समय पर करनी चाहिए। यह उस एक चीज़ पर दोबारा नियंत्रण हासिल करने का अचूक औज़ार है, जिस पर सारे समय हमारा चरम नियंत्रण होता है या होना चाहिए - हमारी सोच। दूसरे शब्दों में, हमें अपना आत्म-विश्वास बढ़ाने के लिए ख़ुद को मनोवैज्ञानिक प्रेरणा देनी चाहिए।

अपनी सफलता की फ़ाइल की समीक्षा करने के बाद हेनरीटा ने उस फ़ाइल के प्रमाणों के आधार पर आत्म-चर्चा तैयार की। उसने इसे बार-बार दोहराया और जिस तरह कोच अपनी टीम को प्रेरित करता है, उस तरह उसने भी ख़ुद को नई सफलताओं के लिए प्रेरित किया।

> *दिन में हर घंटे ख़ुद से बात करके आप अपने मन को आदेश दे सकते हैं कि यह साहस और ख़ुशी के विचार सोचे, शक्ति और शांति के विचार सोचे। जिन चीज़ों के लिए आप कृतज्ञ हैं, उनके बारे में बात करके आप अपने मन को ऐसे विचारों से भर सकते हैं, जो आसमान में उड़ते हैं और गाते हैं।*
>
> **—डेल कारनेगी**

जानिए कि हम क्या चाहते हैं और इसे कैसे हासिल करेंगे

1. उस लक्ष्य पर ध्यान केंद्रित करें, जिसे हम हासिल करना चाहते हैं। सिर्फ़ यही कहना ही काफ़ी नहीं है, "मैं अच्छी-सी नौकरी चाहता हूँ।" निश्चित करें की आप क्या चाहते हैं। "मैं मार्केटिंग शोधकर्ता की नौकरी चाहता हूँ, ताकि मेरे पास यह साबित करने का अवसर रहे कि मैं प्रबंधन में जा सकता हूँ।"
2. अपनी इच्छा को पूरा करने की एक निश्चित योजना बनाएँ और इस योजना पर अमल तुरंत शुरू कर दें, चाहे हम तैयार हों या न हों।
3. अपने उद्देश्य का स्पष्ट, सारगर्भित कथन लिखें। यह भी लिखें कि इसे हासिल करने के लिए हम क्या करेंगे।
4. इस लिखित कथन को दिन में दो बार ज़ोर से पढ़ें, एक बार रात को सोने से पहले और एक बार सुबह उठने के बाद। इसे पढ़ते वक़्त हमें इस तरह देखना, महसूस करना और विश्वास करना चाहिए, मानो हमने लक्ष्य हासिल कर लिया है।

आत्म-विश्वासी लोग जोखिम लेते हैं

नए अनुभवों को अपनी जीत या हार न मानें, बल्कि इन्हें सीखने का अवसर मानें। ऐसा करने पर हमारा दिमाग़ नई संभावनाओं के प्रति खुल जाता है और आत्म-स्वीकृति का हमारा अहसास बढ़ सकता है। ऐसा न करने पर हर संभावना असफलता का अवसर बन जाती है और व्यक्तिगत विकास में बाधा डालती है।

कुछ लोग कभी जोखिम नहीं लेते हैं। वे हमेशा सुरक्षित खेल खेलते हैं। इस बात की काफ़ी संभावना है कि वे हमेशा सिर्फ़ औसत प्रदर्शन ही करते रहेंगे। उन्हें जीवन में सच्ची सफलता कभी नहीं मिलेगी। अगर वे किसी चीज़ के पक्षधर हैं, तब भी वे उसका समर्थन करने का जोखिम नहीं लेते हैं, क्योंकि उन्हें यह डर रहता है कि अगर कामयाबी नहीं मिली, तो क्या होगा। इस तरह वे "पराजय की पीड़ा" से तो बच जाते हैं, लेकिन कभी "विजय के रोमांच" का अनुभव नहीं ले पाते।

जोखिम लें। पूरा जीवन एक जोखिम है। सबसे आगे तक जाने वाला इंसान आम तौर पर वही होता है, जो जोखिम लेने और क़दम बढ़ाने का इच्छुक होता है। 'जोखिम न लेने वाली नाव' कभी किनारे से दूर नहीं जाती है।

—डेल कारनेगी

कछुआ एक जीता-जागता किला है। इसका अभेद्य खोल हर तरह के नुक़सान से इसकी रक्षा करता है। लेकिन ध्यान रहे, जब कछुए को चलना होता है, तो इसे अपने सिर और गर्दन को खोल से बाहर निकालना होता है और परिवेश के ख़तरों का सामना करना पड़ता है। अगर हम आगे बढ़ना चाहते हैं, तो कछुए की तरह ही हमें भी पूर्ण सुरक्षा की उम्मीद नहीं रखनी चाहिए। हमें प्रगति करने की ख़ातिर अपनी गर्दन बाहर निकालनी होगी।

जोखिम लेने का अर्थ यह नहीं है कि इंसान दुस्साहसी बन जाए। तार्किक लोग तार्किक जोखिम लेते हैं, लेकिन जोखिम की प्रकृति में ही असफलता की आशंका छिपी होती है। सफल बिज़नेस एक्ज़ीक्यूटिव्ज़ के हर निर्णय में जोखिम रहता है। बहरहाल, निर्णय लेने से पहले वे सावधानीपूर्वक विश्लेषण और शोध करके अपनी सफलता की संभावना को अधिकतम कर लेते हैं। लेकिन निर्णय लेने के बाद मैनेजर धन, समय, ऊर्जा और भावना की संभावित क्षति का जोखिम लेने के लिए तैयार रहता है। जोखिम के बिना लाभ की कोई संभावना नहीं है।

नौवीं इनिंग के अंत में द रेड सॉक्स की टीम यांकीज़ से 2-1 से आगे थी। पहले दो हिटर आउट हो गए। यांकी का नामी हिटर डेव विनफ़ील्ड बैटिंग करने उतरा। गेंद सीधी प्लेट के पार आती है। धड़ाक! शानदार हिट। विनफ़ील्ड पहला बेस चुराने के लिए दौड़ता है। वह इसे आसानी से पूरा कर लेता है। क्या उसे दूसरे की कोशिश करनी चाहिए? एक सेकेंड से भी कम समय में डेव को यह निर्णय लेना है कि क्या उसे सुरक्षित खेलना चाहिए, या फिर उसे उस अतिरिक्त बेस चुराने का जोखिम लेना चाहिए, जिससे वह स्कोरिंग की स्थिति में आ जाएगा। अगर वह असफल हो गया, तो मैच ख़त्म हो जाएगा, लेकिन यह जोखिम लेने से पराजय के विजय में बदलने की संभावना बढ़ जाएगी। जोखिम लेना विनफ़ील्ड के स्वभाव में है, इसलिए अगर सफलता की 50 प्रतिशत से ज़्यादा संभावना है, तो वह दूसरा

बेस चुराने की कोशिश करेगा। खेल की तरह ही जीवन में भी चैंपियन लोग जोखिम लेते हैं। इसी से वे चैंपियन बनते हैं।

अपनी पुस्तक 'चिंता छोड़ो सुख से जीयो' *(हाउ टु स्टॉप वरीइंग ऐंड स्टार्ट लिविंग)* में डेल कारनेगी सलाह देते हैं कि जब समस्या सामने आए, तो : "ख़ुद से पूछें, वह सबसे बुरा क्या है, जो हो सकता है?" "सबसे बुरे को स्वीकार करने की तैयारी करें; सबसे बुरे को बेहतर बनाने की कोशिश करें।"

इन सिद्धांतों के आधार पर यह तय किया जा सकता है कि किसी समस्या के प्रति नवाचारी, क्रांतिकारी या अलग नीति अपनाने का जोखिम लिया जाए अथवा नहीं। जिल बेकर संभावित ग्राहक के परचेज़िंग मैनेजर स्टैन ग्रीन से अपॉइंटमेंट नहीं ले पा रहा था। उसने फ़ोन किया था, पत्र लिखे थे और "उनके दरवाज़े पर धरना भी दिया था" - लेकिन कोई फ़ायदा नहीं हुआ। उसके सहकर्मियों ने उसे सलाह दी कि वह ग्रीन को भूल जाए और अपनी ऊर्जा तथा समय दूसरे संभावित ग्राहकों को सामान बेचने में लगाए। लेकिन जिल ने ज़िद पकड़ ली थी। ग्रीन का ध्यान आकर्षित करने का कोई न कोई तरीक़ा तो होगा। उसे पता चला कि ग्रीन एक औद्योगिक कार्यशाला में व्याख्यान देने वाले हैं। जिल ने सोचा, "अगर मैं उस कार्यशाला में जाता हूँ, तो उनके व्याख्यान के बाद मैं उनके पास जाकर सवाल पूछ सकता हूँ और अपना परिचय दे सकता हूँ, ताकि वे कम से कम यह तो जान जाएँ कि मैं कौन हूँ।"

उसके सेल्स मैनेजरों और सहकर्मियों ने उसे हतोत्साहित किया। "वे इतने नाराज़ हो जाएँगे कि दोबारा कभी इस कंपनी के किसी बंदे से बात नहीं करेंगे।"

जिल ने कारनेगी के सिद्धांतों के आधार पर बात की। "वह सबसे बुरा क्या है, जो हो सकता है? वे हमें कारोबार नहीं देंगे। यह ज़्यादा बुरा नहीं है, क्योंकि वे इस समय भी हमें कोई कारोबार नहीं दे रहे हैं, इसलिए हमारे पास खोने के लिए कुछ नहीं है।" "सबसे बुरे को स्वीकार करने की तैयारी करें : यदि मैं मीटिंग में उन पर प्रभाव नहीं छोड़ पाया, तो मैं यह कोशिश छोड़ दूँगा।" "सबसे बुरे को बेहतर बनाने की कोशिश करें : पूछने वाले प्रश्नों की सुविचारित योजना बनाकर मैं यह दिखा सकता हूँ कि मुझे उनके व्यवसाय का सच्चा ज्ञान है। हो सकता है कि इस बात से वे मुझसे मिलने को तैयार हो जाएँ।"

जोखिम लेकर जिल एक "दुर्गम" संभावित ग्राहक तक पहुँच गया और उसने अपनी कंपनी के लिए एक बहुत लाभदायक ग्राहक बना लिया। यदि हम अपनी नौकरी और जीवन में प्रगति करना चाहते हैं, तो हम सभी को जोखिम लेना होगा। सावधानीपूर्वक विश्लेषण करके हम असफलता की आशंका को कम तो कर सकते हैं, लेकिन इसे कभी पूरी तरह ख़त्म नहीं कर सकते। कष्ट के बिना कोई लाभ नहीं होता है। खेल को हमेशा सुरक्षित तरीक़े से खेलकर हम हार के दर्द से तो बच सकते हैं, लेकिन हमें वह भारी ख़ुशी और संतुष्टि कभी महसूस नहीं होगी, जो बाधाओं से उबरने और लक्ष्यों तक पहुँचने से मिलती है।

आत्म-विश्वासी बनाम आक्रामक

आत्म-विश्वासी इंसान और आक्रामक इंसान में फ़र्क़ होता है। दृढ़ इंसान और स्वेच्छाचारी इंसान में फ़र्क़ होता है। हममें से ज़्यादातर लोग साहस और आत्म-विश्वास की प्रशंसा करते हैं, बशर्ते इसे सही तरीक़े से संप्रेषित किया जाए। हम जिन लोगों और कंपनियों की सफलता की कहानियाँ जानते हैं, उनकी सफलता का कारण यही था कि कोई इंसान या समूह दृढ़ता से जुटा रहा। लेकिन इस बारे में बहुत-सी ग़लत धारणाएँ नज़र आती हैं। दृढ़ व्यवहार को इस तरह परिभाषित किया गया है, "... अपने लिए इस तरह खड़ा होना, जिससे सामने वाले के बुनियादी अधिकारों का उल्लंघन न हो।"

दृढ़ता और आक्रामकता का मूल फ़र्क़ अक्सर आत्म-गौरव में निहित होता है। डेल कारनेगी के मानव संबंध सिद्धांत संतुलन स्थापित करते हैं। वे "लोगों को हराने," या "लोगों द्वारा हराए जाने" के बजाय ये सफलता हासिल करने के लिए "लोगों के साथ मिलकर कार्य करने" का तरीक़ा बताते हैं। दृढ़ संप्रेषण मानव संबंध की ऐसी तकनीक है, जिसमें शक्ति और संवेदनशीलता का मिश्रण होता है।

आगे दिया गया चार्ट निश्चयात्मक आत्म-विश्वासी नीति और आक्रामक नीति के बीच का फ़र्क़ बताता है :

चार्ट : 1

आक्रामक बनाम निश्चयात्मक बनाम निष्क्रिय

आक्रामक	निश्चयात्मक	निष्क्रिय
आत्म-केंद्रित	अपने अधिकारों की रक्षा करते हैं, जबकि दूसरों के प्रति संवेदनशील भी रहते हैं	दूसरों की परवाह करते हैं, भले ही खुद का नुक़सान हो जाए
अक्सर तनाव में रहते हैं और दूसरों को तनाव देते हैं	तनावपूर्ण स्थितियों से निपटते हैं और आगे बढ़ जाते हैं	अंदर से तनावग्रस्त, हालाँकि हो सकता है कि तनाव न दिखाएं
अक्सर कमज़ोर आत्म-गौरव के परिणाम	दृढ़ आत्म-छवि की आवश्यकता	अक्सर कमज़ोर आत्म-गौरव के परिणाम
प्रत्यक्ष और अनुचित संप्रेषण	प्रत्यक्ष, ईमानदार, उचित संप्रेषण	अप्रत्यक्ष और अक्सर स्वयं के प्रति ईमानदार नहीं
मुमकिन है कि इन्हें पसंद न किया जाए और सम्मान न दिया जाए	लोग अक्सर सम्मान करते हैं	अक्सर पसंद किए जाते हैं, लेकिन संभव है सम्मान न मिले
दूसरों को नीचे गिराते हैं	दूसरों को भी सफलता पाने में मदद करते हैं	खुद की क़ीमत पर दूसरों को ऊपर उठाते हैं

हर चीज़ और हर व्यक्ति को नियंत्रित करने की ज़रूरत रहती है दूसरों को जवाबदेह ठहराते हैं लेकिन खुद को नहीं	अपने कार्यों की व्यक्तिगत ज़िम्मेदारी लेने के इच्छुक होते हैं	खुद को जवाबदेह ठहराते हैं, लेकिन दूसरों को नहीं
संघर्ष करने वाले - दूसरों को अनुसरण करने के लिए विवश करते हैं प्रतिबंधात्मक	मिसाल पेश करके नेतृत्व करता है; न तो संघर्ष चाहता है, न ही उससे बचता है दिशानिर्देशों का अनुसरण करते हुए लचीले रहते हैं	संघर्ष से बचता है, अक्सर अति क्षमायाचना करता है खुद के लिए कठोर दिशानिर्देश, लेकिन दूसरों के लिए नहीं
शाब्दिक दृष्टि से कर्कश	स्पष्ट संवेदनशील, विनम्र	संकोची, अप्रत्यक्ष, संयत
काफ़ी हद तक प्रत्यक्षतः - विचारों को जबरन दूसरों के गले उतारते हैं	खरे, लेकिन परवाह करने वाले	भावनाओं और विचारों को व्यक्त करने से बचते हैं
रौब जमाने वाले	निवेदनात्मक	चाह रखने वाले

आत्म-गौरव हासिल करने में दूसरों की मदद करें

अभिभावक के रूप में हम अपने बच्चों में आत्म-विश्वास और आत्म-गौरव भर सकते हैं। मैनेजर के रूप में हम अपने स्टाफ़ में आत्म-विश्वास और आत्म-गौरव भर सकते हैं। शिक्षक या कोच के रूप में हम अपनी कक्षाओं या टीमों में आत्म-विश्वास और आत्म-गौरव भर सकते हैं। उन्हें खुद पर विश्वास करना सिखाएँ। उन्हें आत्म-अभिव्यक्ति के अवसर दें।

मैकी एनवेलप कंपनी के संस्थापक व सीईओ और कई सेल्फ़-हेल्प पुस्तकों के लेखक हार्वे मैकी ने *पर्सनल एक्सीलेंस* को दिए एक साक्षात्कार में कहा था :

> *"अंत में, हर एक को महत्त्वपूर्ण होने का अहसास कराना महत्त्वपूर्ण है। बुरे माहौल में हर व्यक्ति शिकार जैसा महसूस करता है। अच्छे माहौल में लोग इस तरह महसूस करते हैं, मानो उनका महत्त्व समान हो - शायद समान शक्ति नहीं, लेकिन समान महत्त्व। असेम्बली लाइन का मज़दूर अपनी इच्छाओं को बलपूर्वक लागू नहीं करा सकता, जिस तरह वरिष्ठ मैनेजर करा सकता है, लेकिन असेम्बली लाइन के कर्मचारी को भी अपनी बात कहने का उतना ही मौक़ा होता है, जितना कि परिवार के सबसे छोटे बच्चे को डिनर टेबल पर होता है।"*

"यह मिलकर एक ज़ोरदार, स्पष्ट संदेश बन जाता है। आप ख़ास हैं और हम आपकी परवाह करते हैं। आपके बच्चे और आपके कर्मचारी निजी तौर पर सफल हों तथा पूरा परिवार या संगठन भी तरक्की करे, इसके लिए हर एक को दूसरे की परवाह करनी होती है।"

सार

- कभी भी अपने बारे में ओछेपन से, संकीर्णता से, कंजूसी से न सोचें। ख़ुद को कमज़ोर, अकार्यकुशल या बीमार नहीं मानें। ख़ुद को हमेशा आदर्श, पूर्ण और संपूर्ण मानें।
- कभी भी असफल या आंशिक असफल होकर जीवन बिताने की संभावना के बारे में सोचें तक नहीं।
- यह दृढ़ कथन कहें कि संसार में हमारे लिए एक जगह है और हम इसे भरने जा रहे हैं।
- ख़ुद से बड़ी चीज़ों की आशा करें। कभी न मानें कि हमारी क़िस्मत में ज़िंदगी भर छोटे काम करना लिखा है। यदि हम अभ्यास करते हैं और सकारात्मक, उपयोगी, समृद्ध विचार को लगातार क़ायम रखते हैं, तो

यह मानसिक नज़रिया किसी दिन हमारे लिए एक ख़ास जगह बना देगा और हमारी मनचाही चीज़ का सृजन कर देगा।

- बिना कारण कोई चीज़ हमारे पास कभी नहीं आती है। कारण मानसिक होता है। विचार ही शक्ति हैं। विचारों से ही हम अपनी स्थितियों को बनाते हैं, खुद को बनाते हैं। ये शक्तियाँ हमारे चरित्र को लगातार तराश रही हैं, हमारे जीवन को लगातार ढाल रही हैं। हम अपने विचारों से दूर नहीं जा सकते। हमें उनके अनुरूप बनना ही होगा।
- आत्म-गौरव नश्वर है। इसे लगातार पोषण देना चाहिए और बलवान बनाना चाहिए। इसे शब्दों से, कार्यों से, नज़रियों से, अनुभव से और हमारी वचनबद्धता से पोषण मिलता है। इन्हीं से यह क़ायम रहता है। हम अपने बारे में जो नकारात्मक शब्द कहते हैं, उनकी जगह पर सकारात्मक शब्द रखने का अभ्यास करें। निराशा के शब्दों के बजाय आशा के शब्द। असफलता के शब्दों के बजाय सफलता के शब्द। पराजय के शब्दों के बजाय विजय के शब्द। चिंता के शब्दों के बजाय प्रोत्साहन के शब्द। उदासीनता के शब्दों के बजाय उत्साह के शब्द। घृणा के शब्दों के बजाय प्रेम के शब्द, आत्म-गौरव के शब्द।

2

सचमुच उत्साही बनें

उत्साह आपके व्यक्तित्व की शक्ति है। आपमें चाहे जितनी योग्यताएँ हों, उत्साह के बिना वे सभी सोई रहती हैं। यह कहा जा सकता है कि लगभग हर इंसान में इतनी सारी शक्तियाँ सोई रहती हैं, जिनका वह कभी उपयोग करना नहीं सीख पाता है। हो सकता है आपमें ज्ञान हो, गहरा विवेक हो, अच्छी तार्किक शक्तियाँ हों, लेकिन किसी को भी - आपको भी नहीं - इसका पता नहीं चल पाएगा, जब तक कि आप अपने विचारों और कार्यों में दिल लगाना न सीख लें।

—डेल कारनेगी

उत्साह सफलता का वह घटक है, जिसका स्थान बाक़ी सभी घटकों से ऊपर है। उत्साह का मतलब है समूचे अस्तित्व में भरा हुआ आंतरिक रोमांच। 'एन्थुज़ियाज़्म' शब्द दो यूनानी मूल शब्दों से बना है, *एन* का मतलब है "अंदर" और *थियोज़* का मतलब है "ईश्वर।" शाब्दिक दृष्टि से कहा जाए, तो उत्साहित व्यक्ति के अंदर ईश्वर होता है। उत्साह एक आंतरिक चमक है - एक उत्कट, आध्यात्मिक गुण है - जो किसी व्यक्ति के अंदर गहराई में होता है।

उत्साही नज़रिया आत्म-संतुष्टि की बुनियाद है। यह हमें सकारात्मक विचारों और कार्यों की ओर मार्गदर्शन देता है। यह सकारात्मक ऊर्जा उत्पन्न

करता है, जिससे दूसरों के साथ हमारे संबंध बेहतर बनते हैं, हम नए विचारों के प्रति खुलते हैं और हमारा स्वास्थ्य भी बेहतर होता है। इसका विपरीत भी सच है। डेल कारनेगी ने लिखा था कि हम काम के बजाय प्रायः चिंता, कुंठा और द्वेष की वजह से थकते हैं।

जीवन के प्रति उत्साह हमारे जीवन को बदलने की ऐसी शक्ति है, जो हमारे भीतर मौजूद होती है। इस शक्ति को पोषण देने के लिए वर्तमान पर ध्यान केंद्रित करें। जीवन के प्रति उत्साह हो, तो हम अतीत के पछतावे और भविष्य की चिंताओं से आसानी से दूर रह सकते हैं। हम अतीत को तो नहीं बदल सकते हैं, लेकिन अपने वर्तमान अवसरों के प्रति सकारात्मक, उत्साही नीति रखकर भावी परिणामों को ज़रूर बदल सकते हैं।

जब हमारे विचारों के पीछे जीवन के प्रति उत्साह की प्रेरणा होती है, तो हममें अपनी अनूठी क्षमता को विकसित करने की असीमित शक्ति होती है, चाहे यह व्यवसाय में हो, खेल जगत में हो, सामाजिक जीवन में हो या परिवार में हो। समय के साथ अपराधबोध, डर और चिंता चले जाते हैं। और उनकी जगह पर आत्म-विश्वास व आशावाद आ जाते हैं।

डेल कारनेगी ने लिखा था कि आपकी खुशियाँ इस बात पर निर्भर नहीं करती कि आप कौन हैं या आपके पास क्या है; यह पूरी तरह इस बात पर निर्भर करती है कि आप क्या सोचते हैं। इसलिए हर दिन शुरू करते समय उन सारी चीज़ों के बारे में सोचें, जिनके लिए आप कृतज्ञ हैं। आप आज जो विचार सोचते हैं, आपका भविष्य काफ़ी हद तक उन्हीं से तय होगा। इसलिए आशा और विश्वास के विचार सोचें, प्रेम और सफलता के विचार सोचें।

मनोवैज्ञानिक बताते हैं कि आईक्यू टेस्ट में एक महत्त्वपूर्ण कमी होती है। यह "भावनात्मक प्रेरणा" यानी उत्साह को नहीं नाप सकता। आईक्यू परीक्षणों में जिसका स्कोर कम आता है, उसे आम तौर पर सिर्फ़ छोटे कामों के लिए उपयुक्त माना जाता है, जबकि ऊँचा स्कोर सफलता की गारंटी माना जाता है। अब हम जान गए हैं कि यह भ्रामक जानकारी है। हमने कम आईक्यू वाले लोगों को किसी नए विचार या किसी नए कार्यक्षेत्र द्वारा अचानक "प्रज्ज्वलित होते" देखा है। इससे उनमें प्रबल उत्साह जाग जाता है, जो उन्हें भारी सफलता की ओर ले जाता है। हमने इसका विपरीत भी देखा

है; बहुत बुद्धिमान स्त्री-पुरुष उत्साह की कमी की वजह से अपने जीवन में सफल नहीं हो पाते हैं।

जब मार्क ट्वेन से उनकी सफलता का कारण पूछा गया, तो उन्होंने जवाब दिया, "मैं तो रोमांचित ही पैदा हुआ था।"

अपनी पुस्तक *द एक्साइटमेंट ऑफ़ टीचिंग* में येल युनिवर्सिटी के प्रोफ़ेसर विलियम लियॉन फ़ेल्प्स ने लिखा था, "मेरे लिए पढ़ाना कला या पेशे से अधिक है। यह तो एक जोश है। मैं पढ़ाने से उतना ही प्रेम करता हूँ, जितना कोई पेंटर चित्र बनाने से प्रेम करता है, जितना कोई गायक गाने से प्रेम करता है, जितना कोई कवि कविता लिखने से प्रेम करता है। मैं सुबह बिस्तर छोड़ने से पहले ही अपने विद्यार्थियों के पहले समूह के बारे में जोशीले आनंद के साथ सोचता हूँ।"

जीवन में सफलता का एक मुख्य कारण यह है कि आप रोज़ अपने काम में अपनी रुचि को बनाए रखें, दीर्घकालीन उत्साह रखें और हर दिन को महत्त्वपूर्ण मानें।

उत्साह कार्य की ओर ले जाता है

व्यक्तियों, समूहों, खेल टीमों, कंपनियों और पूरे समुदायों में उत्साह बढ़ने से सकारात्मक काम, सफलता और ख़ुशी के परिणाम मिलते हैं। इसे खेल प्रतियोगिताओं में देखा जा सकता है। डेल कारनेगी के मित्र और सहकर्मी नॉर्मन विन्सेंट पील सार्वकालिक महान फ़ुटबॉल महान कोचों में से एक विन्स लॉम्बार्डी की कहानी बताते हैं। जब लॉम्बार्डी को अमेरिकी फ़ुटबॉल टीम ग्रीन बे पैकर्स का कोच बनाया गया, तो उनका सामना एक पराजित, मायूस टीम से हुआ। वे उनके सामने खड़े हुए, ख़ामोशी से लंबे समय तक उन्हें देखते रहे और फिर एक शांत, लेकिन गहन आवाज़ में बोले, "सज्जनों, हम एक बेहतरीन फ़ुटबॉल टीम बनने जा रहे हैं। हम मैच जीतने जा रहे हैं। इसे अच्छी तरह समझ लें। आप नाकाबंदी करना सीखने जा रहे हैं। आप दौड़ना सीखने जा रहे हैं। आप गेंद छीनना सीखने जा रहे हैं। आप उन टीमों से ज़्यादा अच्छा खेलने जा रहे हैं, जिनसे आपका मुक़ाबला होने वाला है। इसे अच्छी तरह समझ लें।"

"और यह कैसे होगा? आपको मुझमें विश्वास करना होगा और मेरे तरीक़े के प्रति उत्साह रखना होगा। पूरे मामले का रहस्य यहाँ ऊपर है (उन्होंने अपनी कनपटी को थपथपाया)। मैं चाहता हूँ कि आज से आप सिर्फ़ तीन चीज़ों के बारे में सोचें : आपका परिवार, आपका धर्म और द ग्रीन बे पैकर्स इसी क्रम में। अपने उत्साह को ख़ुद पर हावी हो जाने दें।"

खिलाड़ी अपनी कुर्सियों पर सीधे तनकर बैठ गए। क्वार्टर बैक ने लिखा, "मैं जब उस मीटिंग से बाहर निकला, तो दस फ़ुट लंबा महसूस कर रहा था।"

उस वर्ष पैकर्स ने सात मैच जीते – लगभग उन्हीं खिलाड़ियों से, जो पहले दस मैच हारे थे। अगले साल उन्होंने डिवीज़न ख़िताब जीत लिया और उसके अगले साल उन्होंने विश्व चैंपियनशिप जीत ली। क्यों? क्योंकि कड़ी मेहनत, योग्यता और खेल के प्रेम के साथ उत्साह ने किला फ़तह कर लिया।

डेल कारनेगी अक्सर न्यू यॉर्क सेंट्रल रेलरोड के अध्यक्ष फ़्रेडरिक विलियमसन का उद्धरण देते थे। "मेरी उम्र जितनी ज़्यादा होती जा रही है, मुझे उतना ही ज़्यादा यक़ीन होता जाता है कि उत्साह सफलता का ऐसा रहस्य है, जिसे बहुत कम लोग जानते हैं। सफल और असफल लोगों के बीच आम तौर पर सच्ची क्षमता, योग्यता और बुद्धि का बहुत ज़्यादा फ़र्क़ नहीं होता है। लेकिन अगर दो लोग लगभग समान हों, तो जो उत्साही इंसान आम तौर पर उस बेहद योग्य व्यक्ति से आगे निकल जाएगा, जिसमें कोई उत्साह नहीं है।"

जब भौतिकी के नोबेल पुरस्कार विजेता सर एडवर्ड विक्टर एपलटन को एडिनबरा युनिवर्सिटी का चांसलर बनाया गया, तो *टाइम* मैग्ज़ीन ने उन्हें तार भेजकर पूछा कि क्या वे सफलता का नुस्ख़ा बता सकते हैं। उन्होंने जवाब दिया, "हाँ, उत्साह। मेरी राय में यह पेशेवर योग्यता के भी ऊपर आता है।"

थॉमस ए. एडिसन ने कहा था : "अगर इंसान मरते समय अपने बच्चों के लिए उत्साह छोड़कर जा सके, तो वह उनके लिए बेहद मूल्यवान जायदाद छोड़कर जाएगा।" अनुभव की रोशनी में यह सच है। यह दौलत से भी बढ़कर है, क्योंकि उत्साह न सिर्फ़ दौलत, बल्कि जीवन के प्रति भारी जोश भी भर देगा।

उत्साह भीतर से आता है

उत्साह सतही नहीं होता है। इसे इंसान के भीतर उत्पन्न होना चाहिए। इसका लंबे समय तक नाटक नहीं किया जा सकता। सतत उत्साह उत्पन्न करने का एक तरीक़ा यह है कि एक लक्ष्य बनाया जाए और उसकी दिशा में काम किया जाए। जब वह लक्ष्य हासिल हो जाए, तो दूसरा लक्ष्य बनाया जाए और उसकी दिशा में काम किया जाए। इससे जो रोमांच और चुनौती मिलती है, वह इंसान को उत्साहित कर देती है।

अपने दुख से उबरने के लिए कुछ निराश लोग अकेले में गाने लगते हैं। ख़ुशी का अभिनय करके वे ख़ुशी पा लेते हैं। यही सिद्धांत उत्साह पर भी लागू होता है। यदि हम अपने काम या जीवन के दूसरे पहलुओं के प्रति प्रफुल्लता और रोमांच जगा लें, तो हम आम तौर पर पाएँगे कि हमने मनचाही भावनात्मक प्रेरणा उत्पन्न कर ली है।

> *आप ख़ुद को उत्साही कैसे बना सकते हैं? ख़ुद को यह बताकर कि आप जो कर रहे हैं, उसके बारे में आपको क्या पसंद है। आप नापसंद चीज़ के पसंदीदा हिस्से की ओर बढ़कर भी उत्साही बन सकते हैं। फिर उत्साह का अभिनय करें; इसके बारे में किसी को बताएँ; उसे बता दें कि इसमें आपकी रुचि क्यों है।*
>
> **—डेल कारनेगी**

उत्साहित करने वाली कोई चीज़ खोजें

उत्साह को शोर-शराबा या ज़ोर-ज़ोर से चीख़ना-चिल्लाना समझने की ग़लती न करें। डेल कारनेगी के मुताबिक़ उत्साह गहराई में दबा उत्कट गुण है - सुलगता हुआ रोमांच। वे कहते हैं, “अगर आपका हृदय दूसरों को मदद करने की इच्छा से संचालित होता है, तो आप रोमांचित होंगे। आपके रोमांच की चमक आपकी आँखों, आपके चेहरे, आपकी आत्मा और आपके पूरे व्यक्तित्व में दिखाई देगी। आप ख़ुद भी प्रेरित होंगे और दूसरों को भी प्रेरित करेंगे।”

किसी चीज़ के बारे में सचमुच रोमांचित होने के लिए हमें दिल की गहराई में जोश महसूस करना चाहिए। बहरहाल, हमें अक्सर ऐसे काम

करने होते हैं, जिनके प्रति हम इतने ज़्यादा समर्पित नहीं होते हैं। उत्साह जगाने का एक तरीक़ा अपने काम में कोई ऐसी चीज़ खोजना है, जिसके बारे में हम रोमांचित बन सकें। इस पर ध्यान केंद्रित करेंगे, तो सच्चा उत्साह जाग जाएगा।

लॉ स्कूल की पढ़ाई पूरी करने के बाद कैरॉल जूनियर एसोशिएट की नौकरी करने लगी। उसे लॉ लाइब्रेरी में प्रकरणों पर शोध करने का बोझिल काम लंबे समय तक करना पड़ता था। वह इससे दहशत खाती थी, लेकिन यह काम बहुत ज़रूरी था। कैरॉल के शोध के बिना कंपनी मुक़दमे का प्रकरण ठीक तरह से तैयार नहीं कर सकती थी। कैरॉल ने सोचा, इस ज़रूरी लेकिन नीरस काम को करने से उसे क्या फ़ायदा होगा? कैरॉल को अहसास हुआ कि यह कंपनी में नई वकील के रूप में उसकी क्षमता का इम्तिहान था। जब उसे यह समझ आ गया कि मुक़दमे के विवरण खोजना उसके करियर के लिए कितना महत्त्वपूर्ण है, तो वह विवरण खोजने के प्रति उत्साहित हो गई। काम अब भी बोझिल था, लेकिन अब उसे लेकर वह सचमुच उत्साही बन गई थी।

विषय के विशेषज्ञ बनें

विषय के बारे में ज़्यादा से ज़्यादा पता लगाएँ। सीखने से ज्ञान बढ़ता है और अक्सर उस विषय के बारे में रोमांच उत्पन्न होता है।

जब एंडी टाउन सुपरवाइज़र का असिस्टेंट बना, तो उसे उम्मीद थी कि वह शहर की कई राजनीतिक समस्याओं को सुलझाने का काम करेगा। लेकिन उसके बॉस ने उसे बहुत ही सामान्य कामकाज सौंपा, जैसे यह जाँच करना कि फ़ॉर्म सही तरीक़े से भरे गए हैं अथवा नहीं, दस्तावेज़ सही तरह से तैयार हुए हैं या नहीं आदि।

कुछ महीने बाद उसने अपने बॉस से शिकायत की, "आपने अब तक मुझे जो काम दिए हैं, उन्हें तो हाई स्कूल की पढ़ाई छोड़ने वाला भी कर सकता है। मैं कॉलेज स्नातक हूँ, इसलिए अगर आप मुझे ज़्यादा ऊँचे स्तर के काम सौंपेंगे, तो मैं कार्यालय के लिए कहीं ज़्यादा मूल्यवान हो सकता हूँ।" सुपरवाइज़र ने प्रतिक्रिया की, "एंडी, मैंने तुम्हें इसलिए नियुक्त किया है, क्योंकि मैं जानता हूँ कि तुम महत्त्वपूर्ण मसलों में मेरी बहुत मदद कर

सकते हो। लेकिन हम यहाँ जो करते हैं, उसकी बुनियादी बातों को भी तुम्हें समझना ज़रूरी है, तभी तुम अतिरिक्त ज़िम्मेदारियाँ बख़ूबी निभा सकते हो। इन कामों को बाबुओं वाला नीरस काम मत मानो। इसके बजाय सीखो कि इन कामों की क्या ज़रूरत है, ये विवरण क्यों आवश्यक हैं और इनकी बदौलत हमारे कार्यालय का काम सुचारू ढंग से कैसे चलता है।"

एंडी ने उनकी सलाह मान ली। अब उसने बेमन से मशीनी काम करना छोड़ दिया। अब उसने हर चीज़ को पढ़ा, उसके बारे में प्रश्न पूछे और हर मुद्दे को सुलझाने की प्रक्रिया के बारे में ज़्यादा से ज़्यादा जानकारी हासिल की। कुछ ही समय बाद वह हर दिन नई चीज़ें सीखने के लिए उतावला महसूस करने लगा।

उत्साह हासिल करने का तरीक़ा यह है कि आप अपने काम और ख़ुद में विश्वास रखें और किसी निश्चित चीज़ को हासिल करने की इच्छा रखें। इसके बाद उत्साह उसी तरह पीछे-पीछे चला आएगा, जिस तरह रात के बाद दिन आता है।

—डेल कारनेगी

एक अलग नीति आज़माएँ

अल्फ़्रेड एम. एक कंपनी के प्रतिनिधि हैं, जो दक्षिण अफ़्रीका में कॉन्ट्रैक्टरों को क्रेन लीज़ पर देती है। उन्होंने बताया कि उन्होंने अपने उद्योग के एक बहुत मुश्किल ग्राहक को मनाने के लिए उत्साह को कैसे आज़माया।

उसके ग्राहक जिन्हें वह मिस्टर स्मिथ कहता था, उससे हमेशा बदतमीज़ी किया करते थे और आम तौर पर वह हिंसक मनोदशा में रहता था। बिक्री की दो कोशिशों में स्मिथ ने उसकी प्रस्तुति सुनने से भी इंकार कर दिया। अल्फ़्रेड हार मानने वाला था, लेकिन फिर उसने संकल्प लिया कि वह अपना उत्साह नहीं खोएगा और एक बार फिर कोशिश करेगा।

जब अल्फ़्रेड स्मिथ के ऑफ़िस के वेटिंग रूम में बैठा था, तो उसने स्मिथ के केबिन की तरफ़ देखा। खुले दरवाज़े से अल्फ़्रेड देख सकता था कि स्मिथ एक और सेल्समैन पर आग-बबूला हो रहा था। स्मिथ ने लगभग

धक्का मारकर उस सेल्समैन को ऑफ़िस से बाहर निकाल दिया और फिर बुलंद आवाज़ में कहा, "नेक्स्ट!"

अल्फ्रेड के शब्दों में, "मैं उनके ऑफ़िस में चलकर गया। वे चिल्लाए, 'तुम एक बार फिर आ धमके - मैंने तुमसे पहले ही "नहीं" कह दिया था। तुम मुझे क्यों परेशान कर रहे हो?' इससे पहले कि वे और कुछ कह पाएँ, मैं मुस्कराने लगा। मेरी आवाज़ उनसे बात करने वाले ज़्यादातर सेल्समैनों की तरह काँप नहीं रही थी। मैंने अपने सबसे उत्साही अंदाज़ में कहा कि मैं आपका सारा क्रेन हायर कारोबार चाहता हूँ।"

"वे लगभग पंद्रह सेकेंड तक अपनी डेस्क के पीछे अवाक खड़े रहे। उन्होंने एक अजीब अंदाज़ में मुझे देखा और फिर कहा, 'वहाँ बैठकर मेरा इंतज़ार करो।' फिर वे कमरे से बाहर चले गए। जब वे आधा घंटे बाद लौटे, तो उन्होंने मेरी तरफ़ दोबारा अजीब निगाहों से देखा और गुर्राए, 'तुम अब भी यहाँ क्यों हो?' मैंने उन्हें बताया कि मेरे पास उनके लिए इतना अच्छा प्रस्ताव है कि जब तक मैं उन्हें वह नहीं बता दूँगा, तब तक मैं वहाँ से हिलूँगा भी नहीं। परिणाम था 75,000 रैंड प्रति वर्ष का एक ऑर्डर, जिसमें ज़्यादा कारोबार की अच्छी संभावनाएँ थीं।"

आत्म-चर्चा

पिछले अध्याय में हमने इस बारे में बात की थी कि ख़ुद को प्रेरक चर्चा देना आत्म-विश्वास हासिल करने का प्रभावी तरीक़ा है। अपने काम के प्रति उत्साह उत्पन्न करने के मामले में भी यह काफ़ी कारगर है।

लीसा का लक्ष्य मेडिकल सेक्रेटरी बनना था। उसने आवश्यक कोर्स पूरा कर लिया और नौकरी खोजने लगी। अनुभव की कमी की वजह से उसे कई असफलताएँ मिलीं, जिनसे वह हताश हो गई। जब वह अपने अगले इंटरव्यू में गई, तो इमारत में दाख़िल होते समय उसके मन में ख़याल आया, "फ़ायदा क्या है? मेरे साथ वही चीज़ दोबारा होगी।" हार मानने के बजाय लीसा ने ख़ुद से यह प्रेरक चर्चा की, "मैं यह नौकरी चाहती हूँ और मेरे पास आवश्यक तकनीकी ज्ञान है। मैं कॉलेज में अपनी कक्षा में अव्वल रही थी। मैं मेहनत और ईमानदारी से काम करती हूँ। मैं यह नौकरी कर सकती हूँ और डॉक्टर के लिए सचमुच उपयोगी बन सकती हूँ।" जब वह डॉक्टर से

मिलने का इंतज़ार कर रही थी, तो उसने ये बातें अपने दिमाग़ में बार-बार दोहराईं। डॉक्टर के प्रश्नों के जवाब में उसका उत्साह साफ़ झलक रहा था और उसे नौकरी मिल गई।

कुछ महीनों बाद डॉक्टर ने उसे बताया कि जब उन्होंने उसके आवेदन में यह देखा था कि उसके पास कोई अनुभव नहीं है, तो उन्होंने यह निर्णय लिया था कि वे सिर्फ़ शिष्टाचार की ख़ातिर इंटरव्यू लेंगे और उसे नौकरी नहीं देंगे। लेकिन उसके उत्साह से वे इतने प्रभावित हुए कि उन्होंने उसे एक मौक़ा देने का निर्णय लिया। लीसा का उत्साह नौकरी मिलने के बाद भी बना रहा और वह बहुत सफल मेडिकल सेक्रेटरी साबित हुई।

> *उत्साह सिर्फ़ बाहरी अभिव्यक्ति ही नहीं है। यह अंदर से शुरू होता है। आप जो कर रहे हैं, उसके किसी पहलू को सचमुच पसंद करने से उत्साह पैदा होता है।*
>
> **—डेल कारनेगी**

उत्साह विपत्ति पर विजय पा सकता है

एंड्रयू ग्रोव एक ऐसे इंसान हैं, जिन्होंने प्रबल उत्साह के ईंधन की बदौलत विपत्तियों पर विजय पाई। हंगरी के मूल निवासी ग्रोव को द्वितीय विश्व युद्ध के दौरान नाज़ियों ने यातना दी। फिर जब रूस ने 1956 में हंगरी पर आक्रमण किया, तब भी उन्हें यातना झेलनी पड़ी।

जब वे बीस साल के थे, तो अपनी जेब में चंद डॉलर और टूटी-फूटी अँग्रेज़ी के साथ अमेरिका पहुँच गए। कई मुश्किलों के बावजूद उन्होंने ज्ञान हासिल करने और जीवन में सफल होने का उत्साह कभी नहीं खोया। उन्हें जो भी नौकरी मिल सकती थी, वह उन्होंने की। इस तरह उन्होंने न्यू यॉर्क के सिटी कॉलेज की पढ़ाई पूरी की और कंप्यूटर इंजीनियरिंग में बी.एस. की उपाधि ली। फिर इसी तरह उन्होंने बर्कले में कैलिफ़ोर्निया युनिवर्सिटी से मास्टर्स और पीएच.डी. की उपाधि हासिल की।

एंड्रयू ग्रोव ने शायद बीसवीं सदी के सबसे उल्लेखनीय नवाचार पर्सनल कंप्यूटर को बनाने और लोकप्रिय करने में बहुत अहम भूमिका निभाई। ग्रोव और उनके सहयोगियों ने पहले फ़ेयरचाइल्ड सेमिकन्डक्टर में और फिर

इंटेल में (जिसकी सह-स्थापना उन्होंने 1968 में की थी) जिन प्रौद्योगिकियों को ईजाद किया, उनकी बदौलत ही पर्सनल कंप्यूटर क्रांति संभव हुई। संसार इस क्रांति से मिलने वाले प्रौद्योगिकीगत और आर्थिक लाभों की सतह को ही देख रहा है।

उनके जीवन में समस्याओं और आकस्मिक झटकों की कमी नहीं थी, लेकिन वे हमेशा अपने उत्साह को क़ायम रखते हैं। वे सबसे अहम बिंदु पर अपना ध्यान केंद्रित करते हैं, जिसे वे सबसे अच्छी तरह करते हैं : ज़्यादा तेज़, ज़्यादा सस्ती और ज़्यादा शक्तिशाली प्रौद्योगिकी विकसित करना।

आज करोड़ों लोग बड़ी आसानी से जानकारी और मनोरंजन हासिल कर सकते हैं, जिसके बारे में पिछली पीढ़ियों के लोग सिर्फ़ सपना देख सकते थे और इसका काफ़ी कुछ श्रेय एंड्रयू ग्रोव की प्रतिभा और स्वप्न को जाता है। इसी वजह से *टाइम* पत्रिका ने 1997 में ग्रोव को पर्सन ऑफ़ द इयर चुना था।

कुछ साल पहले ग्रोव को प्रोस्टेट कैंसर हो गया। जिस ऊर्जा और उत्साह से उन्होंने इंटेल का निर्माण किया था, उसी से वे इससे जूझते रहे। उनका 2016 में निधन हो गया।

ग्रोव ने हमें दिखाया है कि सफलता और दौलत के अवसरों पर विपत्ति, यातना या ग़रीबी का कोई फ़र्क़ नहीं पड़ता। स्वप्न, उत्साह और कड़ी मेहनत से इंसान अपने सपने को हक़ीक़त बना सकता है और महान चीज़ें हासिल कर सकता है। चाहे कारोबारी समस्याएँ हों या गंभीर बीमारी, इंसान सारी विपत्तियों पर विजय पा सकता है, बशर्ते उसमें उत्साह हो।

डेल कारनेगी उन्नीसवीं सदी के अमेरिकी दार्शनिक सेम्युअल उल्मैन की इस कविता से इतने प्रभावित थे कि उन्होंने इसे मढ़वाकर अपनी डेस्क पर रख लिया था :

आप उतने ही युवा हैं जितनी आपकी आस्था,
उतने ही बूढ़े जितनी आपकी शंकाएँ;
उतने ही युवा जितना आपका आत्म-विश्वास,
उतने ही बूढ़े जितने आपके डर;
उतने ही युवा जितनी आपकी आशा,

उतने ही बूढ़े जितनी आपकी निराशा।
समय त्वचा पर झुर्रियाँ ला सकता है,
लेकिन उत्साह के जाने से आत्मा पर झुर्रियाँ पड़ जाती हैं।

नज़रिया

उत्साही और स्व-प्रेरित व्यक्ति बनने की एक शर्त यह विश्वास करना है कि चीज़ें बुरी तरह नहीं, बल्कि अच्छी तरह होंगी, हम असफल नहीं, बल्कि सफल होंगे; चाहे कोई चीज़ हो या न हो, हम हमेशा ख़ुश रहेंगे।

आशावादी, अपेक्षावादी नज़रिये से ज़्यादा मदद किसी चीज़ से नहीं मिलती। आशावादी नज़रिया हमेशा सर्वश्रेष्ठ, सर्वोच्च, सबसे सुखी परिस्थितियों की तलाश और उम्मीद करता है। ऐसा नज़रिया ख़ुद को कभी निराशावादी, हताश मनोदशा में नहीं आने देता। हमें यह यक़ीन करना चाहिए कि हम वह काम कर देंगे, जिसे करने के लिए हमें बनाया गया था। एक पल के लिए भी हमारे मन में इस बारे में कोई शंका नहीं होनी चाहिए।

इससे कोई फ़र्क़ नहीं पड़ता कि हम क्या करने या बनने की कोशिश कर रहे हैं, हमें हमेशा उसके बारे में एक आशावादी, उम्मीद भरा नज़रिया रखना चाहिए। इसकी बदौलत हम अपनी सारी शक्तियों को विकसित कर पाएँगे।

सफल लोग उत्साहित रहकर और अपने मन को सकारात्मक बनाकर समृद्धि तथा सफलता को आकर्षित करते हैं। वे हर तरह के नकारात्मक, हताशा भरे विचारों से मुक्त रहते हैं।

जिस एकमात्र संसार के बारे में हम कभी जान पाएँगे या जो इस पल हमारे लिए सच है, वह संसार वही है जिसे हम मानसिक रूप से बनाते हैं - वह संसार जिसके बारे में हम चेतन हैं। हम हमेशा अपने विचारों, विश्वास, आदर्शों और दर्शन से बने परिवेश में ही रहते हैं। कल नई प्रेरणा और नए विचार आएँगे। आज हमें आज की प्रेरणा पर काम करना चाहिए।

सफल या असफल कोई भी इंसान आज तक किसी दूसरे जैसा बनने की कोशिश में कभी सफल नहीं हुआ। सफलता की नक़ल नहीं की जा सकती। इसका सफलतापूर्वक अनुकरण नहीं किया जा सकता। यह एक मौलिक शक्ति और व्यक्तिगत सृजन है।

उत्साह कहीं और से नहीं, बल्कि अंदर से आता है। हमें ख़ुद के जैसा बनना चाहिए। हमें अपने दिल की आवाज़ सुननी चाहिए। हर पेशे, हर व्यापार और हर कारोबार में बेहतरी की गुंजाइश होती है। संसार को ऐसे लोगों की ज़रूरत है, जो नए और बेहतर तरीक़ों से चीज़ें कर सकें। यह न सोचें कि हमारी योजना या विचार नया है या हम युवा और अनुभवी हैं, इसलिए हम पर ग़ौर नहीं किया जाएगा। जो लोग संसार को कोई नई और मूल्यवान चीज़ देते हैं, उन पर हमेशा ग़ौर किया जाएगा और उन्हें तवज्जो दी जाएगी। जो लोग मौलिक विचार सोचने और मौलिक पद्धतियाँ ईजाद करने का साहस करते हैं, जो अपने वास्तविक स्वरूप में रहने में नहीं घबराते हैं और किसी दूसरे की नक़ल नहीं करते हैं, उन्हें जल्दी ही मान्यता मिल जाती है। मौलिकता और काम करने के अनूठे तरीक़ों से किसी नियोक्ता या बाक़ी संसार का ध्यान जितनी जल्दी आकर्षित होता है, उतना किसी दूसरी चीज़ से नहीं होता, ख़ास तौर पर अगर वे प्रभावी हों।

अपने विचारों को नियंत्रित करें

हमारा मन हमारे संसार की हर चीज़ को नियंत्रित करता है। मन की शक्ति की बहुत उपेक्षा हुई है और इसे ग़लत समझा गया है। इसकी शक्ति को समझने वालों ने भी इसके बारे में इस तरह की भ्रामक बातें बताई हैं कि इसे बदला नहीं जा सकता है और पैदाइशी प्रतिभा वाले लोग ही इस औज़ार का बख़ूबी इस्तेमाल कर सकते हैं। कुछ वर्षों से इस बारे में बहुत अध्ययन किया जा रहा है कि विचार को कैसे नियंत्रित करें, चरित्र को बदलने में इसका इस्तेमाल कैसे करें, यहाँ तक कि बाहरी परिवेश बदलने में भी इसका इस्तेमाल कैसे करें, ख़ुशी, स्वास्थ्य और सफलता को आकर्षित करने के लिए इसका इस्तेमाल कैसे करें।

जब किसी शक्तिशाली व्यक्ति को सम्मोहित करके यह विश्वास दिला दिया जाता है कि वह अपनी कुर्सी से नहीं उठ सकता, तो वह शक्तिहीन हो जाता है। वह तब तक नहीं उठ पाता, जब तक कि सम्मोहन हटा न दिया जाए। अगर किसी कमज़ोर महिला को अपनी जान बचानी हो, आग या बाढ़ के ख़तरे से ख़ुद को बचाना हो, तो वह अपने से ज़्यादा भारी व्यक्ति को भी उठा सकती है। दोनों ही मामलों में परिणाम शारीरिक क्षमता से नहीं,

बल्कि मानसिक नज़रिये से तय होते हैं, हालाँकि शरीर की मांसपेशियाँ ही उस काम को कर रही हैं।

जब ज़्यादातर या पूरा काम मानसिक हो, जैसा सफल लोगों के मामले में अक्सर होता है, तो कल्पना करें कि विचार कितना ज़्यादा शक्तिशाली साबित हो सकता है। चाहे रणभूमि में हो या व्यापार में या नैतिक संघर्षों में हो, संसार को जीतने वाले लोगों ने मानसिक नज़रिये से ही जीत हासिल की है, जब वे उस काम में जुट गए, जो उन्हें करना ही था।

जब शंका होती है, तो कुछ निश्चित नहीं होता है। जब तक हम अपने शब्दभंडार से "क़िस्मत," "नहीं कर सकता" और "शंका" को मिटा नहीं देते, तब तक हम ऊपर नहीं उठ सकते। अगर मन में कमज़ोरी का यक़ीन हो, तो हम शक्तिशाली नहीं हो सकते। अगर हम अपने दुखों या दुर्भाग्यों पर लगातार ध्यान केंद्रित रखते हैं, तो हम ख़ुश नहीं रह सकते।

अगर हम बीमारी के बारे में लगातार सोचते रहें और कहते रहें कि हममें कभी ताक़त नहीं आएगी और हम कभी अच्छे नहीं होंगे, तो हम कभी तंदुरुस्त नहीं हो सकते। इसी तरह अगर हम काम करने की अपनी क़ाबिलियत पर लगातार शक करते रहेंगे, तो हम कभी अपनी कार्यकारी शक्तियों के विकास की उम्मीद नहीं कर सकते हैं। ख़ुद को कमज़ोर समझना या सफल होने की योग्यता पर संदेह करना मस्तिष्क को जितना कमज़ोर और कारगर सोच के सर्वथा अयोग्य बनाता है, उतना कोई दूसरी चीज़ नहीं बनाती है।

ख़ुद के और अपने आस-पास के लोगों के प्रति विचार-नियंत्रण या आत्म-नियंत्रण से ऊँचा कर्तव्य या इससे ज़्यादा महत्त्वपूर्ण अध्ययन नहीं है, क्योंकि इसी की वजह से हमारा विकास होता है। विचार अपने आप में अमूर्त है और हममें से ज़्यादातर लोगों का दरअसल इस पर बहुत कम नियंत्रण होता है। शायद इसीलिए ऐसा लगता है कि मस्तिष्क की सोचने की प्रक्रिया को मार्गदर्शन देना काफ़ी मुश्किल और दुरूह मामला है। हमें लगता है कि इसके लिए बहुत अध्ययन, फ़ुरसत और पुस्तकें पढ़ने की ज़रूरत होगी। कोई दूसरी चीज़ सच्चाई से इतनी दूर नहीं हो सकती। हम सभी के भीतर वे सारी चीज़ें हैं, जो हमारे बौद्धिक स्वभाव, चरित्र और जीवन को बेहतर बनाने के लिए आवश्यक हैं।

उत्साह को कार्य में लगाएँ

ख़ुद पर विश्वास की बदौलत हम अपनी गतिविधियों के बारे में उत्साही बनते हैं। इससे डर, शंका और अनिश्चितता ख़त्म हो जाती है, जिससे हम परिणाम हासिल करने में समर्थ होते हैं। शंका की उपस्थिति में मस्तिष्क पुरज़ोर तरीक़े से काम नहीं कर सकता। निश्चितता के बिना कार्यकुशलता नहीं आती है।

हमें अपने लक्ष्य पर ध्यान केंद्रित करना चाहिए, अपने सामने पुरस्कार इस तरह देखना चाहिए मानो हम इसे पहले ही जीत चुके हों। हमें हर समय गहराई से इस बारे में चेतन होना चाहिए कि हम इसे हासिल करने के ज़्यादा क़रीब पहुँच रहे हैं। इससे वह उत्साह उत्पन्न हो जाएगा, जो पूरे रास्ते हमारी मदद करता है। एक-एक करके बाधाएँ ओझल हो जाती हैं। जिस लक्ष्य को हासिल करना पहले मानव शक्ति के लिए बहुत मुश्किल लग रहा था, अब वह सीधा और आसान नज़र आता है। सबसे बड़ी आवश्यकता यह है कि लक्ष्य पर दृष्टि रखी जाए, रुचि कम न होने दी जाए और अंदरूनी स्वप्न को डगमगाने न दिया जाए।

सिर्फ़ उत्साह से ही परिणाम हासिल नहीं होंगे। अंदरूनी मनन के बाद बाहरी कामों की बारी आती है। कोरी इच्छाएँ हमें प्रयास करने की आवश्यकता से मुक्त नहीं कर देती हैं। वे तो बस हमारे सामने यह उजागर करती हैं कि हमें कौन से प्रयास करने चाहिए और उन्हें कैसे किया जाए।

उत्साह पैदा करने की दस आज़माई हुई तकनीकें :

1. एक निश्चित बड़ा उद्देश्य बनाएँ - हमारी नौकरी या हमारे जीवन का वह पहलू, जिसमें हम ज़्यादा उत्साही बनना चाहते हैं। उद्देश्य को स्पष्टता से लिख लें और उसे हासिल करने की योजना भी लिख लें।

   हैरी को सामुदायिक केंद्र का चंदा उगाहने के अभियान का चेयरमैन चुना गया। उसका लक्ष्य यह था कि कमेटी के दूसरे सदस्यों और इसके बाद संगठन के पूरे सदस्यों के मन में इस अभियान के प्रति उतना ही उत्साह जाग जाए, जितना उसके मन में था। उसने अपनी कार्ययोजना सावधानी से पूरी तरह सोची, इसे संगठन के बुलेटिन में प्रकाशित किया और इसकी प्रतियाँ पूरी समिति को ईमेल कर दीं। अब हर शामिल

व्यक्ति को उसकी योजना पता थी और वह यह भी जानता था कि वह इसमें कैसे मदद कर सकता है। लेकिन इससे भी ज़्यादा अहम बात, उसने बड़े प्रिंट निकालकर अपने बाथरूम के दर्पण पर, किचन में फ़्रिज पर और डेस्क के बग़ल में दीवार पर लगा दिए, ताकि उसे बार-बार याद आती रहे, योजना दिमाग़ में हर दम बनी रहे और इसके प्रति उत्साह बरक़रार रहे।

2. योजना को कारगर बनाने की धधकती हुई इच्छा के साथ आक्रामक अंदाज़ में काम करें। इसके प्रति हमारे उत्साह को कभी फ़ीका न पड़ने दें। इसके बारे में दिन-रात सोचें। इसे हमारे मन का सबसे प्रबल विचार बन जाने दें।

3. टालमटोल न करें। योजना का पालन करने के लिए तुरंत काम में जुट जाएँ। हैरी ने अपनी कमेटी के साथ मिलकर एक कार्ययोजना तैयार की, जिसमें यह स्पष्टता से बताया गया था कि कौन क्या करेगा, कब करेगा और अपेक्षित परिणाम क्या होंगे।

4. प्रगति की जाँच करने की प्रक्रिया बनाएँ। अगर प्रगति की जाँच न की जाए, तो अक्सर सर्वश्रेष्ठ योजनाएँ भी शब्दों से ज़्यादा कुछ नहीं होती हैं। जब योजना के अनुसार चीज़ें नहीं होती हैं, तो इंसान का उत्साह कमज़ोर होने लगता है। हैरी ने जाँच बिंदु तय किए, ताकि हर सदस्य अपनी गतिविधियों की जाँच कर सके।

5. रुकावटों और बाधाओं के आने की बहुत ज़्यादा संभावना होती है। अगर चीज़ें अच्छी तरह नहीं होती हैं, तो कुछ लोगों का उत्साह कम हो जाता है। तब हमारा उत्साह एड्रीनलिन शॉट के रूप में काम करेगा और स्थिति सही करने की ऊर्जा देगा। दिशा बदलने की ज़रूरत हो भी सकती है और नहीं भी। आकलन करें कि क्या ग़लत हुआ था। हो सकता है इसमें बस छुटपुट परिवर्तन या फ़ेरबदल की ज़रूरत हो, लेकिन यदि गंभीर समस्याएँ उत्पन्न हुई हैं, तो स्थिति की दोबारा जाँच करें। अगर हम पाते हैं कि हम पटरी से बहुत ज़्यादा दूर हैं, तो शायद हमें योजना पर दोबारा विचार करना चाहिए और इसे दोबारा लिखना चाहिए। अगर हमारा उत्साह बरकरार रहता है, तो हम इसे अप्रिय काम की तरह नहीं, बल्कि रोमांचक काम की तरह करेंगे।

6. हम अकेले नहीं होते हैं। जिस तरह खेल टीम के पास चियरलीडर्स होते हैं, उसी तरह सफल होने पर हमारा हौसला बढ़ाने और पिछड़ने पर हमारा मनोबल बढ़ाने के लिए किसी "चियर स्क्वाड" की ज़रूरत होती है। बहरहाल, किसी खेल टीम के चियर लीडर के विपरीत हमें ऐसे स्त्री-पुरुषों को चुनना चाहिए, जो न सिर्फ़ सकारात्मक चिंतक हों, बल्कि जिनके पास वह ज्ञान और अनुभव हो, जो हमारे प्रयासों में मदद कर सके। हैरी के पास एक मार्गदर्शक थे, जिन्होंने उसके करियर में उसे मार्गदर्शन दिया था और विपरीत परिस्थितियों में उसे हमेशा प्रोत्साहित किया था। अपने मार्गदर्शक की मदद से उसने चंदा उगाहने में अनुभवी लोगों की टीम बनाई, ताकि वे मुश्किल जगहों पर मार्गदर्शन दें।
7. निराशावादियों से सावधान रहें। संसार नकारात्मक और निराशावादी लोगों से भरा पड़ा है, जो हमेशा असफलता की भविष्यवाणी करते रहते हैं। वे हर प्रयास पर पानी फेर देते हैं और असफलताएँ मिलने पर मदद करने के बजाय शान से कहते हैं, "मैंने आपको पहले ही आगाह किया था।" ऐसे लोगों को अपनी समिति या टीम के बाहर रखें। अगर हमें मजबूरी में ऐसे लोगों के साथ काम करना पड़े, तो ख़ुद को आशावादियों से घेरे रखें, जो उनकी नकारात्मकता को बेअसर कर सकें।
8. उत्साही बनने की आदत डालें। आदतों को मज़बूत बनाना पड़ता है। योजना को आगे बढ़ाने के लिए हर दिन कुछ समय दें।
9. हमेशा विश्वास रखें कि हम लक्ष्य को हासिल कर लेंगे, चाहे इस पल वह कितना भी दूर क्यों न दिख रहा हो। अगर उत्साह घट जाता है, तो "आंतरिक प्रेरक वार्ता" से यह दोबारा बढ़ जाएगा।
10. हर समय सकारात्मक बनें। उत्साह हमेशा आशा, विश्वास, निःस्वार्थता, हौसले और सहनशक्ति पर फलता-फूलता है। सकारात्मक नज़रिये को क़ायम रखेंगे, तो हमारा प्रोजेक्ट निश्चित रूप से आगे बढ़ेगा।

महानतम अमेरिकी दार्शनिक रैल्फ़ वाल्डो इमर्सन उत्साह का महत्त्व जानते थे। अपने एक निबंध में उन्होंने लिखा था : "संसार के इतिहास में हर महान और मुख्य पल उत्साह की विजय का पल है।"

सार

- उत्साह सफलता का ऐसा रहस्य है, जिसे बहुत कम लोग जानते हैं।
- एक लक्ष्य तय करें और उसकी दिशा में काम करें। जब वह लक्ष्य हासिल हो जाए, तो दूसरा लक्ष्य तय करें और उसकी दिशा में काम करें। इससे मिलने वाला रोमांच और चुनौती इंसान को हमेशा उत्साही बनाए रखेगी।
- विषय का अध्ययन करें। सीखना ज्ञान की ओर ले जाता है, जिससे सीखी गई बातों के बारे में उत्साह जाग्रत होता है।
- स्व-प्रेरित लोग सबसे ज़्यादा उत्साही होते हैं। हम अपने सर्वश्रेष्ठ प्रेरक ख़ुद होते हैं। यदि हमें ख़ुद पर और अपनी अवश्यंभावी सफलता पर विश्वास है, तो हमारे भीतर उत्साह का एक ऐसा स्रोत बन जाता है, जो कभी ख़त्म नहीं होगा।
- हमेशा अपेक्षावादी, आशावादी, उम्मीद भरा नज़रिया रखें। इस नज़रिये से किसी भी काम में उत्साह उत्पन्न हो जाएगा, जिसे हम कर रहे हैं।
- ख़ुद पर विश्वास करने से हम अपनी गतिविधियों के बारे में उत्साही हो जाते हैं। डर, शंका और अनिश्चितता ख़त्म हो जाते हैं। उत्साह होने पर हम परिणाम हासिल करने में सक्षम बनते हैं। शंका होने पर मस्तिष्क शक्ति से काम नहीं कर पाता है। निश्चित निर्णय के बिना कार्यकुशलता संभव नहीं है।
- हमेशा यह विश्वास करते रहें कि हम अपना लक्ष्य हासिल कर लेंगे, चाहे वह कितना ही दूर दिखता हो। जब उत्साह घटने लगे, तो “आंतरिक प्रेरक चर्चा” से मदद मिलती है।

3

लक्ष्य तय करें और उन्हें हासिल करें

सभी सफल लोग एक लक्ष्य से शुरुआत करते हैं। इंसान को सफलता की लंबी सड़क पर जो पहला क़दम उठाना चाहिए, वह है लक्ष्य तय करना और उन्हें हासिल करने की दिशा में काम करना। हम कहाँ जा रहे हैं और हम वहाँ कैसे पहुँचने की योजना बनाते हैं, यह जानने पर हम अपने समय, ऊर्जा और भावना को केंद्रित कर सकते हैं - और उन लक्ष्यों तक पहुँचने की दिशा में सही मार्ग पर चलना शुरू कर सकते हैं।

जिस जहाज़ का पतवार टूटा हो, वह भले ही हमेशा जुटा रहे, पूरी ताक़त से चलता रहे और सारे समय तैरता रहे, लेकिन इसके बावजूद वह कहीं नहीं पहुँच पाएगा। वह सिर्फ़ संयोग से ही किसी बंदरगाह तक पहुँच सकता है और तब शायद इस पर लदा माल वहाँ के लोगों, जलवायु या परिस्थितियों के हिसाब से उपयुक्त नहीं होगा। जहाज़ को किसी निश्चित बंदरगाह की दिशा में चलना चाहिए, जहाँ इसके माल की माँग है। चाहे सर्दी हो या गर्मी, चाहे आँधी आए या तूफ़ान, जहाज़ का लक्ष्य हमेशा वही बंदरगाह होता है।

इसी तरह जो व्यक्ति सफल होना चाहता है, उसे ज़िंदगी के समुद्र में पतवार के बिना इधर-उधर नहीं भटकना चाहिए, बल्कि निश्चित बंदरगाह की तरफ़ सीधे चलना चाहिए। इसे सिर्फ़ तभी अपनी दिशा में नहीं बने

रहना चाहिए, जब समुद्र शांत हो, तथा जलधाराएँ और हवाएँ अनुकूल हों। इसे तो आँधी और तूफ़ान से मुक़ाबला करते हुए भी अपनी दिशा में बने रहना होगा, जब यह निराशा के कोहरे और विरोध की धुंध में लिपटा हो।

यह एक सपने से शुरू होता है

हम एक सपने से शुरू करते हैं - भविष्य का स्वप्न। सपने में हम अमीर - मशहूर - ख़ुश होते हैं। ऐसे भविष्य के सपने ज़्यादातर लोग देखते हैं, लेकिन अंत में प्रायः उनके पास यही रहता है - सपना।

सफल लोगों के पास भी यही सपने थे, लेकिन उन्होंने इन सपनों को पहले लक्ष्यों में और बाद में वास्तविकता में बदला। उनके सपने सफलता की अस्पष्ट आशा नहीं थे। वे तो निश्चित उपलब्धियों के सपने थे, जिनका उन्होंने लक्ष्य बनाया था। एडिसन ने एक ऐसे संसार का सपना देखा, जिसमें बिजली की ऊर्जा रात को जगमगा दे। गेट्स ने ऐसी कंप्यूटर प्रणाली का सपना देखा, जो सिर्फ़ बड़े संगठनों को ही नहीं, बल्कि हर व्यक्ति को कंप्यूटरों की शक्ति का इस्तेमाल करने में सक्षम बनाए। बीथोवन ने ऐसे संगीत का सपना देखा, जो आत्मा को उड़ने के लिए मंत्रमुग्ध कर दे। महान अभिनेताओं, चित्रकारों, संगीतकारों, लेखकों ने सिर्फ़ शोहरत के सपने ही नहीं देखे, बल्कि यह भी देखा कि सफलता हासिल करने के लिए वे अपने गुणों का इस्तेमाल कैसे करेंगे।

सपने देखना सिर्फ़ जीनियसों तक ही सीमित नहीं है। सभी सफल लोग बताते हैं कि उनकी सफलता की शुरुआत एक आशा, एक सपने से हुई थी। जिन स्त्री-पुरुषों से उनकी उपलब्धियों के बारे में पूछा गया है, उन्होंने बार-बार यही बताया है कि यह सब एक सपने से शुरू हुआ, जो एक लक्ष्य की ओर ले गया, जो एक कार्ययोजना की ओर ले गया और अंततः लक्ष्य हासिल हो गया।

सपने देखना सिर्फ़ युवाओं तक ही सीमित नहीं है। जीवन में कभी इतनी देर नहीं होती कि आप एक नया सपना न देख सकें, जो नए लक्ष्यों की ओर ले जाए, जो नई सफलताओं की ओर ले जाए। जिन लोगों ने अपने जीवन के उत्तरार्ध में सपने देखे, उन्होंने भी आश्चर्यजनक रूप से बहुत कुछ हासिल कर लिया। बेंजामिन फ्रैंकलिन ने पचास की उम्र के बाद विज्ञान और

दर्शन का अध्ययन शुरू किया। अंधे हो चुके मिल्टन ने पचास की उम्र के बाद अपने महाकाव्य *पैरेडाइज़ लॉस्ट* को पूरा किया।

सपने देखना सिर्फ़ तत्कालीन युग के पूर्वाग्रहों या पक्षपातों तक ही सीमित नहीं है। असंख्य वर्षों तक महिलाओं पर प्रतिबंध लगाए गए कि वे क्या हासिल कर सकती हैं और क्या नहीं। वे सिर्फ़ उसी करियर का लक्ष्य बना सकती थीं, जिन्हें "महिलाओं की नौकरियाँ" माना जाता था। किसी दूसरे करियर के बारे में सोचना भी संकल्प और साहस का काम था। एलाइन पेगल्स ने ऐसा ही काम किया, जो प्रिंसटन में प्रोफ़ेसर हैं तथा रहस्यवाद व शुरुआती ईसाइयत पर कई बेस्टसेलिंग पुस्तकें लिख चुकी हैं। उन्होंने बताया कि वे एक ऐसे समय शिक्षित हुई थीं, जब लड़कियों को गंभीर करियर के बारे में सोचना भी नहीं सिखाया जाता था। उन्होंने अपने प्रिय विषय का अनुसरण करने के लिए ख़ुद को स्वतंत्र महसूस किया; बाद में जाकर उन्हें पता चला कि वे इससे आजीविका कमा सकती हैं। उनका सपना उनका लक्ष्य बन गया।

> *क्या आप वही काम कर रहे हैं, जो आपको सबसे ज़्यादा पसंद है? यदि नहीं, तो इसे बदल लें। आप जब तक अपने काम को पसंद न करते हों, तब तक आप उसमें कभी सच्ची सफलता हासिल नहीं कर पाएँगे। कई लोगों को कई क्षेत्रों को आज़माने के बाद ही यह समझ आता है कि वे क्या करना चाहते हैं।*
>
> **—डेल कारनेगी**

आज करियर के ज़्यादातर क्षेत्रों में अवरोध ख़त्म हो चुके हैं। मिसाल के तौर पर, अमेरिका में लॉ, मेडिकल और अन्य पेशेवर कॉलेजों में महिला विद्यार्थियों की संख्या आधी या इससे ज़्यादा है।

उन्नीसवीं सदी में फ़्रेडरिक डगलस दास के रूप में पैदा हुए, लेकिन उन्होंने अपनी प्रजाति या दासता को अपनी शिक्षा में बाधक नहीं बनने दिया और अंततः वे अपनी प्रजाति के लीडर बने। इक्कीसवीं सदी में बराक ओबामा ने अमेरिका का राष्ट्रपति बनकर प्रजाति के अवरोध को तोड़ दिया।

इच्छाशक्ति जितनी महत्त्वपूर्ण है, उतना तो दिमाग़ भी नहीं है। जीवन की दौड़ में डगमगाने वाले लोगों को हमेशा एक तरफ़ धका दिया जाता है। कोई भी उन्हें नहीं रोक सकता, इस दृढ़ इच्छाशक्ति और संकल्प वाले लोगों को पूरा यक़ीन होता है कि लगन और साहस के साथ वे सफल हो जाएँगे। जो लोग लंबे समय तक और कड़ी मेहनत से कोशिश करते हैं, स्वप्न उन लोगों के लिए लक्ष्य बन जाते हैं और लक्ष्य उपलब्धियाँ।

जो चीज़ें जीवन को जीने लायक़ बनाती हैं, जिन्होंने हमें छोटे कामों से मुक्त किया है तथा सामान्यता तथा बदसूरती से ऊपर उठाया है - जीवन की बड़ी सुविधाएँ - उनका काफ़ी श्रेय हमारे स्वप्नदर्शियों को जाता है।

सपनों को लक्ष्यों में बदलें

दुर्भाग्य से बहुत सारे स्वप्नदर्शी बस यही बने रहते हैं - स्वप्नदर्शी। सपने सपने बने रहते हैं। जब हम सपनों को लक्ष्यों में बदलते हैं, तो वे कोरी फ़ंतासी के बजाय उद्देश्य बन जाते हैं, जिन्हें हम सफलता के नक़्शे के रूप में अपने सामने रख सकते हैं। हमें अपने सपनों में एक उद्देश्य, एक संकल्प लाना चाहिए कि हम उस सपने को सच करने के लिए वह सब करेंगे, जो हम कर सकते हैं।

एक औरत का एक सपना था और उसने इसे सफल लक्ष्य में बदल लिया। ये पोशाक डिज़ाइनर रैचल रॉय थी। फ़ैशन के प्रति रैचल का प्रेम बचपन में देखी फ़िल्मों से जाग्रत हुआ था। पर्दे पर नायिकाओं की पोशाक की वजह से उन्हें आत्म-विश्वास और सफलता का आभामंडल मिलता था। रैचल ने सपना देखा कि वह भी अपने और दूसरी महिलाओं के लिए यही आभामंडल बनाएगी, जो सकारात्मक आत्म-गौरव उत्पन्न कर सके।

रैचल और उनका परिवार साल में एक बार स्कूल शॉपिंग के लिए जाता था। स्थानीय स्टोर में आकर्षक कपड़े नहीं होते थे, जिससे वह चिढ़ जाती थीं। उन्हें यक़ीन था कि मौक़ा मिलने पर वह बेहतर शैली की पोशाक बना सकती हैं। उनकी माँ ने उन्हें बताया कि यह ख़रीदार या बायर का काम होता है। अब वह अपने सपने को एक नाम दे सकती थी - ख़रीदार। रैचल ने बताया कि उस पल उनका सपना उनका लक्ष्य बन गया - फ़ैशन के क्षेत्र में ख़रीदार बनना।

उसने स्टॉक क्लर्क के पद से अपने करियर की शुरुआत की। फिर वह तेज़ी से असिस्टेंट मैनेजर बनी, फिर व्यक्तिगत ख़रीदार बनी और फिर कई स्टोर्ज़ में स्टाइलिस्ट बन गईं। जल्दी ही वह फ़ैशन डिज़ाइनिंग काम करने लगीं और अपनी कंपनी में वरिष्ठ पद पर पहुँच गई।

जब उसके पति डैमन डैश स्वतंत्र पोशाक व्यवसाय शुरू करना चाहते थे, तो रैचल को एक निर्णय लेना था - अपना सफल करियर जारी रखना या डैमन के साथ दोबारा शुरुआत करना। उसने दोबारा शुरू करने का विकल्प चुना, ख़ुद को उस काम में झोंक दिया, हर पद पर काम किया, हर चीज़ की निगरानी की और कारोबार के अधिकाधिक संभव पहलुओं में शामिल हुई। वह चाहती थी कि वह इस कारोबार के लिए इतनी अनिवार्य बन जाए कि उसका विकल्प संभव न हो।

लगभग छह साल बाद रैचल को यह यक़ीन हो गया कि वह किसी कारोबार को ख़ुद चला सकती है। तब उसने अपनी ख़ुद की कंपनी बना ली। उसके डिज़ाइनों की उद्योग में सराहना हुई और आज उसे फ़ैशन उद्योग का अग्रणी डिज़ाइनर माना जाता है।

इच्छा करने वालों और कर्म करने वालों में काफ़ी लंबा फ़ासला होता है। रैचल रॉय स्वप्नदर्शी और इच्छा करने वाले से अधिक थी। उसने अपने सपने को लक्ष्य में बदल लिया और उस लक्ष्य को हासिल करने के लिए कड़ी मेहनत की।

भविष्य में अच्छी चीज़ें होंगी, आप दौलतमंद और ख़ुश रहेंगे, आपके पास अच्छा परिवार, सुंदर घर और सफल करियर होगा, यह आशा करने की आदत वह सर्वश्रेष्ठ पूँजी है, जिससे आप अपने जीवन की शुरुआत कर सकते हैं।

हम जिस बारे में लगातार बोलते हैं, उसे हम हासिल कर लेते हैं, भले ही उस समय यह संभव नहीं लगता हो। यदि हम हमेशा लक्ष्य के बारे में बोलें और इसका स्पष्ट मानसिक चित्र देखें और इसे अपनी पूरी शक्ति से हासिल करने की कोशिश करें, तो यह बहुत संभव है कि हम अपनी मनचाही चीज़ों को अपने जीवन में ले आएँगे, चाहे यह अच्छी सेहत हो, अच्छा चरित्र हो या बेहतरीन करियर हो। जब इच्छा संकल्प में घनीभूत होती है, तभी यह प्रभावी बनती है। जब इच्छा शक्तिशाली संकल्प के साथ जुड़

जाती है, तो सृजनात्मक शक्ति उत्पन्न होती है। ललक, हसरत और मेहनत से परिणाम मिलते हैं।

अगर हम किसी ख़ास क्षेत्र में खुद को बेहतर बनाना चाहते हैं, तो हमें उस गुण का मानसिक चित्र बेहद स्पष्टता और लगन से देखते रहना चाहिए। हमें अपनी महत्त्वाकांक्षा की दिशा में एक श्रेष्ठ लक्ष्य क़ायम रखना चाहिए। हमें इसे लगातार मन में रखना चाहिए, जब तक कि हम यह महसूस न कर लें कि हमने इसे पा लिया है। हमें जीतने, विजय पाने और विजयी जीवन जीने के लिए बनाया गया है। हमें अपने चुने हुए काम में, लोगों के साथ संबंधों में और जीवन के बाक़ी पहलुओं में बेहद सफल होना चाहिए।

यदि हममें विश्वास हो, तो हम हासिल कर लेंगे

समृद्धि मन में शुरू होती है। अगर हमारा मानसिक नज़रिया समृद्धि के प्रति शत्रुतापूर्ण हो, तो यह नहीं मिल सकती। एक चीज़ के लिए काम करना और उसकी विपरीत चीज़ की आशा करना घातक होता है, क्योंकि हर चीज़ का सृजन पहले मानसिक रूप से होता है। भौतिक जगत में मानसिक नक़्शे का प्रतिबिंब झलकता है।

ग़रीबी की उम्मीद या आधी उम्मीद करके हम समृद्ध नहीं बन सकते। हमें वही मिलता है, जिसकी हम अपेक्षा करते हैं। किसी चीज़ की अपेक्षा न करने का अर्थ यही है कि हमें कोई चीज़ नहीं मिलेगी।

जब हमारा उठाया हर क़दम असफलता की राह पर हो, तो हम लक्ष्य तक सफलतापूर्वक पहुँचने की आशा कैसे कर सकते हैं? स्याह, उदास, निराशाजनक नज़रिया रखकर काम करने से अच्छे परिणाम नहीं मिलते हैं।

विचार चुंबक होते हैं, जो अपने जैसी चीज़ों को आकर्षित करते हैं। यदि आपका मन ग़रीबी और बीमारी के बारे में सोचता रहेगा, तो इससे ग़रीबी और बीमारी ही मिलेगी। हमने अपने मन में जिसे बसा रखा है, उसके विपरीत सृजन संभव नहीं है, क्योंकि हमारा मानसिक नज़रिया ही हमारे जीवन को ढालने वाला साँचा है। हमारी उपलब्धियाँ पहले मानसिक रूप से हासिल की जाती हैं।

असफलता की दहशत, पैसों के नुक़सान का डर और अपमान का भय बहुत से लोगों को उनकी मनचाही चीज़ें हासिल करने से रोक देता है। यह उनके उत्साह को चूस लेता है और उनके मन में चिंता व तनाव भर देता है। फलस्वरूप वे उन प्रभावी सृजनात्मक कामों को करने में अक्षम रहते हैं, जो सफलता के लिए ज़रूरी होते हैं।

शंका और अनिश्चितता के नज़रिये के बजाय हर चीज़ को सृजनात्मक तरीक़े से देखने की आदत डालें। उज्ज्वल, आशावादी नज़रिये से देखने की आदत डालें। आस्था और विश्वास के नज़रिये से देखने की आदत डालें। यह विश्वास करने की आदत डालें कि सर्वश्रेष्ठ होने वाला है और अंततः सत्य की जीत होगी। यह विश्वास रखें कि सद्भाव और स्वास्थ्य वास्तविक हैं; वैमनस्य तथा रोग तो इनकी अल्पकालीन अनुपस्थिति है। इसी तरह का आशावादी नज़रिया संसार को बेहतर बनाता है।

सफलता के लिए मंच तय करना

हम दूसरों पर निर्भर नहीं रह सकते कि वे हमारे लिए सफलता की राह तय करें। यह काम हमें ही करना होता है।

किन लक्ष्यों की दिशा में यात्रा शुरू करें, यह तय करने से पहले हमें अपना मूल्यांकन करना चाहिए। हमें अपने दिल की गहराई में तलाश करनी चाहिए कि हम जीवन में सचमुच क्या चाहते हैं। हमें अपने ऐसे गुणों की पड़ताल भी करनी चाहिए, जिनसे हम उस लक्ष्य को हासिल कर सकते हैं।

हमें यथार्थवादी बनना चाहिए। हो सकता है, हम ऐसा लक्ष्य बनाना चाहते हों, जो अच्छा तो हो, लेकिन हममें इसे हासिल करने की योग्यताएँ न हों। यह संभव है कि हम फ़िल्म स्टार या ओपेरा गायक बनने का सपना देखते हों, हालाँकि हममें इसकी योग्यता न हो। हो सकता है हमारे सपने उन क्षेत्रों के हों, जिनकी कोशिश करना हमारे लिए व्यावहारिक न हो। दूसरी ओर, हममें ऐसे रुझान और योग्यताएँ भी हो सकती हैं, जिनके बारे में हमें पता ही न हो, लेकिन वे हमें संतुष्टिदायक व लाभदायक करियर की ओर ले जा सकती हों।

हम यह सब कैसे पता लगा सकते हैं? अपने भीतर गहराई में झाँकें। सावधानीपूर्वक आत्म-विश्लेषण करने पर यह बाहर आ जाएगा। ज़्यादातर

वयस्क पहले से जानते हैं कि वे क्या कर सकते हैं और क्या नहीं कर सकते, उन्हें क्या पसंद है और क्या पसंद नहीं है। हो सकता है कि यह स्पष्ट न हो, लेकिन आत्म-विश्लेषण में हम पूरी तरह स्पष्ट कर सकते हैं और ख़ुद के बारे में गहराई से सोच सकते हैं।

शॉन्डा राइम्स इसका एक अच्छा उदाहरण हैं, जो टेलीविज़न शो "ग्रेज़ एनाटॉमी" और "प्राइवेट प्रैक्टिस" की सृजनकार और एक्ज़ीक्यूटिव प्रोड्यूसर हैं। बचपन से ही उन्हें पता था कि वे सृजनात्मक लेखिका बनेंगी। उन्होंने कहानियाँ गढ़ीं और टेपरिकॉर्डर में रिकॉर्ड कर दीं। यह तब की बात थी, जब वे लिख नहीं पाती थीं। उनकी माँ ने इन कहानियों का प्रतिलेख कर उन्हें प्रोत्साहित किया और इस तरह उन्हें वास्तविक बना दिया।

यहाँ हमें बस यह करना है कि हम योजनाबद्ध तरीक़े से अपनी शिक्षा, पुराने अनुभवों, शौक़ और रुचियों पर नज़र डालें। अपने जीवन के उन पहलुओं को देखें, जिनमें हम सफल रहे हैं या जिनमें हमें संतुष्टि और आनंद मिला है। ये उन क्षेत्रों की ओर संकेत करते हैं, जिनमें हम भविष्य में सफल हो सकते हैं। लेकिन यह सिर्फ़ शुरुआत है। हमने अब तक जो हासिल किया है, उससे आगे तक देखें। यह भी सोचें कि हम आगे क्या हासिल कर सकते हैं।

सफल लोग अपने करियर की शुरुआत में ही यह सीख लेते हैं कि वे किन गुणों, योग्यताओं और साधनों का इस्तेमाल कर सकते हैं। हमें अपनी सभी संभावित संपत्तियों और संसाधनों की सूची बना लेनी चाहिए। हमें सिर्फ़ यही नहीं देखना चाहिए कि हमने अपने जीवन में अब तक क्या हासिल किया है; हमें तो यह भी पता लगाना चाहिए कि हम भविष्य में क्या हासिल कर सकते हैं। ज़्यादातर युवाओं को करियर की शुरुआत में अपनी मानसिक क्षमताओं का बहुत कम ज्ञान होता है और आम तौर पर वे उन्हें समय के साथ एक-एक करके पता चलते हैं। बहुत से लोग अपनी योग्यता के एक छोटे अंश से ज़्यादा का कभी पता नहीं लगा पाते हैं। नतीजा यह होता है कि वे हमेशा कम वेतन और निचले स्तर की नौकरियों में अटके रह जाते हैं। वे आम आदमी बने रहते हैं, हालाँकि उनके पास ऐसे संसाधन होते हैं, जिनका पता लगाने पर वे उन्हें श्रेष्ठ पदों पर पहुँचा सकते हैं।

ये लोग कभी महत्त्वाकांक्षा जगाने वाली सही क़िस्म की सामग्री के संपर्क में नहीं आते हैं। वे अपनी छिपी शक्तियों को चिंगारी देने के लिए आवश्यक सामग्री के संपर्क में भी नहीं आते हैं।

एक लक्ष्य

सफल लोगों के मन में यह दृढ़ विश्वास होता है कि इंसान को अपने लक्ष्यों के प्रति पूरी तरह समर्पित होना चाहिए। जिस संकल्प में कोई हिचकिचाहट न हो, उसमें प्रबल शक्ति होती है। शक्तिशाली, लगनशील और प्रबल उद्देश्य पीछे के सारे पुल जला देता है, अपने रास्ते में आने वाली तमाम बाधाओं को हटा देता है और अपने लक्ष्य तक पहुँच जाता है, चाहे इसमें कितना ही समय लगे, कितना भी त्याग करना पड़े या कितनी ही क़ीमत चुकानी पड़े।

सफल होने के लिए हमें अपनी सारी मानसिक शक्तियों को एक अटल लक्ष्य पर केंद्रित कर लेना चाहिए और उद्देश्य की लगन रखनी चाहिए। जो भी इच्छा हमें इस लक्ष्य से भटकाने के लिए लुभाती हो, हमें उसका दमन कर देना चाहिए।

तार्किक और हासिल करने लायक़ लक्ष्य तय करना सफलता की दिशा में पहला क़दम है - चाहे यह करियर में हो या जीवन के किसी दूसरे पहलू में। हमें अपने मन में ऐसे बीज बोने चाहिए, जो हमें इन लक्ष्यों को स्वीकार और हासिल करने में सक्षम बनाएँ।

लक्ष्य तय करना

पीटर एम. हमेशा इंजीनियर बनना चाहता था। बचपन से ही उसकी मशीनों में रुचि थी। स्कूल में वह गणित और विज्ञान में अव्वल रहता था। उसके करियर के लक्ष्य ठोस थे और कॉलेज तथा कामकाजी संसार में वह उनकी ओर आगे बढ़ा। हममें से ज़्यादातर लोग इतने भाग्यशाली नहीं होते। बचपन में हमारे मन में करियर की अस्पष्ट अवधारणाएँ होती हैं और हमारे करियर अक्सर संयोग से ही तय होते हैं। बहरहाल, लक्ष्य किसी भी समय तय किए जा सकते हैं - न सिर्फ़ नौकरी व करियर में, बल्कि जीवन के सभी पहलुओं में।

एल्विरा एस. कॉलेज की पढ़ाई पूरी करने के बाद कई नौकरियों में लड़खड़ाती रही। उसने मार्केटिंग का विशेष अध्ययन किया था, लेकिन उस क्षेत्र में पहली नौकरी में वह इतनी ऊब गई कि रोने लगी। वह बिक्री के क्षेत्र में गई, लेकिन वहाँ भी वह दुखी और नाकाम रही। फिर उसने एक क़ानूनी फ़र्म में पैरालीगल की नौकरी की। तब कहीं जाकर उसे सच्चा रोमांच महसूस हुआ और वह वकील बनने में रुचि लेने लगी। उसने एक नया दीर्घकालीन लक्ष्य किया - क्रिमिनल लॉयर बनना। उसने आग्रह किया कि उसे कंपनी के भीतर वरिष्ठ क्रिमिनल लॉयर के अधीन काम करने का अवसर दिया जाए। उसने रात को लॉ स्कूल में पढ़ाई की और जल्दी ही वह वकील बन जाएगी। अब उसने डिस्ट्रिक्ट अटॉर्नी ऑफ़िस में काम करने का लक्ष्य बनाया है, ताकि उसे वकालत शुरू करने से पहले अनुभव मिल जाए।

> *यदि आप उस चीज़ में असफल हैं, जिसे आप बहुत ज़्यादा करना चाहते थे, तो हिम्मत हारकर पराजय स्वीकार न करें। किसी दूसरी चीज़ को आज़माकर देखें। आपके तरकश में एक से ज़्यादा तीर होते हैं। आपको तो सिर्फ़ अपने लिए सही तीर खोजना है।*
>
> **—डेल कारनेगी**

लक्ष्य तय करने के दिशानिर्देश

लक्ष्यों को दिवास्वप्नों से ज़्यादा बनाने के लिए ये बिंदु महत्त्वपूर्ण हैं :

- *लक्ष्य स्पष्टता से व्यक्त होने चाहिए :* स्पष्ट शब्दावली में बताएँ कि आप क्या हासिल करना चाहते हैं। विशिष्ट और दृढ़ अंदाज़ में लक्ष्य बताएँ। मिसाल के तौर पर, यह बात अच्छी लगती है : "मेरा लक्ष्य अपनी कंपनी का सर्वश्रेष्ठ सेल्सपर्सन बनना है।" लेकिन लक्ष्य को इस तरह स्पष्ट और निश्चित बनाना ज़्यादा अच्छा होता है : "मेरा लक्ष्य अगले वित्तीय वर्ष में इतने डॉलर की बिक्री करना है; और अगले तीन साल तक हर साल दस प्रतिशत अधिक।" अब हमारे सामने एक स्पष्ट लक्ष्य है और अवचेतन मन इस तक पहुँचने के लिए हमारे प्रयासों को केंद्रित करने में मदद करेगा।

- *तार्किक :* जिन लक्ष्यों को हासिल ही नहीं किया जा सकता है, उन्हें तय करना बेमानी होता है। लक्ष्य तार्किक रूप से हासिल हो सकते हैं, यह सुनिश्चित करने के लिए दीर्घकालीन लक्ष्य को संभावित उप-लक्ष्यों में तोड़ लें। मिसाल के तौर पर : दीर्घकालीन लक्ष्य : तीन साल में किसी प्रतिष्ठित आर्ट गैलरी में अपनी पेंटिंग की प्रदर्शनी लगाना। मध्यमकालीन लक्ष्य : अगले साल दिसंबर तक इतनी पेंटिंग बनाना; अगले साल जुलाई तक स्थानीय आर्ट गैलरी में प्रदर्शनी आयोजित करना; अगले साल दिसंबर में आर्ट जरनल में समीक्षा।
- *लक्ष्य प्रेरक होने चाहिए :* अगर हम कोई ऐसा लक्ष्य तय करते हैं, जो बहुत ही आसानी से हासिल हो सकता है, तो यह हमें ज़्यादा मेहनत करने के लिए प्रेरित नहीं करेगा। हमें ऐसे लक्ष्य तय करने चाहिए, जो हमें आगे बढ़ते रहने और ज़्यादा कड़ी मेहनत करने की प्रेरणा दें। सफल लोग अच्छी तरह जानते हैं कि एक लक्ष्य हासिल होने पर तुरंत ही दूसरा लक्ष्य तय कर लेना चाहिए, ताकि वे बेहतर बनते जाएँ और विकास करते रहें।
- *लक्ष्य कर्म आधारित होना चाहिए :* लक्ष्य पाने के लिए कौन-से काम करने हैं, उनकी सूची के बिना तक लक्ष्य सपनों से ज़्यादा नहीं होते हैं। कर्म के लिए मानसिक, शारीरिक और भावनात्मक गतिविधि की ज़रूरत होती है। हमें फ़ुरसत के हर पल अपने लक्ष्यों के बारे में सोचते रहना चाहिए और यह भी कि उन्हें हासिल करने के लिए कौन-से काम करने चाहिए।
- *लक्ष्य मापने योग्य होने चाहिए :* लक्ष्यों को संख्या में तय करना हमेशा संभव नहीं होता है। कुछ लक्ष्यों को वित्तीय या अंकीय शब्दावली में नापा जा सकता है। हम बिक्री के आँकड़े तय कर सकते हैं, जिन्हें हम एक महीने, तीन महीने या एक साल में हासिल करना चाहते हैं - प्रॉडक्ट की इकाइयों या डॉलर के संदर्भ में। हम राशि द्वारा भी उत्पादन लक्ष्य तय कर सकते हैं। लेकिन कुछ लक्ष्य अमूर्त होते हैं, जिन्हें संख्या में नहीं बदला जा सकता। इन्हें भी नापने योग्य शब्दावली में व्यक्त किया जा सकता है। किसी बड़े लक्ष्य को खंडों में तोड़ा जा सकता है और हर खंड को पूरा करने की समयसीमा तय की जा सकती है। इस तरह हम यह माप सकते हैं कि हम प्रत्येक खंड पूरा करने के कितने क़रीब

हैं और समय पर काम पूरा करने के लिए अपनी गतिविधियों को भी सही कर सकते हैं।

- *लक्ष्य लिखित होने चाहिए :* रोज़मर्रा की व्यस्त ज़िंदगी में हम लक्ष्यों को भूल सकते हैं, इसलिए उन्हें लिख लेना सबसे अच्छा रहता है। दीर्घकालीन लक्ष्यों की सूची बनाएँ; उन्हें मध्यमकालीन और अल्पकालीन लक्ष्यों में बाँट लें। उन्हें बड़े अक्षरों में लिखकर वहाँ लगा लें, जहाँ हम उन्हें हर दिन देख सकें - अपनी डेस्क पर, फ़्रिज पर, आईने पर। उन्हें पढ़ें, याद करें, दोबारा पढ़ें और हर दिन पूछें, "मैं इन लक्ष्यों को हासिल करने के लिए क्या कर रहा हूँ?"
- *लक्ष्य लचीले होने चाहिए :* ऐसे समय भी आते हैं, जब परिस्थितियाँ बदलने के कारण तय लक्ष्य प्रासंगिक नहीं रह जाते हैं। आर्थिक परिस्थितियाँ उस नए कारोबार को शुरू करने के लिए अनुकूल नहीं होती हैं; हो सकता है कि प्रौद्योगिकी में हुए नवाचारों ने लक्ष्य को निरर्थक कर दिया हो; हो सकता है हमने शोध में ग़लतियाँ कर दी हों, इसलिए लक्ष्य हासिल करना संभव न हो। इसका हमेशा यह मतलब नहीं होता कि लक्ष्य को छोड़ देना चाहिए। हो सकता है कि इसमें बस नई सोच या ज़्यादा अध्ययन की ज़रूरत हो। ऐसी स्थिति सामने आने पर समीक्षा करें कि क्या हुआ है और फिर आवश्यक परिवर्तन करें।

इंसान अक्सर किसी तय लक्ष्य को हासिल करने में असफल रहता है, लेकिन कुंठित होकर उसे छोड़ न दें। समीक्षा करें कि क्या हुआ है, स्थिति का आकलन करें और आवश्यक फ़ेरबदल करें।

ह्यू को उम्मीद थी कि दो साल तक असिस्टेंट मैनेजर के पद पर काम करने के बाद उसे प्रमोशन मिल जाएगा और वह स्टोर मैनेजर बन जाएगा। यह नहीं हुआ। कुंठा में नौकरी छोड़ने के बजाय ह्यू ने स्थिति की समीक्षा की। उसकी कंपनी पिछले छह वर्षों से हर साल छह से दस नए स्टोर खोल रही थी और उसने अपना लक्ष्य इसी आधार पर बनाया था कि उसकी कंपनी इतने ही नए स्टोर आगे भी खोलती रहेगी। लेकिन पिछले साल कारोबार अच्छा नहीं रहा था, इसलिए कंपनी ने केवल दो नए स्टोर खोले थे। इस वर्ष कारोबार सुधर गया था और वह जानता था कि नए स्टोर खोलने पर विचार किया जा रहा है। अपने लक्ष्यों में फ़ेरबदल करके उसने अपनी समयावधि

एक साल बढ़ा ली। अब इस बात की बहुत संभावना है कि वह अपने लक्ष्य को हासिल कर लेगा।

- *लक्ष्यों का विस्तार करना चाहिए :* जब हम किसी लक्ष्य तक पहुँच जाएँ, तो दूसरा लक्ष्य तय कर लें, ताकि हम ज़्यादा बेहतर बनें और ज़्यादा विकास करें। जब बेन ने शारीरिक फ़िटनेस कार्यक्रम शुरू किया, तो उसे बताया गया कि अगर वह आधा घंटे में तीस चक्कर तैर ले, तो उसकी फ़िटनेस अच्छी रहेगी। इस लक्ष्य तक पहुँचने में उसे ज़्यादा समय नहीं लगा। उसकी उम्र के ज़्यादातर लोग - 60 के आस-पास - इतनी गति से तैरकर संतुष्ट रहते थे, लेकिन बेन को पता चला कि जिस पच्चीस गज के स्विमिंग पूल में वह तैरता था, उसके 36 चक्कर लगाने से वह आधा मील तैर लेगा। उसने तुरंत ही इसे अपना नया लक्ष्य बना लिया।
- *अपने लक्ष्य दूसरों को बता दें :* वज़न कम करने वाले ज़्यादातर कार्यक्रमों में लोगों को यह सलाह दी जाती है कि वे अपने परिवार वालों को बता दें कि वे कितना वज़न कम करना चाहते हैं और उन्हें अपनी प्रगति की जानकारी देते रहें। क्यों? जब हम अपना लक्ष्य दूसरों को बता देते हैं, तो वे उन्हें हासिल करने में हमारा समर्थन करेंगे। जब हमारे मन में प्रयास छोड़ने का प्रलोभन आता है, तो वे हमें जुटे रहने के लिए प्रोत्साहित करते हैं।

केरन ने शादी के बाद कॉलेज की पढ़ाई छोड़ दी थी, ताकि वह पति की शिक्षा पूरी होने तक नौकरी कर सके। उसकी योजना थी कि इसके बाद वह अपनी डिग्री ले लेगी। लेकिन बच्चों के जन्म के कारण उसकी योजना बदल गई। अब दस साल बाद केरन दोबारा डिग्री ले रही है। घर सँभालने और 8 घंटे की नौकरी करने के बाद रात को कॉलेज जाना मुश्किल होता है। समय-समय पर केरन को लगता है कि इतनी मेहनत करने की क्या ज़रूरत है। लेकिन चूँकि उसका पति, बच्चे और मित्र जानते हैं कि यह लक्ष्य उसके लिए कितना ज़्यादा महत्त्वपूर्ण है, इसलिए वे उसका उत्साह बढ़ाते हैं और उसे आगे बढ़ने के लिए प्रोत्साहित करते हैं।

- *प्रगति की समीक्षा करें :* हालाँकि सभी लक्ष्य संख्या में नहीं बदले जा सकते, लेकिन यथासंभव विशिष्ट पैमाने और टाइमटेबल तय करें। यदि

लक्ष्य संख्यात्मक नहीं हैं, तो यह मापने का तरीक़ा खोजें कि आप उन्हें हासिल करने के कितने क़रीब आ चुके हैं।

जब ली ने अपना वार्षिक बिक्री लक्ष्य तय किया, तो उसे अपनी वार्षिक बिक्री आठ प्रतिशत बढ़ाने की उम्मीद थी। इसका मतलब था कि उसे कम से कम चार नए अकाउंट खोलने थे या अपने वर्तमान ग्राहकों को ज़्यादा बिक्री करनी थी। उसने इसे मासिक लक्ष्यों में बदल लिया, ताकि वह उनके हिसाब से अपनी वास्तविक बिक्री की समीक्षा कर सके। यदि बिक्री मासिक लक्ष्य के अनुरूप नहीं होती थी, तो वह इसे पटरी पर लाने के लिए तुरंत आवश्यक क़दम उठा लेता था।

अपने संगठन की मानव संसाधन संचालक होने के नाते कैथी संख्यात्मक लक्ष्य तय नहीं कर सकती थी। उसका एक वार्षिक लक्ष्य यह था कि वह वर्ड प्रोसेसर ऑपरेटर्स के लिए एक नया प्रशिक्षण कार्यक्रम बनाए, एक नए प्रकार के लाभ पैकेज का अध्ययन करके प्रबंधन को बताए तथा प्रशासकीय व पेशेवर कर्मचारियों के लिए एक प्रदर्शन समीक्षा प्रणाली तैयार करे।

उसने इनमें से प्रत्येक लक्ष्य को हिस्सों में बाँट लिया और हर हिस्से की समयसारणी बना ली। इस तरह वह यह माप सकती थी कि वह हर लक्ष्य के कितने क़रीब पहुँच रही थी और साल के अंत तक अपने सभी लक्ष्य हासिल करने के लिए अपनी गतिविधियों में फ़ेरबदल कर सकती थी।

हम सभी में ऐसी संभावनाएँ होती हैं, जिनके बारे में हमें पता नहीं होता है। हम ऐसी चीज़ें कर सकते हैं, जिनके बारे में हम सपने में भी नहीं सोच सकते कि हम उन्हें कर सकते हैं।

—डेल कारनेगी

नियोजन की प्रक्रिया

किसी विशिष्ट प्रोजेक्ट के लिए लक्ष्य तय करने की सुनियोजित नीति में ये क़दम होने चाहिए :

क़दम 1 : कैसा होना चाहिए

यह प्रोजेक्ट की व्यापकता है। यह इस बात की तसवीर है कि हम अंततः क्या चाहते हैं और इससे किसे व कैसे लाभ होगा। इसे स्पष्टता से व्यक्त करना चाहिए। इसके बारे में वरिष्ठ प्रबंधन, हमारी टीम और हमारे बीच आपसी सहमति होनी चाहिए। यदि हमने व्यापकता को अच्छी तरह परिभाषित नहीं किया है, तो प्रोजेक्ट की योजना बनाना लगभग असंभव होगा।

क़दम 2 : कैसा है

वर्तमान स्थिति की जाँच करें। हम आज कहाँ हैं? प्रोजेक्ट पूरा करने के हमारे प्रयासों में मदद करने वाले और बाधा डालने वाले घटक कौन से हैं?

क़दम 3 : लक्ष्य

अब हम प्रोजेक्ट को सफलतापूर्वक पूरा करने के लिए यथार्थवादी लक्ष्य तय करने के लिए तैयार हैं। ऐसे लक्ष्यों के बिना हम भटकते रहेंगे। लक्ष्य अल्पकालीन, मध्यमकालीन और दीर्घकालीन हो सकते हैं। दिन-प्रतिदिन के लक्ष्यों (अल्पकालीन लक्ष्यों) को हासिल करने से मध्यमकालीन और दीर्घकालीन लक्ष्य हासिल करने में योगदान मिलता है। समीक्षा करें कि चतुराई भरा या स्मार्ट (SMART) लक्ष्य कैसा होता है :

- एस = प्रक्रियाओं और संसाधनों के संदर्भ में विशिष्ट (specific)
- एम = निष्पक्ष आँकड़ों द्वारा मापने योग्य (mesurable)
- ए = हासिल करने योग्य (attainable)
- आर = मेरे स्वप्न के लिए प्रासंगिक (relevant)
- टी = डेडलाइन के साथ निश्चित समय (time) में पूरा होना

क़दम 4 : उठाए जाने वाले क़दम

लक्ष्य हासिल करने के लिए प्राथमिकताएँ तय करनी चाहिए और निश्चित उपाय विकसित किए जा सकते हैं। लक्ष्य तक पहुँचने के लिए उठाए जाने वाले क़दमों में ये शामिल होने चाहिए :

- काम की आवश्यकताएँ
- काम कौन करेगा
- किन प्रणालियों का इस्तेमाल किया जाएगा
- अलग-अलग हिस्से किस तरह मिलकर बड़ी तसवीर में जुड़ते हैं
- आप परिणामों का संप्रेषण किस तरह चाहते हैं (रिपोर्ट, पॉवर पॉइंट आदि)

क़दम 5 : लागत

योजना बनाते समय हर उठाए जाने वाले क़दम के बजट और लागत को तय कर लेना चाहिए। लागत में कर्मचारियों, उपकरणों, सामग्री और लक्ष्य हासिल करने के लिए आवश्यक सभी ख़र्चों को शामिल किया जाता है।

क़दम 6 : टाइम टेबल

डेडलाइन तय होनी चाहिए और सबको इसकी जानकारी होनी चाहिए, ताकि अल्पकालीन, मध्यमकालीन और दीर्घकालीन लक्ष्य पूरे हो सकें। टाइमटेबल तय करते समय यथार्थवादी बनें। हर चरण कब पूरा किया जाए, यह तय करने के लिए लक्ष्य से पीछे की ओर काम करें। ग़लतफ़हमियों से बचने के लिए पूरी समयसारणी लिख लें।

क़दम 7 : अमल

किसी योजना को अमल में लाना ही सबसे महत्त्वपूर्ण हिस्सा होता है, जिसे अक्सर नज़रअंदाज़ कर दिया जाता है। यह महत्त्वपूर्ण हिस्सा यह सुनिश्चित करना है कि सभी शामिल लोग लक्ष्य हासिल करने में अपनी भूमिका अच्छी तरह समझ लें। पहले से तय परिणामों के प्रति जवाबदेही तय होनी चाहिए। अमल की निगरानी करने से योजना की व्यापकता में संशोधन भी किया जा सकता है और लक्ष्यों का दोबारा मूल्यांकन भी किया जा सकता है।

क़दम 8 : आगामी कार्यवाही/पैमाना

नियोजन प्रक्रिया का एक अत्यंत महत्त्वपूर्ण हिस्सा सटीक आँकड़े रखकर यह विश्लेषण करना है कि विचलन क्यों हुए। इससे चुनौतियों को सही करने के लिए क़दम उठाए जा सकते हैं। लक्ष्य तक पहुँचने के लिए जो घटक अति महत्त्वपूर्ण हैं, उन पर ध्यान केंद्रित करें।

एक सुविचारित लक्ष्य पैमाना बनाकर हम अपने सच्चे उद्देश्यों पर ध्यान केंद्रित कर सकते हैं, अपनी प्रगति माप सकते हैं और यह सुनिश्चित कर सकते हैं कि हमारी नौकरी या जीवन के दूसरे पहलुओं में हमारे लिए जो भी चीज़ सबसे महत्त्वपूर्ण है, हम उसे हासिल कर लें।

सार

- सभी सफल लोग बताते हैं कि उनकी सफलता की शुरुआत एक आशा, एक सपने से हुई थी, जो एक लक्ष्य की ओर ले गया, जो एक कार्य योजना की ओर ले गया और अंततः लक्ष्य हासिल हो गया।
- किन लक्ष्यों की दिशा में यात्रा शुरू करें, यह तय करने से पहले हमें अपना मूल्यांकन करना चाहिए। हमें अपने दिल की गहराई में तलाश करनी चाहिए कि हम जीवन में सचमुच क्या चाहते हैं। हमें अपने ऐसे गुणों की पड़ताल भी करनी चाहिए, जिनसे हम उस लक्ष्य को हासिल कर सकते हैं।
- तार्किक और हासिल करने लायक़ लक्ष्य तय करना सफलता की दिशा में पहला क़दम है।
- लक्ष्य तय करने के लिए नीचे दिए दिशानिर्देशों पर चलें :

  लक्ष्य स्पष्टता से व्यक्त होने चाहिए
  लक्ष्य हासिल करना तार्किक दृष्टि से संभव होना चाहिए
  लक्ष्य प्रेरक होने चाहिए
  लक्ष्य कर्म आधारित होने चाहिए
  लक्ष्य मापने योग्य होने चाहिए
  लक्ष्य लिखित होने चाहिए
  लक्ष्य लचीले होने चाहिए
  लक्ष्यों का विस्तार करना चाहिए
  लक्ष्य दूसरों को बताना चाहिए, जो हमारा समर्थन कर सकते हैं
  लक्ष्यों की प्रगति मापने के लिए समय-समय पर उनकी समीक्षा करनी चाहिए।

4

दूसरे हमें कैसे देखते हैं

पुरानी कहावत है, "आप किसी पुस्तक का मूल्यांकन इसके कवर से नहीं कर सकते।" बात सही है, लेकिन दुर्भाग्य से हम लोगों का मूल्यांकन "उनके कवर" - पहली मुलाक़ात में उनके हुलिए और व्यवहार - से करते हैं। वास्तव में, कुछ लोग तो किसी से मिलने के तीस सेकेंड के भीतर ही उसके बारे में निर्णय ले लेते हैं।

पहली छवि को हटाना मुश्किल होता है। यदि पहले संपर्क में नकारात्मक या अनचाही छवि बन जाए, तो यह कई वर्षों तक उस व्यक्ति के साथ हमारे संबंधों को प्रभावित कर सकती है। अच्छी छवि बनाने के लिए थोड़े विचार और प्रयास की ज़रूरत होती है, और यह प्रयास करने लायक़ है।

सफलता की छवि बनाएँ

जब हम सफल लोगों से मिलते हैं, तो हम अक्सर उनके सुखद "व्यक्तित्व" से प्रभावित होते हैं। उनसे मिलते ही हमें उन पर विश्वास हो जाता है, हम मन ही मन उनकी प्रशंसा करते हैं और उनके साथ आरामदेह महसूस करते हैं। कई बार हम अप्रिय लोगों से भी मिलते हैं और उनकी छवि से विकर्षित हो जाते हैं।

हमारी छवि - जिसे कई बार हमारा व्यक्तित्व कहा जाता है - के माध्यम से हम ख़ुद को बाहरी संसार के सामने व्यक्त करते हैं। हम सिर्फ़ मिलनसार प्राणी नहीं हैं, जो दूसरे लोगों से मिलना-जुलना पसंद करते

हैं। हमारे अंदर यह प्रवृत्ति भी होती है कि दूसरे हम पर ग़ौर करें और प्रशंसात्मक अंदाज़ में ग़ौर करें। इस छवि का ज़्यादातर हिस्सा एक अच्छे, सभ्य अंदाज़ से बनता है। शिष्टाचार भी बहुत महत्त्वपूर्ण तत्व है - अच्छे आचरण के बाद शायद सबसे महत्त्वपूर्ण। इंसान को सटीकता से पता होना चाहिए कि क्या करना है और उसमें सही समय पर सही चीज़ करने की योग्यता भी होनी चाहिए। जो लोग सकारात्मक छवि बनाने की कोशिश कर रहे हैं, उनके लिए अच्छा विवेक और सहज बोध अनिवार्य हैं।

हमें सबसे बड़े निवेश शालीन अंदाज़, व्यवहार का सौहार्द, भावना की उदारता हासिल करने में करने चाहिए, जो लोगों को ख़ुश करने की आनंददायक कला है। यह धन-दौलत से ज़्यादा महत्त्वपूर्ण है, क्योंकि आशावादी, सुखद लोगों के लिए सारे द्वार खुल जाते हैं। उनका स्वागत ही नहीं होता है; उनसे हर जगह प्रेम किया जाता है।

व्यक्तित्व के गुण हासिल किए जा सकते हैं

सभी लोगों के पास समान अधिकार और अवसर होते हैं। ध्यान रहे कि सभी लोगों में समान बुद्धि, समान शारीरिक शक्ति, ऊर्जा के समान स्तर नहीं होते हैं, लेकिन उनकी वर्तमान स्थिति चाहे जैसी हो, वे ख़ुद को शिक्षित करके और अपना विकास करके ऊपर उठ सकते हैं। जो लोग ज्ञान हासिल करने के लिए उत्सुक हैं और उत्कृष्ट बनने की महत्त्वाकांक्षा रखते हैं, वे स्वाभाविक रूप से आगे बढ़ जाएँगे। हम व्यक्तित्व के जो गुण हासिल करना चाहते हैं, उनका विकास करने का चुनाव कर सकते हैं और उन पर मेहनत कर सकते हैं। परिश्रम से महानता संभव हो जाती है।

याद रखने वाली महत्त्वपूर्ण बात यह है कि ऐसी सुखद छवि *विकसित* की जा सकती है, जिससे हमारा हर जगह स्वागत हो। हमारी छवि बनाने वाले कुछ पहलू जन्मजात होते हैं, जैसे हमारा शारीरिक गठन, बुनियादी बुद्धि और कुछ योग्यताएँ। लेकिन हममें से प्रत्येक के भीतर अपने गुणों से फ़ायदा उठाने और उन्हें विकसित करने की क्षमता होती है, ताकि हम भी ऐसी सुखद छवि बना लें, जिसकी सब प्रशंसा करें।

हम जैसे बनना चाहते हैं, वैसे बनना आसान नहीं होता है। बहरहाल, यह काम बहिर्मुखी, आनंददायक, आशावादी और सकारात्मक व्यवहार

विकसित करने की प्रबल इच्छा और समर्पण के साथ शुरू होता है - एक ऐसी छवि, जो हमारे आस-पास के स्त्री-पुरुषों का दिल जीत लेगी।

ख़ुशनुमा प्रवृत्ति को बरकरार रखें

जब तक हमारा मानसिक नज़रिया कटुता तथा छल से रहित न हो और हम हर दिन को सुखद वरदान की तरह न देखें, तब तक हमारा जीवन दुखद और प्रायः अनुपयोगी ही रहेगा।

कुछ लोग बरसों तक दूसरों के प्रति कटु घृणा या ईर्ष्या पालकर रखते हैं। शायद यह बात उन्हें मालूम न हो, लेकिन इस तरह का मानसिक नज़रिया उस व्यक्ति को योग्यता के सर्वोच्च स्तर पर नहीं पहुँचने देता है और उसकी ख़ुशी को नष्ट कर देता है। सिर्फ़ इतना ही नहीं, वे अपने विनाशकारी परिवेश को संप्रेषित भी कर देते हैं, जिससे लोग उनके ख़िलाफ़ पूर्वाग्रह पाल लेते हैं, उनसे द्वेष करने लगते हैं और उनके काम में लगातार बाधा डालते रहते हैं।

मन को कटुता, ईर्ष्या, घृणा, कुढ़न और निष्ठुर विचारों से मुक्त रखना चाहिए। इसे हर नकारात्मक चीज़ से मुक्त रखना चाहिए, अन्यथा मानसिक शांति भंग होने के अलावा हमारी कार्यकुशलता क्षीण हो जाएगी और हमारे काम घटिया होंगे।

अगर हम दूसरों के प्रति प्रतिशोध या शत्रुता के विचार रखते हैं, तो हम अपना सर्वश्रेष्ठ काम नहीं कर सकते। हमारी शक्तियाँ आदर्श सामंजस्य में काम करने पर ही अपना सर्वश्रेष्ठ प्रदर्शन करती हैं। हृदय में सद्भाव होना चाहिए, वरना हम हृदय या हाथ से अच्छा काम नहीं कर सकते। घृणा, प्रतिशोध और ईर्ष्या हमारे भीतर की हर महान चीज़ के लिए उसी तरह घातक विष हैं, जिस तरह आर्सेनिक हमारे शारीरिक जीवन के लिए घातक होता है।

दूसरों के प्रति दयालुतापूर्ण नज़रिया और सद्भाव किसी भी तरह की कटु, घृणा या चोट पहुँचाने वाले विचारों के ख़िलाफ़ हमारी सर्वश्रेष्ठ सुरक्षा है। इससे हमारे जीवन में शांति और समता आती है। इससे हमारे जीवन में संघर्ष कम होगा और दूसरों के साथ सद्भावपूर्ण संबंध क़ायम होंगे। हम अपनी प्रतिष्ठा को गंभीर नुक़सान पहुँचाए बिना नफ़रत, द्वेष,

ईर्ष्या और प्रतिशोध की गोपनीय भावनाएँ नहीं रख सकते। कई लोग मन ही मन हैरान होते हैं कि वे लोकप्रिय क्यों नहीं हैं, उन्हें लोग नापसंद क्यों करते हैं, समुदाय में उन्हें कमतर क्यों समझा जाता है। यह दरअसल उनकी कटु, प्रतिशोधात्मक, प्रतिकूल भावनाओं की वजह से होता है, जो व्यक्तिगत चुंबकीयता का गला दबा देती हैं।

दूसरी ओर, यदि हम दयालुतापूर्ण, प्रेमपूर्ण, सहानुभूतिपूर्ण विचार रखें, सबके प्रति दोस्ताना महसूस करें और हृदय में कोई कटुता, घृणा या ईर्ष्या न रखें, तो हम आकर्षक, सहायक और आशावादी छवि बना लेंगे।

> *धधकता हुआ उत्साह, जिसके पीछे सहज बोध और लगन का सहारा हो, सफलता दिलाने वाला सबसे बड़ा गुण है।*
>
> **—डेल कारनेगी**

गड़बड़ परिस्थितियों में भी जो लोग मुस्करा सकते हैं, वे उन लोगों से बहुत लाभकारी स्थिति में होते हैं, जिनका साहस मुश्किलों के सामने आते ही ढह जाता है। हर चीज़ ख़िलाफ़ होने के बावजूद मुस्करा सकने वाले लोग विजेता की छवि पेश करते हैं।

पहली चीज़ें पहले

जब लोग हमसे मिलते हैं, तो हमारे बारे में उनकी पहली छवि इस आधार पर बनती है कि हम कैसे दिखते हैं। दूसरे हमें कैसा मानते हैं, इस बारे में हुलिया एक महत्त्वपूर्ण भूमिका निभाता है। दूसरों को सकारात्मक या नकारात्मक तरीक़े से प्रभावित करने वाले कुछ घटक हमारे नियंत्रण के बाहर होते हैं। हम अपने बुनियादी शारीरिक गठन को तो नहीं बदल सकते, लेकिन हम अपनी सकारात्मक बातों का अधिकतम लाभ उठा सकते हैं और अपनी कमियों को न्यूनतम कर सकते हैं। सकारात्मक छवि बनाने के लिए फ़िल्म स्टार जितने अच्छे चेहरे की ज़रूरत नहीं होती है।

अति महत्त्वपूर्ण दस सेकेंड

जब कोई नया व्यक्ति हमसे मिलता है, तो वह सिर्फ़ दस सेकेंड में ही इस बारे में छवि, धारणाएँ और मान्यताएँ बना लेता है कि हम कौन हैं और

कैसे हैं। ये मान्यताएँ इन बातों से ज़्यादा महत्त्वपूर्ण होती हैं कि हमने अपने कपड़ों पर कितने पैसे ख़र्च किए हैं या हमने अपने बाल रंगे हैं या नहीं। सामने वाला हमारे बारे में जो धारणा बनाता है, उनमें हमारा शैक्षणिक स्तर, हमारी आर्थिक स्थिति, करियर की सफलता हर चीज़ शामिल होती है - यहाँ तक कि ईमानदारी और सत्यनिष्ठा जैसे व्यक्तिगत गुण भी। सभी धारणाएँ लगभग अवचेतन रूप से शुरुआती दस सेकेंड में ही बन जाती हैं।

बाहरी छवि

लोग सबसे पहले हमारी बाहरी छवि को ही देखते हैं। यह या तो हमारे लिए दरवाज़े खुलवा सकती है... या दरवाज़े बंद करा सकती है। हर सेल्सपर्सन उस कुंठा को जानता है, जब वह संभावित ग्राहक से सिर्फ़ इसलिए नहीं मिल पाता है, क्योंकि तथाकथित "गेटकीपर" - रिसेप्शनिस्ट, सेक्रेटरी या अधीनस्थ - उसे अवांछित मानकर बॉस से मिलने नहीं देती है। एक मायने में हमारे बारे में किसी व्यक्ति की पहली धारणा सबसे शक्तिशाली गेटकीपर है। अक्सर इसी से यह तय होता है कि वह व्यक्ति हमें अंदर आने देगा या नहीं - शाब्दिक रूप से भी और आलंकारिक दृष्टि से भी।

हमारी बाहरी छवि के ज़्यादातर संकेत आँखों के माध्यम से ग्रहण किए जाते हैं। मस्तिष्क पर हुआ नवीनतम शोध बताता है कि दृश्यात्मक आवेग सीधे मस्तिष्क के भावनात्मक केंद्र तक पहुँचते हैं। ये सामान्य प्रणालियों के पार चले जाते हैं और इन पर लगभग तुरंत प्रतिक्रिया होती है। अच्छा अलंकरण, उचित पोशाक, सुखद मुस्कान और सही शिष्टाचार अच्छी व्यक्तिगत छवि बनाने की दिशा में पहले क़दम हैं। हम ऐसी पोशाक पहनकर अपनी सफलता की संभावनाओं को अधिकतम कर सकते हैं, जो हमारे और हमारी योग्यताओं के बारे में सकारात्मक संदेश पहुँचाती हो।

कारोबार में अनौपचारिक ड्रेस कोड के व्यापक अमल में आने के बाद आज कारोबारी पोशाक की कोई सर्वमान्य शैली नहीं रह गई है। हमारे उद्योग, क्षेत्र और संस्कृति में किस तरह की पोशाक को सही माना जाता है, यह पता लगाने के लिए हमें थोड़ा शोध करने की ज़रूरत होती है।

जिस दिन एबीसी एड एजेंसी में फ़िलिस का इंटरव्यू था, उसके एक दिन पहले वह एजेंसी की लॉबी में यह देखने गई कि वहाँ काम करने

वाली महिलाएँ कैसी पोशाक पहनती हैं। उसने इस बात पर ग़ौर किया कि पहले जिस बैंक में वह नौकरी करती थी, वहाँ फॉर्मल ड्रेस पहनी जाती थी, लेकिन यहाँ की ज़्यादातर महिलाएँ स्कर्ट-ब्लाउज या स्लैक्स पहनती थीं। इस अवलोकन के आधार पर उसने अपने इंटरव्यू में ऐसी ही पोशाक पहनी। अगर वह बैंक वाली पोशाक पहनती, तो उसकी छवि उस परिवेश के हिसाब से उचित नहीं होती। दूसरी ओर, यदि वह किसी बैंक के इंटरव्यू में अनौपचारिक पोशाक पहनकर जाती, तो अच्छा संदेश नहीं जाता।

दूसरों में रुचि लें

> *याद रखें, आप जिस व्यक्ति से बात कर रहे हैं, वह ख़ुद में, अपनी इच्छाओं में और अपनी समस्याओं में उससे सौ गुना ज़्यादा रुचि लेता है, जितनी वह आपमें और आपकी समस्याओं में लेता है।*
>
> **—डेल कारनेगी**

हुलिया और व्यक्तित्व दूसरों के मन में हमारी छवि को बनाने और बनाए रखने की दिशा में सिर्फ़ पहले क़दम हैं। जैसा डेल कारनेगी ने कहा है, "हमें इसे बेहतर बनाने के लिए दूसरे लोगों में सच्ची रुचि लेनी चाहिए।"

यदि हम संपर्क की शुरुआत से ही किसी व्यक्ति में सच्ची रुचि दिखाते हैं, तो तालमेल इतनी जल्दी बनेगा, जितना किसी दूसरी चीज़ से नहीं बन सकता। हमें सामने वाले का नाम याद रखना चाहिए और उससे बात करते समय उसका इस्तेमाल भी करना चाहिए।

कारोबारी परिवेश में सामने वाले की उस समस्या या स्थिति को ग़ौर से सुनें, जिस पर बात करने के लिए वह आपके पास आया है। ऐसे सवाल पूछें, जिनसे उसे पता चल जाए कि आप उसमें सच्ची रुचि ले रहे हैं। सामाजिक स्थितियों में सामने वाले की टिप्पणियों और प्रश्नों पर प्रतिक्रिया करते समय सच्ची दिलचस्पी दिखाएँ।

विएना के मशहूर मनोवैज्ञानिक अल्फ्रेड एडलर ने अपनी पुस्तक *व्हाट लाइफ़ शुड मीन टु यू* में कहा था, "जिस व्यक्ति की अपने साथी इंसानों में रुचि नहीं होती है, उसके जीवन में सबसे ज़्यादा मुश्किलें आती हैं और वही

दूसरों को सबसे ज़्यादा चोट पहुँचाता है। ऐसे ही व्यक्तियों के बीच से सभी मानवीय असफलताएँ उत्पन्न होती हैं।"

थियोडोर रूज़वेल्ट अपने युग के सबसे पसंदीदा लोगों में से एक थे। उन्हें लोकप्रिय बनाने वाला गुण यह था कि वे जिस भी व्यक्ति से मिलते थे, सबमें सच्ची रुचि दिखाते थे। वे उनसे उनके परिवार वालों के बारे में पूछते थे और उनके विचार सुनते थे - चाहे उनकी पृष्ठभूमि कैसी भी हो। उन्होंने समय लगाकर व्हाइट हाउस के घरेलू स्टाफ़ के हर सदस्य के बारे में जानकारी हासिल की। व्हाइट हाउस छोड़ने के बरसों बाद भी जब वे वहाँ जाते थे, तो वे स्टाफ़ के हर सदस्य को नाम से बुलाते थे और उनकी रुचि या अपने राष्ट्रपति-काल की किसी ऐसी चीज़ के बारे में बात करते थे, जो उन्होंने उनकी ख़ातिर की थी। ऐसे व्यक्ति को कौन पसंद नहीं करेगा?

अगर आप मित्र बनाना चाहते हैं, तो प्रफुल्लता और उत्साह से लोगों का अभिवादन करें। जब कोई हमें फ़ोन करता है, तो इस तरह "हलो" बोलें, जिससे उसे लगे कि उसका फ़ोन आने पर हम बहुत ख़ुश हुए हैं। दूसरों में सच्ची रुचि दिखाने से न सिर्फ़ हमारे मित्र बनते हैं, बल्कि इससे हमारी कंपनी के ग्राहक भी वफ़ादार बनते हैं।

महान वक्ता और राजनेता डेनियल वेब्स्टर के बारे में कहा जाता था कि वे जिस भी व्यक्ति से मिलते थे, उसका विश्वास जीत लेते थे। जब उनसे इसका कारण पूछा गया, तो जवाब मिला कि ज़्यादातर नेताओं के विपरीत वेब्स्टर अपने बारे में बात नहीं करते थे, बल्कि लोगों की बात सुनते थे।

समानुभूतिपूर्ण बनें। समानुभूतिपूर्ण लोग ख़ुद को सामने वाले की जगह पर रखकर देखते हैं। वे सामने वाले की बात ही नहीं सुनते हैं, बल्कि उसकी भावनाओं को भी महसूस करते हैं।

फ़ोन पर पहली छाप

अक्सर फ़ोन पर ही हमारा किसी के साथ पहला संपर्क होता है। उस फ़ोन कॉल में जो छाप छोड़ी जाती है, वही हमारे भावी संबंधों पर प्रभाव डालती है। जेनिफ़र नाराज़ थी। उसने जो वॉशिंग मशीन पिछले ही महीने ख़रीदी थी, वह ख़राब हो गई थी। उसने स्टोर फ़ोन लगाया और मैनेजर से बात

कराने को कहा। छह घंटियाँ बजने के बाद जवाब मिला, "जोन्स एप्लाएंसेस, कृपया इंतज़ार करें।" वह इंतज़ार करती रही, करती रही और उसे ऐसा लगा कि उसे अनंत काल तक इंतज़ार करना पड़ेगा। जब जेनिफ़र फ़ोन रखकर दोबारा डायल करने वाली थी, तो आख़िरकार ऑपरेटर लाइन पर आ गई :

"जोन्स एप्लाएंसेस, मैं आपकी क्या मदद कर सकती हूँ?"

"क्या मैं मैनेजर से बात कर सकती हूँ?"

"किसलिए?"

"मैंने पिछले महीने वॉशिंग मशीन ख़रीदी थी और यह ख़राब हो गई है।"

"आपको मैनेजर से बात करने की ज़रूरत नहीं है। मैं सर्विसिंग विभाग वालों से बात कराती हूँ।"

एक बार फिर लंबे इंतज़ार के बाद सर्विसिंग प्रतिनिधि ने आख़िरकार उत्तर दिया। जेनिफ़र की आधी शिकायत सुनने के बाद ही उसने बीच में बात काट दी, "माफ़ करें, हम आपकी मदद नहीं कर सकते। आपको निर्माता के पास जाना होगा। आपको उसका पता अपनी वॉरंटी पर मिल जाएगा," और किसी प्रतिक्रिया का इंतज़ार किए बिना उसने फ़ोन रख दिया।

क्या आप सोचते हैं कि जेनिफ़र उस स्टोर से दोबारा कुछ ख़रीदेगी?

फ़ोन करने वालों पर अच्छा प्रभाव डालने का एक तरीक़ा तो यह है कि फ़ोन का जवाब तुरंत दें। अगर हमें पता है कि उस व्यक्ति को कुछ समय इंतज़ार करना होगा, तो उसे बता दें कि उसे लगभग कितना इंतज़ार करना होगा। फिर यह सुझाव भी दें कि अगर वह इंतज़ार नहीं करना चाहता है, तो हम बाद में उसे फ़ोन लगा लेंगे। अगर वह व्यक्ति इंतज़ार करने का चुनाव करता है, तो उसे बता दें कि चर्चा जारी है, इसलिए उसके पास इंतज़ार करने या हमारे बाद में फ़ोन करने का विकल्प अब भी मौजूद है।

फ़ोन करने वाले से बात करते समय हमेशा उसे बात करने दें, जब तक कि वह शिकायत या संदेश पूरी तरह न बता दे। उसकी बात बीच में न काटें। अगर हम मदद नहीं कर सकते, तो उसे ज़्यादा से ज़्यादा जानकारी दें कि उसे कहाँ से मदद मिल सकती है।

हमारा कार्यस्थल पहली छवि बनाता है

गैरी ने कमरे में निगाहें घुमाईं। ऑफ़िस में निश्चित रूप से व्यस्तता थी। कर्मचारी इधर से उधर जा रहे थे। सभी डेस्क काग़ज़ों से भरी दिख रही थीं। फ़ोन की घंटियाँ बज रही थीं, लेकिन उन्हें कोई उठा नहीं रहा था। गैरी के दिमाग़ में अचानक एक शब्द आया, "गड़बड़झाला।" वह इस संगठन के साथ कारोबार करना चाहता था, लेकिन वहाँ का माहौल देखकर वह डगमगाने लगा। बाद में वह कंपनी के प्रतिनिधि से मिला, लेकिन उसका निर्णय तो पहली छवि की बदौलत ही हो चुका था।

गैरी जिस कंपनी में गया था, शायद वह गैरी के साथ बहुत अच्छे कारोबार में बहुत सक्षम होती, लेकिन कंपनी ने उन छोटी-छोटी चीज़ों पर पर्याप्त ध्यान नहीं दिया था, जिनसे आगंतुकों पर प्रभाव पड़ता है। नतीजा यह हुआ कि उसके बाद होने वाली हर चीज़ अपने आप अस्वीकृत होती चली गई।

जब आगंतुक हमारी कंपनी में आते हैं, चाहे वे ग्राहक हों, बैंकर हों, संभावित कर्मचारी हों या शासकीय अधिकारी हों, तो पहली निगाह में जो छवि बनती है, उसी के आधार पर वे हमारे बारे में राय बनाते हैं।

स्पष्ट रूप से, रिपेयरिंग शॉप किसी डॉक्टर के ऑफ़िस जितनी बेदाग़ नहीं हो सकती, लेकिन इसे किसी दूसरी रिपेयरिंग शॉप जितना साफ़ तो होना चाहिए।

अच्छा यही रहेगा कि हम समय-समय पर अपने ऑफ़िस की जाँच करके यह सुनिश्चित करें कि यह साफ़-सुथरा और व्यवस्थित दिखता है। जिन औज़ारों और उपकरणों का इस्तेमाल नहीं हो रहा है, वे सही तरीक़े से रखे हों, किसी डेस्क पर काग़ज़ों का अंबार न लगा हो और पूरा माहौल कारोबारी हो।

पत्राचार से पहली छवि बनती है

वॉरेन ने टाइम मैनेजमेंट के एक सेमिनार में हिस्सा लिया। सेमिनार में उसे बताया गया कि कारोबारी पत्र लिखने में बहुत कम समय लगेगा, अगर लेखक सामने वाले के मूल पत्र के नीचे प्रतिक्रिया लिखकर उसे दोबारा भेज

दे। वॉरेन ने तुरंत इस विचार पर अमल किया। इससे उसका समय तो यक़ीनन बचा, लेकिन उसकी कंपनी की छवि धूमिल हो गई।

एक संभावित ग्राहक से उसे बाद में पता चला कि उसने वॉरेन की कंपनी के साथ कारोबार न करने का निर्णय लिया था, क्योंकि वॉरेन की प्रतिक्रिया "ग़ैर-पेशेवर" थी।

हमारा पत्र हमारा प्रतिनिधि होता है। हमारा लेटरहेड वैसा ही होना चाहिए, जैसी छवि हम लोगों के सामने पेश करना चाहते हैं। वर्तनी और टाइपिंग की त्रुटियों को लापरवाही या अकुशलता का प्रतीक माना जा सकता है। समझदार पाठक शब्दों के ख़राब चयन या व्याकरण की ग़लती को तुरंत ही पकड़ लेते हैं। भेजने से पहले हर पत्र को दोबारा पढ़ें। यह सुनिश्चित करें कि पत्र में एक भी ग़लती न हो।

ग़ैर-शाब्दिक संप्रेषण

हम अपनी बॉडी लैंग्वेज को इतना बेहतर बना सकते हैं, ताकि सामने वाले तक सकारात्मक संदेश पहुँचे। काफ़ी हद तक बॉडी लैंग्वेज से ही तय होता है कि हम कैसी छाप छोड़ते हैं।

सामाजिक भाषाविद् अल्बर्ट मेहराबियन ने आमने-सामने के संप्रेषण के वृहद अध्ययन में यह पता लगाया कि एक व्यक्ति से दूसरे व्यक्ति तक जो संदेश पहुँचता है, उसका सिर्फ़ 7 प्रतिशत ही शब्दों के माध्यम से होता है। लगभग 38 प्रतिशत अर्थ आवाज़ के लहज़े, विराम, ज़ोर आदि स्वर लक्षणों के ज़रिये पहुँचता है। संदेश का 55 प्रतिशत अर्थ दृश्यात्मक संकेतों के ज़रिये संप्रेषित होता है, जिन्हें हम "बॉडी लैंग्वेज" की श्रेणी में रखते हैं।

युवा जॉन एफ़. केनेडी और अनुभवी रिचर्ड निक्सन के बीच राष्ट्रपति पद के लिए जो मशहूर बहस हुई थी, वह इसका आदर्श उदाहरण है। रेडियो श्रोताओं ने सिर्फ़ शाब्दिक संदेश सुना और इस आधार पर उनका निष्कर्ष यह था कि निक्सन बेहतरीन थे। लेकिन जिन लाखों लोगों ने टेलीविज़न पर ग़ैर-शाब्दिक हिस्सा भी देखा, उनकी धारणा बिलकुल विपरीत थी। निक्सन के चेहरे के हाव-भाव, उनके पसीने और हाथ की गतिविधियों ने दर्शकों पर नकारात्मक प्रभाव डाला।

मुद्रा

अच्छी (या बुरी) मुद्रा दूर से भी दिख जाती है और देखने वाले के भावनात्मक मस्तिष्क-पटल पर तुरंत दर्ज हो जाती है। यह बाक़ी ग़ैर-शाब्दिक संकेतों से ज़्यादा स्पष्ट होती है, क्योंकि इसमें पूरा शरीर शामिल होता है।

शोध में प्रतिभागियों की यह धारणा थी कि उत्कृष्ट मुद्रा वाले लोग शिथिल मुद्रा वाले लोगों से ज़्यादा लोकप्रिय, महत्त्वाकांक्षी, विश्वासी, दोस्ताना और बुद्धिमान थे।

अपनी मुद्रा को बेहतर बनाना पहलेपहल अजीब और अतिशयोक्तिपूर्ण लग सकता है। दूसरे लोगों का सीधा तना हुआ धड़, चौड़े कंधे और संतुलित निचले शरीर के प्रभाव को देखने पर हम यह तय कर सकते हैं कि वे कितने प्रभावी दिखते हैं और हम भी उतने ही प्रभावी दिखेंगे।

सिर का इस्तेमाल करना

हमारे सिर की स्थिति और हमारी मुखाकृति की गतिविधियाँ ग़ैर-शाब्दिक संप्रेषण में अहम भूमिका निभाती हैं। अधिकतम प्रभाव डालने के लिए हमें अपना सिर "सपाट रखना" चाहिए।

चेहरे के सारे भावों में मुस्कान सबसे प्रभावी होती है। सच तो यह है कि मुस्कराने से लोग हमारे दृष्टिकोण के बारे में ज़्यादा ग्रहणशील बन सकते हैं। जब हम मुस्कराते हैं, तो सामने वाला भी लगभग हमेशा मुस्कराता है। यह सिर्फ़ प्रतिबिंबन नहीं है। यह तो गर्मजोशी और मिलनसारिता का भाव है, जो हमारी मुस्कान से उत्पन्न होता है।

झूठी मुस्कान न मुस्कराने से भी ज़्यादा हानिकारक होती है। विश्वसनीय मुस्कान में पूरे चेहरे का इस्तेमाल होता है और यह तुरंत आती है, जब हम होने वाली बातचीत के बारे में सकारात्मक नज़रिया रखते हैं।

आँखों का संपर्क

आँखों के प्रभावी संपर्क से यह संदेश जाना चाहिए कि आपको सामने वाले पर विश्वास है, आप ईमानदार हैं और सामने वाले में रुचि ले रहे हैं। अगर आँखों का संपर्क कम हो, तो इसे आम तौर पर डर, बेईमानी, शत्रुता या बोरियत का संकेत माना जाता है।

शोध दर्शाता है कि जब नौकरी का इंटरव्यू लेने वाला आँखों का संपर्क क़ायम रखता है, तो उम्मीदवार ज़्यादा पूर्ण और अच्छे जवाब देते हैं। कक्षा में जो पढ़ाया जाता है, उसे हम कितना समझते और याद रखते हैं, वह भी शिक्षक की आँखों के संपर्क से सीधे जुड़ा होता है।

हाथ मिलाना

नए लोगों से मुलाक़ात करते वक़्त अमेरिका और यूरोप में हाथ मिलाना परिचय का एक अहम हिस्सा होता है। जब हम प्रभावी अंदाज़ में हाथ मिलाते हैं, तो हम अपने आत्म-गौरव, ऊर्जा और उत्साह के बारे में एक अचेतन लेकिन महत्त्वपूर्ण संदेश भेजते हैं। हाथ मिलाने से एक व्यक्तिगत जुड़ाव भी बनता है, जिससे सामने वाला ज़्यादा खुला और ईमानदार बनता है।

फ़ीडबैक

हमारी बाहरी छवि का प्रबंधन करने में शायद सबसे बड़ी चुनौती यह रहती है कि हम ख़ुद को उसी तरह नहीं देख सकते, जिस तरह दूसरे हमें देखते हैं। शोध बताता है कि हम अपने बारे में दूसरों से ज़्यादा आलोचनात्मक होते हैं। इसके अलावा हम उन नकारात्मक व्यवहारों के बारे में पूरी तरह अनजान हो सकते हैं, जिन्हें सुधारने की ज़रूरत है।

अपनी बाहरी छवि की सटीक जानकारी पाने के कुछ तरीक़े ये हैं :

- ख़ुद का वीडियो देखना और सुनना
- आईने के सामने बोलकर अपनी छवि पर ग़ौर करना
- विश्वस्त सहकर्मियों से ईमानदार राय लेना
- हम पर दूसरों की प्रतिक्रिया की निगरानी करना - ख़ास तौर पर उनकी, जिन्हें हम प्रभावित करना चाहते हैं।

प्रभावी छवि बनाना

जब हम किसी के बारे में यह कहते हैं कि उसकी प्रभावी छवि है, तो लगभग हमेशा हमारा यह मतलब होता है कि वह बहुत विश्वसनीय है। लोग ऐसे

व्यक्ति पर भरोसा कर सकते हैं कि वह जो कहता है, वह कर देगा और सकारात्मक काम करेगा।

जब हम किसी नए व्यवहार को चुनते हैं और उस पर अमल करते हैं, तो हम भी अपने सबसे महत्त्वपूर्ण दर्शक - यानी ख़ुद - की नज़रों में विश्वसनीय बनते हैं। हम ख़ुद के सामने यह साबित करते हैं कि हममें अपनी अनिच्छा से उबरने और काम पूरा करने की व्यक्तिगत शक्ति है।

लोग आपके बारे में क्या कहते हैं, इस बारे में चिंता करने के बजाय किसी ऐसी चीज़ को हासिल करने में समय गुज़ारें, जिसकी वे प्रशंसा करें।

—डेल कारनेगी

हमारे नज़रिये अंतरंग रूप से हमारे कार्यों से गुँथे होते हैं। एक में परिवर्तन के बिना दूसरे में परिवर्तन को क़ायम रखना लगभग असंभव है। कोई "त्वरित" शॉर्टकट नहीं होता, लेकिन हर सकारात्मक कर्म हमारी एक्ज़ीक्यूटिव छवि को बनाने वाली श्रृंखला में एक और कड़ी जोड़ देता है।

अपनी सफलताओं को खोजने के लिए किसी महत्त्वपूर्ण पेशेवर लक्ष्य के बारे में सोचें - जो हमारे लिए सचमुच महत्त्वपूर्ण है - जिसें हम शायद टाल रहे हैं या जिसकी दिशा में हम काम नहीं करना चाहते।

फिर उस लक्ष्य की दिशा में एक क़दम उठा लें, चाहे वह कितना भी छोटा हो। फिर विश्लेषण करें कि हमने क्या किया और उससे क्या हासिल हुआ। यदि हमें यह विश्वास हो जाता है कि यह हासिल हो गया है, तो एक और क़दम चुनें और ऐसा तब तक करते रहें, जब तक कि हम अपनी मनचाही तसवीर तक न पहुँच जाएँ।

ज़ाहिर है हम ख़ुद में जो कमियाँ देखते हैं, उनमें से कुछ को स्वीकार करने के साथ-साथ सुधारने की भी ज़रूरत होती है। हमारे कमज़ोर बिंदुओं के बारे में हममें जो ग़लत धारणाएँ होती हैं, उन्हें पहचानकर उनकी जाँच करें। इससे उन कमज़ोर क्षेत्रों को दुरुस्त करने की दिशा में सृजनात्मक काम करने की ऊर्जा मुक्त होती है।

बेंजामिन फ्रैंकलिन ने अपनी आत्मकथा में बताया है कि वे बरसों तक बहुत से नकारात्मक व्यवहारों से मुक्ति पाने की निरर्थक कोशिश करते रहे। उन्हें अच्छी सफलता तब मिली, जब उन्होंने एक अकेले व्यवहार पर ध्यान केंद्रित करने और उसे अपने जीवन से हटाने का निर्णय लिया। इसके बाद दूसरा व्यवहार, फिर तीसरा और इसी तरह।

आंतरिक छवि

आत्म-जागरूकता और आत्म-विश्वास की दृढ़ बुनियाद बनाना अनिवार्य है। इस बुनियाद के बिना दूसरों के साथ सकारात्मक छवि बनाने की कोशिश करना वैसा ही है, जैसे हम एंटीबायोटिक की जगह पर बैंड-एड का इस्तेमाल करें। यह अच्छी सेहत पाने के बजाय सतही लक्षणों का उपचार करने की कोशिश है।

पारस्परिक प्रभावकारिता दूसरों को अपनी बातें बताने पर निर्भर करती है। अपनी बातें खुलकर बताने में हममें से ज़्यादातर लोगों को बहुत जोखिम महसूस होता है, जब तक कि हमारी आत्म-स्वीकृति का स्तर ऊँचा न हो। जब तक हम ख़ुद को स्वीकार न कर लें, तब तक हम दूसरों को वह स्वीकृति नहीं दे सकते, जिसे वे बहुत ज़्यादा चाहते हैं।

> *याद रखें, ख़ुशी इस बात पर निर्भर नहीं करती कि आप कौन हैं या आपके पास क्या है; यह तो पूरी तरह इस बात पर निर्भर करती है कि आप क्या सोचते हैं।*
>
> **—डेल कारनेगी**

हो सकता है कि हमें इस अवधारणा पर अमल करने की सलाह दी गई हो, "इसकी तब तक नक़ल करो, जब तक कि यह सच न हो जाए?" कुछ समय के लिए यह एक उत्कृष्ट रणनीति हो सकती है, जब हमारे सामने कोई नई स्थिति आए और हमारी आंतरिक शक्ति के बावजूद कुछ अवांछित हो जाए। हम एक गहरी साँस लेते हैं और छलाँग लगा देते हैं। स्विमिंग पूल में डुबकी लगाने की तरह ही हमारी योग्यता और ऊर्जा हमें तुरंत ही ऊपर खींच लेती है।

बहरहाल, जब तक हमारी आत्म-अवधारणा ठोस जगह पर न हो, हम "सभी लोगों को सभी समय मूर्ख" नहीं बना सकते। इसलिए यह कोशिश क्यों करें? इसके बजाय हमें अपने समय और ऊर्जा का निवेश करके अपने व्यक्तिगत मूल्य और योग्यता में दृढ़ विश्वास को दोबारा बनाना चाहिए। इस विश्वास को कई तरीक़ों से पोषण दिया जा सकता है। पुरानी सफलताओं की समीक्षा दोबारा आत्म-विश्वास पाने की महत्त्वपूर्ण तकनीक है। इसका एक तरीक़ा सफलता की फ़ाइल बनाना है, जैसा अध्याय एक में बताया गया है। अपनी पुरानी सफलताओं की समीक्षा करना हमारी आत्म-छवि को मज़बूत करने का एक अचूक तरीक़ा है। सकारात्मक नज़रिया रखना एक्ज़ीक्यूटिव छवि बनाने के हर क्षेत्र में महत्त्वपूर्ण है, लेकिन यह ख़ुद के प्रति हमारे नज़रिये के मामले में जितना महत्त्वपूर्ण होता है, उतना कहीं और नहीं होता।

चाहे हम कितने भी सफल दिखते हों, हममें से ज़्यादातर लोग एक मानसिक सूटकेस लेकर चलते हैं, जिसमें अपने बारे में नकारात्मक संदेश भरे होते हैं। वे संदेश माता-पिता से, शिक्षकों से, मालिकों से, सहकर्मियों से या हमारी ख़ुद की कल्पनाओं से उत्पन्न हो सकते हैं। बहरहाल, यह जान लें कि हममें उन संदेशों को बदलने और सकारात्मक धारणाओं को चुनने की क्षमता होती है। अध्याय छह में हम इस बारे में बात करेंगे कि नकारात्मकता से कैसे उबरना है और ज़्यादा सकारात्मक आत्म-छवि कैसे क़ायम रखनी है।

हम दूसरों के सामने जो छवि पेश करते हैं, उसे हम अपनी आंतरिक छवि बनाकर नियंत्रित कर सकते हैं, जिसे हम बाहरी संसार में प्रतिबिंबित करेंगे। सकारात्मक, गर्मजोशी भरी, प्रशंसनीय छवि बनाने में हम जो समय और प्रयास लगाते हैं, उसके फलस्वरूप दूसरे हमें स्वीकार करेंगे और हमारे कारोबारी तथा सामाजिक संबंध मज़बूत बनेंगे।

सार

- हमारे बारे में किसी व्यक्ति की पहली धारणा सबसे शक्तिशाली गेटकीपर है। अक्सर इसी से यह तय होता है कि वह व्यक्ति हमें अंदर आने देगा या नहीं - शाब्दिक रूप से भी और आलंकारिक दृष्टि से भी।

- सकारात्मक नज़रिया रखना एक्ज़ीक्यूटिव छवि बनाने के हर क्षेत्र में महत्त्वपूर्ण है, लेकिन यह ख़ुद के प्रति हमारे नज़रिये के मामले में जितना महत्त्वपूर्ण होता है, उतना कहीं और नहीं होता।
- हमें सबसे बड़े निवेश शालीन अंदाज़, व्यवहार के सौहार्द, भावना की उदारता हासिल करने में करने चाहिए, जो लोगों को ख़ुश करने की आनंददायक कला है।
- फ़ोन करने वालों पर अच्छा प्रभाव डालने का एक तरीक़ा तो यह है कि फ़ोन का जवाब तुरंत दें। फ़ोन करने वाले से बात करते समय हमेशा उसे बात करने दें, जब तक कि वह शिकायत या संदेश पूरी तरह न बता दे। उसकी बात बीच में न काटें। अगर हम मदद नहीं कर सकते, तो उसे ज़्यादा से ज़्यादा जानकारी दें कि उसे कहाँ से मदद मिल सकती है।
- हमें अपने ऑफ़िस या कार्यस्थल को किसी अजनबी की आँखों से देखना चाहिए। सुनिश्चित करें कि हमारा ऑफ़िस पेशेवर दिखता हो।
- हमारा पत्राचार हमारा प्रतिनिधि होता है। वर्तनी और टाइपिंग की त्रुटियों को लापरवाही या अकुशलता का प्रतीक माना जा सकता है। भेजने से पहले हर पत्र को दोबारा पढ़ें। यह सुनिश्चित करें कि पत्र में एक भी ग़लती न हो।
- ख़ुद को उस तरह देखने की कोशिश करें, जिस तरह दूसरे हमें देखते हैं। नकारात्मक व्यवहार पहचानने और सुधारने की कोशिश करें।
- जब तक हमारा मानसिक नज़रिया नकारात्मकता से रहित न हो और हम हर दिन को सुखद वरदान की तरह न देखें, तब तक हमारा जीवन दुखद और प्रायः अनुपयोगी ही रहेगा।
- हम अपनी बाहरी छवि बेहतर बना सकते हैं, यदि हम डेल कारनेगी के बताए लोक-व्यवहार के सिद्धांतों पर चलें :

    1. आलोचना, निंदा या शिकायत न करें।
    2. ईमानदार, सच्ची प्रशंसा करें।
    3. सामने वाले व्यक्ति में उत्सुक इच्छा जाग्रत करें।

4. दूसरे लोगों में सच्ची रुचि लें।
5. मुस्कराएँ।
6. याद रखें कि किसी व्यक्ति का नाम किसी भी भाषा में उस व्यक्ति के लिए सबसे मधुर ध्वनि है।
7. अच्छे श्रोता बनें। दूसरों को उनके बारे में बातचीत करने के लिए प्रोत्साहित करें।
8. सामने वाले की रुचियों के संदर्भ में बात करें।
9. सामने वाले को महत्त्वपूर्ण महसूस कराएँ – और इसे ईमानदारी से करें।

5

हम स्वयं ही अपने सबसे अच्छे प्रेरक हैं

इससे ज़्यादा ऊपर उठाने वाली आदत दूसरी नहीं है कि एक आशावादी नज़रिया रखा जाए और यह विश्वास रखा जाए कि स्थितियाँ बुरी नहीं, अच्छी होंगी; हम असफल नहीं, सफल होंगे; चाहे कुछ भी हो या न हो, हम ख़ुश रहेंगे। लेकिन दुर्भाग्य से ऐसा वक़्त आता है, जब हम संभावनाओं को अपने ख़िलाफ़ मानकर यह उम्मीद कर बैठते हैं कि हम असफल हो जाएँगे। इस तरह हम बिलकुल शुरुआत में ही सफलता के अपने अवसर धुँधले कर सकते हैं। दूसरे शब्दों में, हमारा मानसिक नज़रिया हमारी मनचाही सफलता के लिए अनुकूल नहीं होता है।

कई बार तो यह नज़रिया असफलता को भी आकर्षित कर लेता है। सफलता पहले मानसिक रूप से पाई जाती है। यदि मानसिक नज़रिया शंका का है, तो परिणाम भी वैसे ही मिलेंगे। हमें ख़ुद को इन शंकाओं से उबरने के लिए प्रेरित करना चाहिए और सफलता की दिशा में क़दम बढ़ाना चाहिए।

जब हम ख़ुद पर शंका करने लगते हैं, जब हम महसूस करते हैं कि चीज़ें सही नहीं हो रही हैं, तो हमें ख़ुद से प्रेरक चर्चा करनी चाहिए। हमें कहना चाहिए - और ज़ोर से कहना चाहिए - कि हम सफल होने वाले हैं। बोले गए शब्दों में इतनी ज़्यादा शक्ति होती है, जितनी मन ही मन बोले गए शब्दों में नहीं होती। शब्द सुनने का मन पर ज़्यादा स्थायी प्रभाव पड़ता है।

हम जानते हैं कि हम किसी महान व्याख्यान या प्रवचन को सुनकर इतने ज़्यादा प्रभावित और प्रेरित हो सकते हैं, जितने पुस्तक में वही बातें पढ़ने से नहीं होंगे। हम बोले गए शब्द को याद रखते हैं, जबकि हम विचार को मस्तिष्क तक पहुँचाने वाले भावहीन संदेश को भूल जाते हैं। बोला गया शब्द आंतरिक स्वरूप पर ज़्यादा गहरी छाप छोड़ता है।

> *ख़ुद से हर घंटे बात करके आप ख़ुद को साहस, प्रसन्नता, शक्ति और शांति के विचार सोचने के लिए प्रेरित कर सकते हैं। जिन चीज़ों के लिए आप कृतज्ञ हैं, उनके बारे में ख़ुद से बात करके आप अपने मन को प्रगतिशील और सुखद विचारों से भर सकते हैं।*
>
> **—डेल कारनेगी**

जिस एकमात्र संसार के बारे में हम कभी जान पाएँगे या जो इस पल हमारे लिए सच है, वह संसार वही है जिसे हम मानसिक रूप से बनाते हैं - वह संसार जिसके बारे में हम चेतन हैं। हम हमेशा अपने विचारों, विश्वास, आदर्शों और दर्शन से बने परिवेश में ही रहते हैं।

हमें अपने मन में यह चित्र देखना चाहिए कि हम अपने लक्ष्य हासिल कर रहे हैं। सफल लोगों के पदचिह्नों पर चलें - सफलता के विचार सोचें। प्रेरित बने रहना हमारी ज़िम्मेदारी है।

प्रेरणा से हमारा क्या मतलब है?

प्रेरणा का मतलब है उठने और कुछ करने के लिए गतिशील बनना। प्रेरणा किसी मोटर जैसी होती है। महान ऑटोमोबाइल प्रवर्तक आर. ई. ओल्ड्स ने कहा था कि कार और इंसान में काफ़ी समानता होती है। कार में आगे बढ़ाने वाली शक्ति इसकी मोटर - इसके आंतरिक दाह इंजन - में होती है। इसी तरह हर इंसान के भीतर भी एक मोटर होती है, एक आंतरिक दाह इंजन होता है, जो दहन करके हमें गतिशील करता है।

जिस तरह कार के इंजन को चलने के लिए ईंधन की ज़रूरत होती है, उसी तरह हमें भी चलने के लिए ईंधन की ज़रूरत होती है। जिस तरह सभी कार इंजन एक ही तरह के ईंधन का इस्तेमाल नहीं करते - कुछ कारें

गैसोलिन का इस्तेमाल करती हैं, कुछ बिजली की बैटरी का, कुछ धुएँ का - उसी तरह हम सबको एक ही ईंधन से प्रेरणा नहीं मिलती है। कुछ लोगों की प्रेरणा पैसे कमाने की इच्छा के ईंधन से चलती है; कुछ की शोहरत हासिल करने के ईंधन से; कुछ की महान चित्र या संगीत का सृजन करने के ईंधन से; कुछ की आविष्कार को आदर्श बनाने के ईंधन से; कुछ की ख़ुशी और संतुष्टि हासिल करने के ईंधन से।

हमें प्रेरित करने वाला ईंधन कौन देता है? यह किसी कंपनी या अधिकारी से मिल सकता है, जो असाधारण उत्पादन के लिए हमें वेतनवृद्धि दे सकता है। यह विश्वविद्यालयों, फ़ाउंडेशनों या सरकार द्वारा दिए गए पुरस्कारों से मिल सकता है। यह हमारे द्वारा स्थापित या प्रबंधित कंपनी के मुनाफ़े से मिल सकता है। लेकिन जो स्त्री-पुरुष सफल होने के लिए सबसे ज़्यादा प्रेरित होते हैं, वे अपना ईंधन ख़ुद प्रदान करते हैं। सबसे अच्छा प्रेरणास्रोत हमारे अपने दिमाग़ में होता है। *अगर हम ख़ुद पर और अपनी अवश्यंभावी सफलता पर विश्वास करते हैं, तो हमारे भीतर ईंधन का सतत स्रोत बन जाता है, जो हमें गतिशील करेगा और बनाए रखेगा।*

हमें अपने प्रयास अपनी आंतरिक शक्तियों को इस तरह व्यवस्थित करने पर केंद्रित करने चाहिए, ताकि वे हमें स्व-प्रेरणा का ईंधन लगातार देती रहें। यह हमारे नज़रिये से शुरू होता है। सफल होने के लिए आवश्यक अतिरिक्त प्रयास करने के लिए हमें अपने मन और शरीर को प्रोत्साहित करना चाहिए। हमें ख़ुद पर और अपने लक्ष्यों पर विश्वास करना चाहिए कि वे हमारी प्रेरणा को क़ायम रखने की बुनियाद प्रदान करेंगे। यही बुनियाद बाधाओं और निराशाओं के सामने आने पर हमें विजय दिलाएगी।

हम इसे साकार कर सकते हैं

बहुत सारे लोग अपने सपने साकार करने में नाकाम रहते हैं। इसका कारण यह है कि वे इसे साकार करने में अपनी भूमिका नहीं निभाना चाहते हैं। याद रखें कि हसरत या किसी चीज़ को करने की इच्छा सिर्फ़ महत्त्वाकांक्षा का बीज बोना है। अगर हम यहीं रुक जाते हैं, तो हमें उतनी ही फ़सल मिलेगी, जितनी उस किसान को मिलेगी, जो ज़मीन को तैयार किए बिना, खाद डाले बिना, और खरपतवार हटाए बिना बीज को ज़मीन में डाल देता है।

हमारा दिल जो पाने की हसरत रखता है, उसे समर्थन देने के लिए हमें सबसे अच्छा और ईमानदारी भरा प्रयास करने का उद्देश्य रखना होगा, तभी हमारा सपना हक़ीक़त में बदल सकता है।

यदि हम कोई चीज़ करने की सिर्फ़ इच्छा रखें, चाहे हम इसे कितनी ही निरंतरता या दृढ़ता से रखते हों, तो इससे हमें अपने सपने साकार करने में मदद नहीं मिलेगी। हमें इच्छा और हसरत के बीज सिर्फ़ बोना ही नहीं है। हमें तो उन्हें पोषण देना चाहिए, ज़मीन जोतना चाहिए, परवाह करनी चाहिए, वरना हमें खरपतवारों की फ़सल मिलेगी। हम हर जगह देख सकते हैं कि सिर्फ़ हसरतें बोने वाले लोग खरपतवार की फ़सल काट रहे हैं। इन लोगों को सिर्फ़ ज़िंदा रहने लायक़ ही फ़सल मिलती है और इसका कारण सिर्फ़ यह है कि उन्होंने बीज बोने के बाद उसकी परवाह नहीं की।

अपने सपनों को हक़ीक़त बनाने का एकमात्र तरीक़ा यह है कि हम उन्हें लगातार पोषण दें, अपनी इच्छा को जोतें, अपनी महत्त्वाकांक्षा, हृदय की हसरतों तथा आत्मा की आकांक्षाओं को सजीव, स्वस्थ व पूर्ण रखें और उन्हें हासिल करने के लिए मेहनत से काम करें।

हमारे जीवन तंत्र का ढाँचा अदृश्य होता है। यह मानसिक धरातल पर होता है। हम जिन अपेक्षाओं का मानसिक चित्र देखते हैं, उन्हीं से हम अपने भविष्य की बुनियाद रख रहे हैं और इसकी सीमाएँ तय कर रहे हैं। हम जो करने की योजना बनाते हैं, उससे ज़्यादा बड़ी चीज़ नहीं कर सकते। मानसिक योजना हमेशा पहले आती है। हम आज जो चित्र देखते हैं, हमारी भावी इमारत भी उसी अनुरूप बनेगी। भविष्य सिर्फ़ वर्तमान का विस्तार है। हमारे आदतन विचार और हमारा प्रबल मानसिक नज़रिया जीवन में हमारे स्थान को तय करते हैं। हम सिर्फ़ अपनी जगह तय कर रहे हैं कि हम कहाँ रहना चाहते हैं। यह जगह बड़ी होगी या छोटी, फैली हुई होगी या सीमित होगी, प्रगतिशील होगी या स्थूल, यह सब हमारी मानसिक योजना और स्वप्न के अनुरूप होता है, जिसे हम लगातार क़ायम रखते हैं।

जिस एकमात्र संसार के बारे में हम कभी जान पाएँगे या जो इस पल हमारे लिए सच है, वह संसार वही है जिसे हम मानसिक रूप से बनाते हैं - वह संसार जिसके बारे में हम चेतन हैं। हम हमेशा अपने विचारों, विश्वास, आदर्शों और दर्शन से बने परिवेश में ही रहते हैं।

सफल लोग ख़ुद का उत्साह बढ़ाकर और अपने मन को सकारात्मक बनाकर शायद अनजाने में ही ख़ुद को लगातार समृद्धि और सफलता की ख़ुराक देते हैं। इस तरह वे ग़रीबी, हताशा आदि सभी नकारात्मक विचार प्रवाहों से सुरक्षित रहते हैं। अगर हम सफलता के विचार सोचते हैं, समृद्धि का लक्ष्य रखते हैं, अपने सफल भविष्य के मानसिक चित्र को देखते रहते हैं, इसकी आशा करते हैं, इसकी ख़ातिर मेहनत करते हैं, तो चाहे हम जानते हों या न जानते हों, ये सफलता और समृद्धि हासिल करने के अचूक उपाय हैं।

केंद्रित बने रहें

डेव थॉमस ग़रीबी में जन्मे और पले-बढ़े थे, लेकिन उन्होंने अपना आत्म-विश्वास कभी नहीं खोया। उन्होंने वेंडीज़ रेस्तराँ चेन बनाई और इसे अमेरिका की बेहद सफल फ़ास्ट फ़ूड चेन बना लिया।

जब उनसे पूछा गया कि उनकी सफलता के लिए कौन-सी चीज़ें ज़िम्मेदार थीं, तो उनका जवाब था :

"अपने लक्ष्य पूरे करने पर केंद्रित रहें। एक ही समय में बहुत सारी चीज़ें पाने की कोशिश करके ध्यान न भटकाएँ। इसमें कोई शक नहीं है कि प्रेरणा ही सफलता की कुंजी है। हमें यह पता लगाना चाहिए कि हमें किस चीज़ से प्रेरणा मिलती है और यह ध्यान रखना चाहिए कि वह प्रेरणा सच्ची और लाभकारी हो। अगर हमें बहुत अलग-अलग चीज़ों से प्रेरणा मिलती है, तो हम संघर्षों की भूलभुलैया में उलझकर रह जाएँगे। ध्यान केंद्रित रखना अनिवार्य है। यह पता लगाएँ कि अगले क़दम में हमारी प्रेरणाएँ क्या होंगी। सपने तो देखें, लेकिन दिवास्वप्न न देखें : यदि हम प्रशंसा की ख़ातिर कोई काम करते हैं, तो इस बात की आशंका है कि हम अंत में ख़ुद को धोखा देंगे। सफलता को क़रीब से देखें, ताकि हमें सचमुच समझ में आ जाए कि यह कैसे मिलती है और इसे हासिल करने की क्या क़ीमत चुकानी पड़ती है।"

बहरहाल, हमें इस बात से सावधान रहना चाहिए कि प्रशंसा की वजह से हम घमंडी या बदतर न हो जाएँ। कुछ लोग प्रशंसा को अपने सिर पर चढ़ जाने देते हैं। वे इतने मंत्रमुग्ध हो जाते हैं कि उन्हें लगता है कि वे सफल हो चुके हैं, इसलिए वे आगे मेहनत करना छोड़ देते हैं।

इसका विपरीत भी सच है। जब हमारी आलोचना होती है या हमारे विचारों को अस्वीकार किया जाता है, तो हम बहुत जल्दी हार मान लेते हैं। निश्चित रूप से, हम हमेशा सही नहीं होते हैं, लेकिन अगर हमें विश्वास है कि हम सही मार्ग पर हैं, तो हमें अपने लक्ष्य हासिल करने की कोशिश करते रहना चाहिए।

हमारे या हमारे सपने के बारे में दूसरे लोगों की राय को कभी इस बात की अनुमति न दें कि यह हमारी आत्म-प्रेरणा को प्रभावित करे। यदि दूसरे लोग आलोचनात्मक हैं, तो हतोत्साहित न हों; यदि वे प्रशंसात्मक हैं, तो घमंडी न बनें।

> *छोटी-छोटी बातों की ज़्यादा चिंता न करें। छोटी-छोटी चीज़ों को - जीवन के दीमकों को - अपनी ख़ुशी न कुतरने दें।*
>
> **—डेल कारनेगी**

हमारे भीतर इस बात की एक स्पष्ट समझ होनी चाहिए कि हम कहाँ जाना चाहते हैं और हमें अपनी योग्यता पर भरोसा करना चाहिए कि हम वहाँ पहुँच जाएँगे। लोग हमारे बारे में जो कहते हैं, उसे हमें हमेशा चुनौती की तरह लेना चाहिए।

सुनें - चुनौती दें - आकलन करें

हमें हमेशा प्रशंसा और आलोचना को चुनौती देनी चाहिए। ज़ाहिर है, हमें अपने बारे में बॉस की बात सुननी होती है। लेकिन यह जानने से मदद मिलती है कि हमारे सहकर्मी और अधीनस्थ हमारे बारे में क्या कहते हैं।

यह सुनना भी उतना ही महत्त्वपूर्ण है कि हमारा जीवनसाथी, माता-पिता, हमारा सबसे बड़ा ग्राहक या हमारा सबसे बड़ा समर्थक हमारे बारे में क्या कहता है।

सफल लोग अपने बारे में दूसरों की राय को संतुलित कर लेते हैं। हम सभी इंसान हैं। हो सकता है कि बॉस हमारी पीठ इसलिए थपथपा रहा हो, क्योंकि हम सचमुच इसके हक़दार हैं। वैसे यह भी हो सकता है कि बॉस हमारी पीठ इसलिए थपथपा रहा हो, क्योंकि वह हमें कोई मुश्किल काम देने वाला है।

हर पेड़ के पीछे किसी बंदूकधारी की तलाश करना न तो समझदारीपूर्ण है, न ही ज़रूरी। सफल लोग दोषदर्शी नहीं होते। हम कट्टर संदेहवादी की तरह संसार में घूमते हुए यह नहीं कह सकते, "मैडम, बस मुझे तथ्य दें।" हर प्रशंसा नक़ली नहीं होती; न ही हर आलोचना झूठा आरोप होती है। इसीलिए हमें अपनी स्पष्ट दिशा का अहसास होना चाहिए और हमारे मन में अपने लक्ष्य तक पहुँचने का विश्वास होना चाहिए।

हमें इस सत्य को जान लेना चाहिए कि जीवन को मापने के लाखों पैमाने हैं। सही समय पर सही पैमाना चुनना स्व-प्रेरणा के सबसे बड़े इशारों में से एक है। जब तक आप लक्ष्य तक न पहुँच जाएँ, प्रेरित बने रहें।

अपने काम का आनंद लें

हम अपना ज़्यादातर समय कामकाज में बिताते हैं। अगर हमें अपने काम में आनंद आता है, तो समर्पित होना निश्चित रूप से आसान हो जाता है। इसलिए हमें अपने कामकाज में आनंदित होने के लिए हरसंभव कोशिश करनी चाहिए। आनंद लेने के साथ बस यह बात याद रखें : यह काम करने की जगह है! आनंद वाले हिस्से को काम वाले हिस्से को मज़बूत बनाना चाहिए, उससे ध्यान नहीं भटकाना चाहिए।

इंटेल के संस्थापक और सीईओ एंड्रयू ग्रोव प्रबलता से मानते हैं कि हमें अपनी सफलताओं से प्राप्त होने वाली संतुष्टि से स्व-प्रेरणा मिलती है। हर विजय ज़्यादा बड़ी विजय पाने का विश्वास देती है; हर उपलब्धि अधिक उपलब्धियों की ओर ले जाती है। स्व-प्रेरणा के बारे में उनकी बातों पर ग़ौर करें :

वे छह बिंदुओं की सूची बताते हैं, जिनकी बदौलत उनकी स्व-प्रेरणा क़ायम रही :

1. *उपलब्धियों का जश्न मनाएँ :* ज़्यादा से ज़्यादा उप-लक्ष्य बनाएँ और किसी बड़े परिणाम को छोटे-छोटे क़दमों की श्रृंखला में बदल लें। किसी उप-लक्ष्य के हासिल होने पर उसका जश्न मनाएँ। बस यह ध्यान रखें कि जश्न की वजह से कामकाज करने वाले लोगों के काम में व्यवधान नहीं होना चाहिए। एक दूसरे पर हल्के हँसी-मज़ाक़ करें, जिसमें बॉस भी शामिल हैं। आंतरिक प्रतिस्पर्धा को हल्का रहने दें।

2. *कामों की अदला-बदली करें :* संगठन के भीतर कभी-कभार काम की अदला-बदली करने की कोशिश करें। सर्वश्रेष्ठ संगठनों में भी हर काम कुछ समय बाद नीरस हो जाता है। अगर एक ही काम हमेशा करना पड़े, तो ऊर्जा और प्रेरणा को बनाना व क़ायम रखना ज़्यादा मुश्किल हो जाता है। काम को बदलते रहना और अलग-अलग पदों पर काम करना काम को रोचक बनाने तथा हमारी योग्यताओं को बढ़ाने का उत्कृष्ट तरीक़ा है।

3. *हम जिन लोगों के साथ काम करते हैं, उनका आनंद लें :* हमारे सहकर्मी आम तौर पर हमारे लिए महत्त्वपूर्ण होते हैं। हमारे कामकाज की गतिविधियाँ लगभग हमेशा दूसरों से जुड़ी होती हैं। अपने काम को अच्छी तरह करने के लिए हम उन पर और वे हम पर निर्भर होते हैं।

   हम जिन लोगों के साथ काम करते हैं, वे यह तय करने में अहम भूमिका निभाते हैं कि हमारा कामकाजी जीवन सुखद, अनुकूल या मज़ेदार है या नहीं है। हम जिन लोगों के साथ काम करते हैं, अक्सर उनके प्रति हमारी भावनाएँ ही यह तय करती हैं कि हम हर सुबह ऑफ़िस जाना पसंद करते हैं या नहीं। सहकर्मियों के साथ समस्याएँ हमारे और हमारे पूरे समूह के काम को महत्त्वपूर्ण रूप से प्रभावित कर सकती हैं। ऐसी समस्याओं को सुलझाना हमारी उत्पादकता तथा हमारे भावनात्मक स्वास्थ्य के लिए महत्त्वपूर्ण है।

4. *काम का आनंद लें :* सारी चीज़ों को पसंद करना असंभव है। कई बार हम काम की अति की वजह से झुंझलाएँगे, बाक़ी समय हम ऊब महसूस करेंगे, लेकिन कुल मिलाकर हमें इसका आनंद लेना चाहिए। यह देखने की कोशिश करें कि हम जो करते हैं, वह किस तरह महत्त्वपूर्ण है। उत्साह के साथ, शायद विनोदप्रियता के साथ भी, काम की ओर जाएँ। ऐसा करने से थोड़ा हँसी-मज़ाक़ उत्पन्न होता है, जब इसकी सबसे ज़्यादा ज़रूरत होती है और यह साहचर्य भरी मैत्री की ओर ले जाता है।

5. *काम के प्रति समर्पित बनें :* अंतिम परिणाम यानी आउटपुट के प्रति समर्पित बनें। इसके प्रति समर्पित न बनें कि इस तक कैसे पहुँचना है

या यह किसका विचार है अथवा हम अच्छे दिखते हैं या नहीं। जो लोग अपने काम का सम्मान करते हैं, उन सभी का सम्मान करें। कोई भी महत्त्वहीन नहीं होता। किसी संगठन को चलाने के लिए बहुत से लोगों की ज़रूरत होती है।

6. *सभी के साथ ईमानदार रहें :* इस सिद्धांत पर अमल करना आसान नहीं होता है। यहाँ-वहाँ, थोड़ा-बहुत समझौता करने के कई कारण या बहाने होते हैं। हम यह तर्क दे सकते हैं कि लोग सच्चाई या बुरी ख़बर सुनने को तैयार नहीं हैं, कि समय सही नहीं है या ऐसी ही कोई बात। इन ललचाने वाली बुद्धिसंगत व्याख्याओं के सामने घुटने टेकना आम तौर पर ऐसे व्यवहार की ओर ले जाता है, जो नैतिक दृष्टि से ग़लत होता है और हर बार विपरीत फल देगा। जब कुछ न सूझे, तो ठहरकर सार्थक जवाबों की तलाश करें।

आप जो कर रहे हैं, उसमें विश्वास करें और ख़ुद में विश्वास करें और किसी चीज़ को निश्चित रूप से हासिल करने की इच्छा करें।

—डेल कारनेगी

अपने कार्य को समृद्ध बनाना

व्यवहारवादी वैज्ञानिक आम तौर पर मानते हैं कि हालाँकि हमें मान्यता, प्रशंसा, चुनौती और निष्पक्ष व्यवहार जैसे बाहरी घटकों से प्रेरणा मिलती है, लेकिन सबसे प्रभावी प्रेरणा स्वयं काम से मिलती है। यदि हमें अपने काम नीरस और चुनौती रहित लगते हैं, तो बाहरी प्रेरणाएँ चाहे कितनी भी अच्छी क्यों न हों, हमें ख़ुद को प्रेरित करने में मुश्किल आएगी। दूसरी तरफ़, अगर हमें अपने काम में इतना ज़्यादा मज़ा आता है कि हम हर सुबह ऑफ़िस जाने के लिए उतावले रहते हैं और हर शाम को मन मारकर वहाँ से लौटते हैं, तो हमें प्रेरित बने रहने के लिए ज़्यादा कुछ नहीं करना है।

दुर्भाग्य से, वर्तमान उद्योग-धंधों की ज़्यादातर नौकरियों में बँधा-बँधाया काम होता है, इसलिए उनके बारे में रोमांचित होना असंभव नहीं, तो मुश्किल ज़रूर है। इससे उबरने का एक तरीक़ा नौकरी को समृद्ध बनाने का तरीक़ा खोजना है।

ख़ुद के साथ प्रतिस्पर्धा करना

कंप्यूटर ऑपरेटर डिनीस घर पर रहकर काम करती है। वह अपने नियोक्ता के डेटा को कंप्यूटर प्रोग्रामों में दर्ज करती है, स्प्रेडशीट बनाती है और इससे संबंधित काम करती है। एक बार जब उसने इन कामों में महारत हासिल कर ली, तो वह उत्कृष्ट काम करने और डेडलाइन पूरी करने में माहिर हो गई।

कई महीनों बाद यह काम इतना नीरस बन गया कि डिनीस जल्दी ही ऊब जाती थी और काम करने के लिए उत्सुक होने के बजाय उससे दहशत खाती थी। वह अपना कामकाजी दिन शुरू करने में ज़्यादा से ज़्यादा देर करने के बहाने खोजने लगी।

उसने अपने बॉस से ज़्यादा विविध काम देने का आग्रह किया। बॉस ने जब उसके आग्रह को स्वीकार नहीं किया, तो उसने अपनी उदासीनता से उबरने का तरीक़ा खोजने की कोशिश की। उसने ख़ुद से कहा, "मैं एक प्रतिस्पर्धी हूँ। अगर प्रतिस्पर्धियों से ज़्यादा तेज़ी से काम पूरा करने की होड़ हो, तो मैं इसके बारे में ज़्यादा रोमांचित बन जाऊँगी। चूँकि मेरा कोई प्रतिद्वंद्वी नहीं है, इसलिए मुझे ख़ुद से ही प्रतिस्पर्धा करनी चाहिए।"

जब उसे अगला काम मिला, तो उसने इसके हर चरण की समयसीमा तय की, इसकी जाँच की और ग़लतियों को सुधारकर दर्ज किया। वह ऐसा तब तक करती रही, जब तक कि उसने एक मानदंड स्थापित नहीं कर लिया, जो काम की विविधताओं पर ध्यान देता था। फिर वह इस मानदंड से अपने हर काम को तौलने लगी। इस प्रतिस्पर्धा की चुनौती ने उसे दोबारा प्रेरित कर दिया। अब वह अपनी स्व-प्रेरणा को मज़बूत बनाने के लिए दूसरी चुनौतियाँ तय करने के बारे में सोच रही है।

हम हमेशा अकेले रहकर कार्य नहीं कर सकते

जब जेनिफ़र ने लाएबिलिटी इंश्योरेंस कंपनी में क्लेम प्रोसेसिंग क्लर्क के पद पर काम शुरू किया, तो उसे यह काम नीरस और दमघोंटू लगा। दावा प्रोसेसिंग का काम "असेंबली लाइन" जैसा था। हर क्लर्क दावा फ़ॉर्म के एक खंड की जाँच करता था और फिर इसे अगले क्लर्क की ओर बढ़ा देता था, जो दूसरे खंड की जाँच करता था और यही सिलसिला चलता रहता था। यदि कोई ग़लती या व्याख्या संबंधी प्रश्न सामने आता था, तो इसे विशेषज्ञ

के लिए अलग रख दिया जाता था। कार्यसंचालन के दृष्टिकोण से यह बेहद कार्यकुशल था। लेकिन इससे काम बोझिल और चुनौतीरहित बन जाता था। जेनिफ़र ने अपने सुपरवाइज़र से इस बारे में बात की और सुझाव दिया कि काम में विविधता लाने से यह न सिर्फ़ ज़्यादा रोचक, बल्कि ज़्यादा कार्यकुशल भी बन जाएगा। उसके सुपरवाइज़र ने उसकी बात मान ली और मिलकर उन्होंने एक नई प्रणाली तैयार की। "असेंबली लाइन" की जगह पर एक ऐसी कार्यप्रणाली आ गई, जिसमें हर क्लर्क पूरे फ़ॉर्म की जाँच करता था, ग़लतियाँ सही करता था और व्याख्या करता था। इसके लिए अतिरिक्त प्रशिक्षण की आवश्यकता पड़ी और इससे शुरुआत में काम धीमा हुआ, लेकिन इसका फ़ायदा न सिर्फ़ जेनिफ़र को, बल्कि पूरे विभाग को मिला, क्योंकि इससे कर्मचारियों की एक बेहद प्रेरित टीम बनी, जिसकी अपनी नौकरी में सच्ची रुचि थी। कर्मचारियों का नौकरी छोड़कर जाना, अनुपस्थित रहना और असंतुष्टि जैसी चीज़ें महत्त्वपूर्ण रूप से कम हो गईं। जब कार्यप्रणाली पूरी तरह स्थापित हो गई, तो गति और सटीकता भी बढ़ गई।

हताशा को कभी हावी न होने दें

अमेरिकी उद्योग के इतिहास में चार्ल्स एम. श्वाब सबसे सफल व्यक्तियों में से एक थे। जीवन की शुरुआत में वे ग़रीब थे, लेकिन तब भी उन्होंने ख़ुद को सफलता की ख़ुराक दी।

उन्होंने कभी अपने मन से सफलता और समृद्धि के संकल्प को धुँधला नहीं होने दिया। यदि वे निराशाओं के सामने हार मान लेते, तो कभी महान उद्योगपति नहीं बन पाते। वे हमेशा समृद्धि और सफलता के लक्ष्य पर ध्यान केंद्रित करके नकारात्मक, विनाशकारी और हताशा भरे विचारों पर विजय पाते थे।

हमारे विचार, हमारे स्वप्न, हमारे संकल्प हर दिन नए होते हैं। इसी समय काम करें। कल एक और प्रेरणा आ सकती है, नए विचार आ सकते हैं, लेकिन आज हमें आज की प्रेरणा पर काम करना चाहिए। चित्रकार के दिमाग़ में एक चित्र बिजली की गति से कौंधता है। वह इसे अपने दिमाग़ में बार-बार उलटता-पलटता रहता है। यह उसकी आत्मा पर हावी हो जाता है, लेकिन वह अपने स्टूडियो में नहीं है, भावी चित्र को कैनवास पर

उतारना आरामदेह नहीं है और चित्र धीरे-धीरे उसके दिमाग़ से ओझल होने लगता है।

लेखक के मस्तिष्क में एक शक्तिशाली विचार होता है और उसके मन में क़लम पकड़ने की प्रबल आवेग उत्पन्न होता है, ताकि वह उस सुंदर तसवीर और मनमोहक विचार को काग़ज़ पर उतार ले। लेकिन उस वक़्त उसके पास फ़ुरसत नहीं होती और प्रबल इच्छा के बावजूद वह उसे उस वक़्त नहीं लिखता है। तसवीर और विचार बार-बार आते हैं, लेकिन वह उन्हें टालता जाता है। अंततः वह तसवीर धुँधली होती जाती है और आख़िरकार हमेशा के लिए ओझल हो जाती है।

योजना के क्रियान्वयन से ही सफलता मिलती है कोई भी इंसान महान काम करने का संकल्प ले सकता है, लेकिन दृढ़ चरित्र ही उस संकल्प के अनुरूप काम करता है। ज़ाहिर है, कई बार वह विचार या आवेग ऐसे समय आता है, जब उस पर अमल करना संभव नहीं होता। हम हवाई जहाज़ में लंबी यात्रा कर रहे हैं; हम किसी बड़े प्रोजेक्ट के बीच में हैं, तभी आधी रात को वह विचार हमारे मन में आ धमकता है।

महान विचारों को मरने नहीं देना चाहिए। बेंजामिन फ़्रैंकलिन के पास हमेशा एक डायरी और पेंसिल रहती थी - उनकी जेब में, उनके सिरहाने, उनकी डेस्क पर। उनके मन में जैसे ही कोई विचार आता था, वे उसे लिख लेते थे। समय मिलने पर वे उस विचार की समीक्षा करते थे और पहला मौक़ा मिलते ही उस पर काम कर देते थे। आज हम कहीं भी हों, अपने विचार को अपने पीडीए या ब्लैकबेरी में टाइप कर सकते हैं।

सफलता अंदर से आती है

सफल या असफल कोई भी इंसान आज तक किसी दूसरे जैसा बनने की कोशिश में कभी सफल नहीं हुआ। सफलता की नक़ल नहीं की जा सकती। इसका सफलतापूर्वक अनुकरण नहीं किया जा सकता। यह एक मौलिक शक्ति और व्यक्तिगत सृजन है।

यदि हम ख़ुद के बजाय किसी दूसरे जैसा बनने या अभिव्यक्ति करने की कोशिश करते हैं, तो हमारे असफल होने की आशंका होती है। शक्ति सिर्फ़ भीतर से उत्पन्न होती है। हमें स्वयं जैसा बनना चाहिए। हमें अपने

अंदर की आवाज़ सुननी चाहिए। हर पेशे, व्यापार और कारोबार में बेहतरी की गुंजाइश होती है। संसार को ऐसे लोगों की ज़रूरत है, जो नए और बेहतर तरीक़ों से चीज़ें कर सकें। यह न सोचें कि चूँकि किसी योजना या विचार का कोई पूर्व उदाहरण नहीं है या चूँकि हम युवा और अनुभवहीन हैं, इसलिए कोई हमारी नहीं सुनेगा। यदि हमारे पास संसार को देने के लिए कुछ नया और मूल्यवान है, तो हमारी बात सुनी जाएगी और हमारा अनुसरण किया जाएगा। यदि हम मौलिक विचार सोचने का साहस करते हैं और अपनी ख़ुद की प्रणालियाँ बनाते हैं, यदि हम ख़ुद जैसे बनने से नहीं डरते हैं और किसी अन्य व्यक्ति की प्रतिलिपि नहीं बनते हैं, तो हमें जल्दी ही मान्यता मिल जाएगी। कोई भी चीज़ नियोक्ता या बाक़ी संसार का ध्यान इतनी जल्दी आकर्षित नहीं करेगी, जितनी कि मौलिकता और चीज़ों को करने के अनूठे तरीक़े करेंगे, ख़ास तौर पर यदि वे प्रभावी हों।

अपने विचारों को नियंत्रित करना

मस्तिष्क हमारे संसार की हर चीज़ को नियंत्रित करता है, इसलिए हमें इसे स्व-प्रेरित बनाना चाहिए। हाल के वर्षों में विचार के नियंत्रण पर बहुत अध्ययन किया गया है। अब हम जान चुके हैं कि अपने चरित्र को बदलने में इसका उपयोग संभव है। यहाँ तक कि यह बाहरी परिवेश को भी बदल सकता है। अध्ययनों से पता चलता है कि हम अपने विचारों को नियंत्रित करके अपने जीवन को बेहतर बना सकते हैं और सेहत, ख़ुशी व सफलता पा सकते हैं।

सफलता दिलाने वाले ज़्यादातर काम मानसिक होते हैं, इसलिए ज़रा सोचें कि इनमें विचार की शक्ति कितनी महत्त्वपूर्ण भूमिका निभाती है। चाहे युद्धभूमि में हो या व्यापार में या नैतिक संघर्षों में हो, विजेताओं ने मन के नज़रिये से ही जीत हासिल की, जब वे उस काम में जुट गए, जो उन्हें करना ही था।

एक बार जब हमें महान काम करने की आंतरिक क्षमता का अहसास हो जाता है, जब हम यह विश्वास कर लेते हैं कि हमें सफल होने के लिए बनाया गया है और हम अपने मन को नियंत्रित कर सकते हैं, तो हम अपने जीवन में क्रांति कर सकते हैं और अपनी ज़्यादातर समस्याओं व मुश्किलों को ख़त्म कर सकते हैं।

कुछ करने की इच्छा किए बिना आप इस संसार में कहीं नहीं पहुँच सकते।

—डेल कारनेगी

अगर हम हमेशा अपनी बुरी सेहत के बारे में सोचते और बोलते रहें या अगर हम यह मान लें कि हम कभी स्वस्थ नहीं होंगे, तो हम अच्छे होने और शक्तिशाली बनने की उम्मीद नहीं कर सकते। इसी तरह अगर हम काम करने की अपनी योग्यता पर लगातार शक करते रहें, तो हम अपनी एक्ज़ीक्यूटिव शक्तियों के शक्तिशाली और मज़बूत बनने की उम्मीद नहीं कर सकते। ख़ुद को कमज़ोर मानने या अपने लक्ष्य हासिल करने की योग्यता पर संदेह करने से मस्तिष्क जितना कमज़ोर होता है और प्रभावी सोच के लिए जितना अनुपयुक्त बनता है, उतना किसी दूसरी चीज़ से नहीं बनता।

विचारों पर नियंत्रण और स्व-प्रेरणा को समझने से ज़्यादा महत्त्वपूर्ण अध्ययन नहीं हो सकता। ख़ुद के और अपने आस-पास के लोगों के प्रति इससे ज़्यादा ऊँचा कर्तव्य नहीं हो सकता, क्योंकि इसकी परिणति स्व-विकास में होती है। विचार अमूर्त होता है और हममें से ज़्यादातर लोगों का इस पर बहुत कम नियंत्रण होता है, इसलिए यह धारणा रहती है कि हमारे मस्तिष्क को दिशा देना एक मुश्किल और रहस्यमय मामला है, जिसे करने के लिए कड़े अध्ययन, फ़ुरसत और पुस्तकीय ज्ञान की ज़रूरत होती है। कोई भी चीज़ सच्चाई से इससे ज़्यादा दूर नहीं है। हमारी शिक्षा का स्तर चाहे जो हो, हमारी संस्कृति का स्तर चाहे जो हो, या हम चाहे जितने व्यस्त हों, हमें अपनी बौद्धिक प्रकृति, चरित्र और जीवन को दोबारा बनाने के लिए जिन चीज़ों की ज़रूरत होती है, वे सभी हमारे भीतर मौजूद हैं।

हर व्यक्ति का काम अलग होता है, समस्याएँ अलग होती हैं और लक्ष्य अलग होते हैं, लेकिन प्रक्रिया लगभग समान रहती है। किसी एक इंसान के लिए जो कायाकल्प संभव है, वह दूसरे के लिए भी उतना ही संभव है।

हमें अपने लक्ष्य पर ध्यान केंद्रित रखना चाहिए। हमें लक्ष्य की तसवीर अपने मन में इस तरह देखना चाहिए, मानो हम इसे पहले ही पा चुके हों। हमें पूरे समय इसके क़रीब पहुँचने की स्पष्ट तसवीर देखते रहना चाहिए।

बाधाएँ एक-एक करके ग़ायब हो जाएँगी और जिसे हासिल करना कभी बहुत मुश्किल नज़र आ रहा था, वह सरल और आसान लगने लगेगा। सबसे बड़ी आवश्यकता यह है कि हम लक्ष्य पर निगाह टिकाए रखें, रुचि कभी कम न होने दें और अंदरूनी स्वप्न को डगमगाने न दें। जिस काम को करने की हम सबसे ज़्यादा इच्छा रखते हैं या हम जिस चीज़ को शिद्दत से हासिल करना चाहते हैं, उस तक पहुँचने का यही तरीक़ा है।

काम का कोई विकल्प नहीं है

सफलता के बारे में सोचना ही काफ़ी नहीं है। बाहरी काम आंतरिक विचारों के अनुरूप होने चाहिए। सच्चा ध्यान हमें मेहनत करने की आवश्यकता से मुक्त नहीं करता है। यह तो हमारे सामने सिर्फ़ यह उजागर करता है कि हमें कौन से प्रयास करने चाहिए और उन्हें कैसे किया जाए।

विचार को क़ायम रखें और काम में जुट जाएँ। सही विचार को क़ायम रखकर शुरुआत करें, यानी अपने लक्ष्यों के प्रति सही मानसिक नज़रिया रखें और फिर अपने सपने को साकार करने में पूरी ताक़त से जुट जाएँ।

वास्तव में, जब तक मस्तिष्क में विचार उत्पन्न नहीं होगा, तब तक कुछ भी नहीं होता है। इस संसार में कोई चीज़ तब तक शुरू नहीं होती है, जब तक कि कर्म से पहले विचार न आए। विचार संसार की हर चीज़ की शुरुआत है। हम इंद्रियों से जिन चीज़ों की अनुभूति करते हैं, यह उनकी मुख्य प्रेरक शक्ति हैं।

व्यवसाय को सचमुच बड़ा बनाने का तरीक़ा यह है कि हम अपने व्यवसाय के बारे में लगातार सोचते रहें, इसे सफल बनाने के तरीक़ों और साधनों की योजना बनाते रहें, इसकी बेहतरी और सुधार की कार्ययोजना बनाते रहें। हमारे विचार, हमारी योजना, उत्साह, सफलता के सपने - ये सभी अति महत्त्वपूर्ण शक्तियाँ हैं, जो हमारी मनचाही चीज़ को आकर्षित करने के लिए हमारे मानसिक चुंबक की शक्ति को लगातार बढ़ा रही हैं।

हमारे काम या हमारे व्यवसाय की प्रकृति चाहे जो हो, समृद्धि, ख़ुशी और ख़ुशक़िस्मती के चित्रों को मन में क़ायम रखने की आदत बहुत फ़ायदेमंद होती है। यह मन को इन लक्ष्यों की ओर मोड़ देती है और सभी

परिस्थितियों में हमारी बहुत मदद करती है। इस मानसिक नज़रिये से हमारा आत्म-विश्वास बहुत बढ़ जाता है। तब हमें ख़ुद पर विश्वास होगा, हम स्व-प्रेरित होंगे और हम आगे ज़्यादा बड़ी संभावनाएँ देखेंगे।

समर्पण

ख़ुद को प्रेरित करने के सबसे प्रभावी तरीक़ों में से एक यह है कि हम जिस चीज़ को हासिल करने की इच्छा रखते हैं, उसके प्रति दृढ़ता से समर्पित हो जाएँ। जब परिस्थितियाँ गड़बड़ होती हैं, जब बाधाएँ अजेय नज़र आती हैं, जब हताशा सिर उठाती है, तो हमारा समर्पण ही हमें जूझते रहने की प्रेरणा देगा।

चैंपियन कभी नहीं कहते हैं, "यह नहीं किया जा सकता।" वे बाधाओं से उबरने का कोई न कोई तरीक़ा खोजने की कोशिश करते हैं। चैंपियन भले ही हमेशा न जीत पाएँ, लेकिन वे जीतने की कोशिश किए बिना कभी नहीं हारते हैं, क्योंकि वे जीतने के प्रति समर्पित होते हैं।

सोचें

सोच-विचार स्व-प्रेरणा का बुनियादी घटक है। किसी प्रोजेक्ट को शुरू करने से पहले इसके बारे में अच्छी तरह सोच-विचार करना अनिवार्य है। उत्कृष्ट प्रदर्शन करने वाला शुरुआत करने से पहले ही पूरा सोच-विचार करता है कि वह उस काम को कैसे करेगा।

अगर काम जटिल है, तो योजना बनाने में भी काम करने जितना ही समय लगाना चाहिए। सेल्स कॉल करने से पहले सफल सेल्स प्रतिनिधि सामने आने वाली सारी समस्याओं और उनके समाधानों के बारे में सावधानी से सोच लेता है। अधिकारी निर्णय लेने से पहले अपने निर्णय के हर संभावित परिणाम के बारे में सोचते हैं। थिएटर, सिनेमा, टेलीविज़न या खेल में शीर्ष प्रदर्शन वाले लोगों के बारे में भी यही सच है।

न्यू यॉर्क सिटी में एक औद्योगिक कॉन्ट्रैक्टर नॉर्मन स्ट्रॉस के सामने एक बड़ी समस्या आई। उसे सप्ताह के अंत तक न्यू यॉर्क के सबसे बड़े इनडोर स्पोर्ट्स एरीना मैडिसन स्क्वेयर गार्डन की पेंटिंग के काम की निविदा भेजनी थी। सबसे बड़ी समस्या ज़मीन से 110 फुट ऊपर की छत की पुताई थी।

छत तक पहुँचने का आम तरीक़ा यह था कि पाइप का एक मंच बनाया जाए और उस पर खड़े होकर छत पर स्प्रे किया जाए। मंच बनाने की लागत सभी आवेदकों के लिए समान थी। निविदा राशि को महत्त्वपूर्ण रूप से कम करने का एकमात्र तरीक़ा यह था कि पाइप का मंच बनाए बिना छत की पुताई का कोई तरीक़ा खोजा जाए। हर कोई जानता था कि यह नहीं किया जा सकता, इसलिए ज़हमत क्यों उठाना।

लेकिन नॉर्मन स्ट्रॉस ने आसानी से हार नहीं मानी। वह सफलता हासिल करने के प्रति समर्पित था और वह जानता था कि इंसान को समस्या सुलझाने की कोशिश कभी नहीं छोड़नी चाहिए। उस शाम घर लौटते वक़्त नॉर्मन ने एक इलेक्ट्रिकल कंपनी को एक ऊँची स्ट्रीट लाइट पेंट करते देखा। इस लाइट तक पहुँचने के लिए वे एक "चेरी पिकर" का इस्तेमाल कर रहे थे, जो ऊपर में एलीवेटर युक्त एक ट्रक था, जिसे विभिन्न ऊँचाइयों तक ऊपर उठाया जा सकता था। नॉर्मन ने सोचा, मैडिसन स्क्वेयर गार्डन की छत तक पहुँचने के लिए चेरी पिकर का इस्तेमाल क्यों न करें? अगले दिन तहक़ीक़ात करने पर पता चला कि यह संभव भी था और किफ़ायती भी। स्ट्रॉस अपने प्रतिस्पर्धियों से काफ़ी कम दरों पर निविदा पेश करने में सफल रहा और उसे वह काम मिल गया।

स्व-प्रेरणा निरंतर जारी रहनी चाहिए

जो भी व्यक्ति विकास करना चाहता है, अपनी योग्यता को बढ़ाते रहना चाहता है, अपने गुणों को बहुगुणित करते रहना चाहता है, उसे हमेशा अपने पिछले कीर्तिमान तोड़ने की कोशिश करनी चाहिए। उसे व्यक्तिगत सुधार, पेशे या व्यवसाय में तरक्की करने के लिए हर वैध अवसर का लाभ लेने को तैयार रहना चाहिए।

इंसान का व्यवसाय चाहे जो हो, प्रगति सुनिश्चित करने का केवल एक ही तरीक़ा है और वह है अपने सर्वश्रेष्ठ को बेहतर करने की लगातार कोशिश करना। अनियमित प्रयास से यह संभव नहीं है, चाहे यह कितना ही शक्तिशाली क्यों न हो। दैनिक प्रगति ही अंततः सबसे ज़्यादा मायने रखती है।

हमने कल एक अच्छा काम या बेहतरीन चीज़ की थी, इस वजह से हमें आज आराम से हाथ पर हाथ धरकर नहीं बैठना चाहिए। इसके बजाय हमें आने वाले कल में और ज़्यादा आगे जाने के लिए प्रेरित होना चाहिए।

हमें ख़ुद को या किसी दूसरे को यह अनुमति नहीं देनी चाहिए कि वह हमारे आत्म-विश्वास को डगमगा दे या हमारी आत्म-निर्भरता को नष्ट कर दे, क्योंकि यही समूची उपलब्धि की बुनियाद है। जब यह बुनियाद चली जाती है, तो हमारा पूरा तंत्र ढह जाता है; जब तक हमारे पास यह रहती है, तब तक सफलता की उम्मीद रहती है। ख़ुद पर अटल विश्वास, जो कई बार साहस की सीमा तक होता है, सभी महान कार्यों के लिए बहुत ज़रूरी होता है।

सार

- सफल लोगों के पदचिह्नों पर चलें - सफलता के विचार सोचें।
- सबसे अच्छा प्रेरणा स्रोत हमारे अपने दिमाग़ में होता है। अगर हम ख़ुद पर और अपनी अवश्यंभावी सफलता पर विश्वास करते हैं, तो हमारे भीतर ईंधन का सतत स्रोत बन जाता है, जो हमें गतिशील करेगा और बनाए रखेगा।
- हमारे या हमारे सपने के बारे में दूसरे लोगों की राय को कभी इस बात की अनुमति न दें कि यह हमारी आत्म-प्रेरणा को प्रभावित करे। यदि दूसरे लोग आलोचनात्मक हैं, तो हतोत्साहित न हों; यदि वे प्रशंसात्मक हैं, तो घमंडी न बनें।
- अगर हमें अपने काम में इतना ज़्यादा मज़ा आता है कि हम हर सुबह ऑफ़िस जाने के लिए उतावले रहते हैं और हर शाम को मन मारकर वहाँ से लौटते हैं, तो हमें प्रेरित बने रहने के लिए ज़्यादा कुछ नहीं करना है।
- यदि हम मौलिक विचार सोचने का साहस करते हैं और अपनी ख़ुद की प्रणालियाँ बनाते हैं, यदि हम ख़ुद जैसे बनने से नहीं डरते हैं और किसी अन्य व्यक्ति की प्रतिलिपि नहीं बनते हैं, तो हमें जल्दी ही मान्यता मिल जाएगी।

- हमें अपनी बौद्धिक प्रकृति, चरित्र और जीवन को दोबारा बनाने के लिए जिन चीज़ों की ज़रूरत होती है, वे सभी हमारे भीतर मौजूद हैं।
- हम जिस चीज़ को हासिल करने की इच्छा रखते हैं, उसके प्रति दृढ़ता से समर्पित हो जाएँ। जब परिस्थितियाँ गड़बड़ होती हैं, जब बाधाएँ अजेय नज़र आती हैं, जब हताशा सिर उठाती है, तो हमारा समर्पण ही हमें जूझते रहने की प्रेरणा देगा।

6

सकारात्मक पर ज़ोर दें

सकारात्मक नज़रिया हमारी छवि के हर पहलू में महत्त्वपूर्ण होता है, लेकिन यह स्वयं के प्रति हमारे नज़रिये में जितना ज़्यादा महत्त्वपूर्ण होता है, उतना किसी दूसरी जगह नहीं होता। एलीनोर रूज़वेल्ट ने कहा था, "कोई भी आपकी अनुमति के बिना आपको हीन महसूस नहीं करा सकता।"

चाहे हम कितने भी सफल दिखते हों, हममें से ज़्यादातर लोग एक मानसिक सूटकेस लेकर चलते हैं, जिसमें अपने बारे में नकारात्मक संदेश भरे होते हैं। वे संदेश माता-पिता से, शिक्षकों से, मालिकों से, सहकर्मियों से या हमारी खुद की कल्पनाओं से उत्पन्न हो सकते हैं। बहरहाल, यह जान लें कि हममें उन संदेशों को बदलने और सकारात्मक धारणाओं को चुनने की क्षमता होती है।

कई बार हमें दूसरों से अपने बारे में सकारात्मक तसवीरें मिलती हैं। जैसा अध्याय 1 में सुझाव दिया गया है, उन्हें इकट्ठा कर लें! एक फ़ाइल फ़ोल्डर या नोटबुक बनाएँ और उसमें आभार, धन्यवाद पत्र, शानदार समीक्षा, अच्छे मूल्यांकन और हमारी योग्यताओं के अन्य मूर्त प्रमाण इकट्ठे करें।

आशावादी नज़रिया बनाए रखें

आशावादी नज़रिया रखने से ज़्यादा प्रेरक आदत दूसरी नहीं है। आशावादी नज़रिये का मतलब यह विश्वास करना है कि चीज़ें बुरी नहीं, अच्छी होंगी; हम असफल नहीं, सफल होंगे; चाहे कुछ हो या न हो, हम खुश रहेंगे।

आशावादी, अपेक्षावादी नज़रिये को रखने से ज़्यादा मदद किसी चीज़ से नहीं मिलती। यह नज़रिया हमेशा सर्वश्रेष्ठ, सर्वोच्च और सबसे सुखद की तलाश और उम्मीद करता है। यह हमें कभी निराशावादी, हताश मनोदशा में नहीं जाने देता।

हमें अपने पूरे दिल से यक़ीन करना चाहिए कि हम वही करेंगे, जो करने के लिए हमें बनाया गया है। कभी भी, पल भर के लिए भी, इस बारे में रत्ती भर भी शक न करें। हमें सिर्फ़ "विचार-मित्रों" का ही स्वागत करना चाहिए - जो हमें उस दिशा में ले जाते हों, जिन्हें हासिल करने का हमने संकल्प लिया है। हमें सारे "विचार-शत्रुओं" का तिरस्कार कर देना चाहिए - हताशा का हर विचार, जो असफलता या अप्रसन्नता का सुझाव देता हो।

इससे कोई फ़र्क़ नहीं पड़ता कि हम क्या करने या क्या बनने की कोशिश कर रहे हैं, जब तक कि हम हमेशा उसके प्रति एक अपेक्षावादी, आशावादी, स्वच्छ नज़रिया क़ायम रखते हैं। इससे हम अपनी सभी शक्तियों के विकास के मार्ग पर पहुँच जाएँगे और सभी क्षेत्रों में बेहतर बन जाएँगे।

आपके पास क्या है या आप कौन हैं या आप कहाँ हैं या आप क्या कर रहे हैं, यह आपको ख़ुश या नाख़ुश नहीं बनाता है। असल बात तो यह है कि आप किस बारे में सोचते हैं।

—डेल कारनेगी

बड़ी सफलता हासिल करने वाले लोग सकारात्मक चिंतक होते हैं

बड़ी सफलता हासिल करने वाले सभी लोगों में यह गुण होता है कि वे लगातार ख़ुद पर विश्वास करते हैं कि उन्होंने जो शुरू किया है, उसे वे पूरा कर लेंगे। वे कभी भी किसी भी चीज़ से यह विश्वास कमज़ोर नहीं होने देते। जिन स्त्री-पुरुषों ने मानव सभ्यता को महान प्रेरणा दी, उनमें से ज़्यादातर ने ग़रीबी में शुरुआत की थी। उन्हें कई अंधकारमय वर्षों तक अपना लक्ष्य हासिल करने की कोई उम्मीद नहीं दिखी; लेकिन इसके बावजूद वे काम करते रहे और विश्वास करते रहे कि किसी न किसी तरह कोई रास्ता खुल जाएगा। ज़रा सोचें, आशावाद और विश्वास के इस नज़रिये ने संसार के

महान आविष्कारकों के लिए कितना कुछ किया है! उनमें से ज़्यादातर ने कई सालों तक कमरतोड़ मेहनत की, उसके बाद जाकर ही उन्हें रोशनी नज़र आई! अगर उनमें विश्वास, आशा और निरंतर मेहनत का जज़्बा नहीं होता, तो शायद यह रोशनी कभी नज़र ही नहीं आती।

हमारे साथ सर्वश्रेष्ठ होगा, हमेशा यह उम्मीद करने की आदत जितनी मूल्यवान है, उतनी कोई दूसरी आदत नहीं है। सबसे बुरे की कल्पना करने के बजाय यह मानकर चलें कि हम जो भी करते हैं, उसमें जीतने जा रहे हैं।

कई लोग शुरुआत में ही यह सोच लेते हैं कि वे असफल हो जाएँगे और संभावनाएँ उनके ख़िलाफ़ हैं। इस तरह वे अपनी संभावनाओं को ख़त्म कर लेते हैं। दूसरे शब्दों में, उनका मानसिक नज़रिया उस सफलता को पाने के अनुकूल नहीं रहता, जिसे वे पाने का प्रयास कर रहे हैं। यह नज़रिया असफलता को आकर्षित कर लेता है। सफलता पहले मानसिक रूप से हासिल की जाती है। यदि मानसिक नज़रिया शंका का है, तो परिणाम भी ऐसे ही होंगे। जीतने के लिए निरंतर आस्था और सतत विश्वास होना चाहिए। डगमगाने वाला और शंकालु मन हमेशा डगमगाते और शंकालु परिणाम ही देगा।

आशावादी, अपेक्षावादी नज़रिये को रखने से ज़्यादा मदद किसी चीज़ से नहीं मिलती। यह नज़रिया हमेशा सर्वश्रेष्ठ, सर्वोच्च और सबसे सुखद की तलाश और उम्मीद करता है। यह हमें कभी निराशावादी, हताश मनोदशा में नहीं जाने देता।

उत्कृष्ट बनने का प्रयास करें

हमारे काम या हमारे व्यवसाय की प्रकृति चाहे जो हो, समृद्धि, ख़ुशी और ख़ुशक़िस्मती के चित्रों को मन में क़ायम रखने की आदत बहुत फ़ायदेमंद होती है। यह मन को इन लक्ष्यों की ओर मोड़ देती है और सभी परिस्थितियों और हमारी कोशिशों में बहुत मदद करती है। इस मानसिक नज़रिये से हमारा आत्म-विश्वास बहुत बढ़ जाता है।

सफलता के पुरस्कारों को प्राप्त करने की कोशिश करें

कई लोगों को मूर्त पुरस्कारों से प्रेरणा मिलती है। वे एक सुंदर घर का मालिक बनने की प्रबल इच्छा रखते हैं, विलासितापूर्ण कार चलाना चाहते हैं, महँगे

रेस्तराँओं में दावत उड़ाना चाहते हैं, आलीशान रिज़ॉर्ट में वैकेशन मनाना चाहते हैं - कुल मिलाकर, अमीर बनना चाहते हैं।

जे.पी. मॉर्गन अपनी पीढ़ी के सबसे अमीर लोगों में से एक थे। एक बार उनसे पूछा गया कि जब उनके पास पहले से ही हर वह विलासिता है, जो पैसे से ख़रीदी जा सकती है, तो फिर उन्हें ज़्यादा पैसे कमाने की प्रेरणा कहाँ से मिलती है। उन्होंने जवाब दिया, "पैसा वह स्कोरकार्ड है, जिससे मैं अपनी सफलता मापता हूँ। मुझे पैसे की ख़ातिर पैसे की ज़रूरत नहीं है, लेकिन अपनी दौलत बढ़ाकर मैं अपने सामने यह साबित कर रहा हूँ कि मैं अब भी सफल हूँ।"

टेडी एल अपनी कंपनी के शीर्ष दस सेल्स प्रतिनिधियों में से एक थे। उनसे पूछा गया कि उन्हें कौन-सी चीज़ इस बात के लिए प्रेरित करती है कि वे हर दिन बाहर निकलें और एक के बाद एक ग्राहकों से मिलने जाएँ। उन्होंने जवाब दिया कि वे एक ग़रीब परिवार में पैदा हुए थे और उनका पूरा बचपन एक चाल में न्यूनतम सुविधाओं वाले फ़्लैट में गुज़रा था। उन्होंने कहा, "मैंने हमेशा सपना देखा था कि किसी दिन मैं अपने ख़ुद के घर का मालिक बनूँगा, जो मेरे कस्बे के अमीर लोगों जैसा होगा।"

"जब मैंने बेचने का काम शुरू किया, तो मैं साधारण सेल्समैन था। मैं बस कोटा पूरा करने लायक़ बिक्री करता था, अच्छी आमदनी कमाता था और अच्छे अपार्टमेंट में रहता था। फिर एक दिन मैं कस्बे के उस हिस्से में गया, जहाँ अमीर लोग रहते थे। मुझे उनके जैसे घर का मालिक होने का अपना सपना याद आ गया। मैंने वहीं खड़े होकर यह संकल्प लिया कि मैं इतने पैसे कमाऊँगा कि ऐसा घर ख़रीद सकूँ।"

"उस दिन मैं एक रियल इस्टेट ऑफ़िस में गया और उस इलाक़े के कुछ बिकाऊ मकानों के फ़ोटो ले आया। मैंने एक फ़ोटो अपने पलंग के पास वाली टेबल पर रख लिया। एक और मकान का फ़ोटो अपने बाथरूम के आईने पर लगा लिया। एक और का फ़ोटो अपनी कार में लगा लिया। हर रात सोने से पहले मैं फ़ोटो देखता था; हर सुबह जब मैं दाढ़ी बनाता था, तो मैं फ़ोटो देखता था; हर दिन जब मैं अपने ग्राहकों से मिलने जाता था तो मैं फ़ोटो देखता था। मैंने संकल्प लिया कि एक दिन मैं ऐसा ही एक मकान ख़रीदूँगा।"

"मैं मन में यह चित्र देख सकता था कि मैं और मेरा परिवार उस मकान में रह रहे हैं। मैं देख सकता था कि हम बड़े डाइनिंग रूम में खाना खा रहे हैं, बैठक में आराम कर रहे हैं, मेरा हर बच्चा अपने स्वतंत्र कमरे में खेल रहा है, मेरी पत्नी आधुनिक किचन में खाना बना रही है, हम सभी पेड़ की छाया वाले लॉन का आनंद ले रहे हैं। इन विचारों ने मुझे हर सेल्स कॉल में ज़्यादा कड़ी मेहनत करने के लिए प्रेरित किया। इन्होंने मुझे हर दिन एक और अपॉइंटमेंट लेने के लिए प्रेरित किया। इन्होंने ही मुझे ज़्यादा प्रभावी बिक्री नीतियाँ सीखने और उन पर अमल करने के लिए भी प्रेरित किया।"

"अगले कुछ महीनों में मेरी बिक्री बढ़ गई। एक साल के भीतर मेरी आमदनी दोगुनी हो गई और एक साल बाद ही मैं अपने सपनों का मकान ख़रीदने में सक्षम हो गया।"

ज़रूरी नहीं है कि पुरस्कार मूर्त ही हों। कुछ लोग अपने सपने हासिल करने की संतुष्टि का पुरस्कार चाहते हैं। जॉन बुरोज़ सफल थे, लेकिन अमीर नहीं थे। वे सामान्य परिस्थितियों में रहते थे। पैसा उनके लिए महत्त्वपूर्ण नहीं था। वे शायद अपने युग के सबसे महान प्रकृतिविज्ञानी थे। उन्होंने प्रकृति के बारे में अध्ययन करने व लिखने में अपना पूरा जीवन समर्पित कर दिया।

उन्हें प्रकृति के आश्चर्यों में से एक बनने की महान संतुष्टि का पुरस्कार मिला। उन्होंने कहा, "मैं अपने जीवन को व्यापक बनाने और आनंद लेने के लिए जीता हूँ। मेरा विश्वास है कि मैं वह करता हूँ, जो हर एक के लिए सर्वश्रेष्ठ है। यदि मैं पक्षियों के बारे में लिखने के लिए ही उनके पीछे दौड़ता, तो मुझे ऐसी कोई चीज़ कभी नहीं लिखनी चाहिए, जिसे कोई दूसरा पढ़ने की परवाह करे। मुझे सहानुभूति और प्रेम से - यानी कि आनंद से - लिखना चाहिए, वरना नहीं लिखना चाहिए। काम ही आनंद है और परिणाम आनंद देता है।"

हम जो पुरस्कार चाहते हैं, उसे अपने दिमाग़ के सामने रखें। पुरस्कार मूर्त हो सकता है, जैसे एक नई कार, अच्छा घर, अपने रिटायरमेंट के लिए पैसा। पुरस्कार अमूर्त भी हो सकता है, जैसे अपने सपने को साकार करने की संतुष्टि। पुरस्कार मूर्त हो या अमूर्त, उसे अपने दिमाग़ में रखने से हमें उस लक्ष्य को हासिल करने और पुरस्कार को पाने के लिए कड़ी मेहनत करने की प्रेरणा मिलेगी।

मुश्किलें न खोजें

कुछ लोग हर स्थिति में हमेशा नकारात्मक पहलू की तलाश करते हैं। ऐसे प्रयास बहुत हानिकारक होते हैं, इसलिए यह आश्चर्यजनक है कि इतने सारे लोग मुश्किलों की तलाश करते रहते हैं, इस पर ध्यान केंद्रित करते हैं और इस तरह इसे अपनी ओर आकर्षित कर लेते हैं। इतिहास गवाह है कि जिसने भी मुश्किल की तलाश की है, उसे यह बहुतायत में मिली है। ऐसा इसलिए है, क्योंकि यदि मानसिकता नकारात्मक हो, तो इंसान किसी भी चीज़ को मुश्किल बना सकता है।

कहा जाता है कि पश्चिम के विकास के दौरान सरहदी जीवन के दौर में जो लोग हमेशा पिस्तौल, रिवॉल्वर और चाकुओं से लैस होकर जाते थे, वे हमेशा मुश्किलों में पड़ते थे, जबकि बगैर हथियार के जाने वाले लोग शायद ही कभी मुश्किल में फँसते थे, क्योंकि उन्हें अपनी समझदारी, आत्म-नियंत्रण, चतुराई और हास्यबोध पर विश्वास होता था। जो घटना हथियारबंद आदमी को झगड़ा लगती थी, वह ज़्यादा समझदार हथियाररहित लोगों को सिर्फ़ मज़ाक़ लगती थी। मुश्किल खोजने वाले लोगों के साथ भी यही होता है। हताशा, निराशा, उदासी और नकारात्मक विचारों को लगातार क़ायम रखने से उन्हें ज़्यादा हताशा और निराशा ही मिलेगी। किसी ख़ुशमिज़ाज आदमी के लिए जो छोटी घटना होगी, जिस पर हँसकर उसे दिमाग़ से निकाल दिया जाए, वही निराशावादी के मन में दहशत और निराशा की बात बन जाती है।

कल्पना का ग़लत इस्तेमाल करने पर यह हमारी सबसे बुरी शत्रुओं में से एक बन जाती है। कुछ लोग निरंतर दुख और कष्ट में सिर्फ़ इसीलिए रहते हैं, क्योंकि वे कल्पना करते हैं कि उनका अपमान हो रहा है, उन्हें नीचा दिखाया जा रहा है, उनकी उपेक्षा की जा रही है और उनके बारे में आलोचनात्मक बातचीत की जा रही है। वे ख़ुद को सभी तरह की बुराइयों का लक्ष्य मानते हैं; उन्हें लगता है कि वे ईर्ष्या, डाह, और सभी तरह के दुर्भाव का निशाना हैं। ऐसे ज़्यादातर विचार सिर्फ़ दिमाग़ का वहम होते हैं और उनमें ज़रा भी सच्चाई नहीं होती। यह बहुत ही दुर्भाग्यपूर्ण मानसिक अवस्था है। यह ख़ुशी का गला दबा देती है, उपयोगिता को निरुत्साहित करती है, मन का संतुलन नष्ट कर देती है और जीवन को असंतोषजनक बना देती है।

ऐसे विचार सोचने वाले लोग निरंतर दुखी रहते हैं, क्योंकि उनका मानसिक परिवेश निराशावाद का होता है। एक तरह से वे अपनी आँखों पर काला चश्मा लगाए रखते हैं, जिस वजह से उन्हें अपने आस-पास की हर चीज़ स्याह नज़र आती है; उन्हें हर तरफ़ काले के सिवा कुछ दिखाई ही नहीं देता है। उनके संसार में कोई सुखद या उजली चीज़ नहीं होती। इन लोगों ने ग़रीबी, असफलता, बदक़िस्मती, दुर्भाग्य और मुश्किल समय के बारे में इतने लंबे समय तक बात की है कि उनका पूरा जीवन निराशावाद से भर चुका है। मन के उजले गुण उपेक्षा और अनुपयोग की वजह से कुम्हला गए हैं, जबकि उनकी निराशावादी प्रवृत्तियाँ इतनी ज़्यादा विकसित हो चुकी हैं कि उनका मन सामान्य, स्वस्थ व प्रसन्नचित्त संतुलन दोबारा हासिल नहीं कर सकता।

ये लोग जहाँ भी जाते हैं, अपने साथ उदासी भरा, अप्रिय, असहज प्रभाव लेकर जाते हैं। कोई भी उनसे बात करना पसंद नहीं करता, क्योंकि वे हमेशा अपनी बदक़िस्मती और दुर्भाग्य की कहानी सुनाते रहते हैं। उनके मामले में समय हमेशा मुश्किल होता है, पैसा कम रहता है और समाज "रसातल में जा रहा होता है।" कुछ समय बाद वे निराशावादी और चिड़चिड़े बन जाते हैं, उन्हें मानसिक रोग हो जाते हैं और लोग उनसे कतराने लगते हैं।

दूसरे लोगों में दोष खोजना और उनकी लगातार आलोचना करना मुश्किलों की तलाश करने का एक बेहद हानिकारक और अप्रिय तरीक़ा है। कुछ लोग दूसरों के प्रति कभी उदार या सदाशयी नहीं होते। वे प्रशंसा के मामले में कंजूस होते हैं, दूसरों को शायद ही कभी योग्य मानते हैं और उनके हर काम की आलोचना करते हैं।

आप जो कर रहे हैं, यदि उसमें आपको विश्वास है, तो अपने काम में किसी भी चीज़ को बाधक न बनने दें। संसार का ज़्यादातर सर्वश्रेष्ठ काम असंभव नज़र आने वाली बाधाओं के ख़िलाफ़ किया गया है।

—डेल कारनेगी

आलोचना, निंदा या शिकायत न करें

हमें जीवन की शुरुआत में ही दृढ़ता से मन बना लेना चाहिए कि हम दूसरों की निंदा या आलोचना नहीं करेंगे और उनमें ग़लतियाँ, कमियाँ या दोष नहीं खोजेंगे। दोष खोजना, ताने मारना, व्यंग्यात्मक बातें करना, हर चीज़ और हर व्यक्ति में नुक़्स निकालना, प्रशंसा के बजाय निंदा करने के लिए चीज़ों की तलाश करना बहुत ख़तरनाक आदत है। यह गुलाब की कली या फूल के हृदय को कुतरने वाला घातक कीड़ा है, जो हमारे ख़ुद के जीवन को गाँठदार, विकृत और कटु बना देता है।

जब यह हानिकारक आदत पड़ जाती है, तो इसके बाद कोई सामंजस्यपूर्ण और सुखी जीवन नहीं जी सकता। जो लोग आलोचना करने के लिए हमेशा किसी चीज़ की तलाश करते हैं, वे अपने ख़ुद के चरित्र को तबाह कर लेते हैं और अपनी शुद्धता को नष्ट कर लेते हैं।

हम सभी उजले, दैदीप्यमान, ख़ुशमिज़ाज, आशावादी लोगों को पसंद करते हैं। कोई भी शिकायत करने वाले, दोष खोजने वाले, चुगली करने वाले या निंदा करने वाले को पसंद नहीं करता। महान अमेरिकी दार्शनिक रैल्फ़ वॉल्डो इमर्सन ने लिखा था, "संसार उस आदमी को पसंद करता है, जो अपने उद्देश्यों में दीर्घायु और भविष्य में अच्छाई देखता है, जो लोगों के निकृष्टतम पहलू के बजाय उनके सर्वश्रेष्ठ पहलू पर यक़ीन करता है।"

फ़िज़ूल गपशप करने वाले साँप की तरह जीभ लपलपाकर अपने गुस्से को बाहर निकालते हैं, लेकिन उन्हें सिर्फ़ क्षणिक संतुष्टि मिलती है। इसके बाद वे अपने बुरे स्वभाव की वजह से परेशान रहते हैं। वे इस बात पर हैरान होते हैं कि बाक़ी लोग अपने जीवन का आनंद ले रहे हैं, लेकिन वे आनंद क्यों नहीं ले पा रहे हैं।

जीवन गुज़ारने का अच्छा तरीक़ा यह है कि बदसूरत के बजाय अच्छे और सुंदर को देखें, हीन के बजाय श्रेष्ठ बनें, स्याह और उदास नज़रिये के बजाय प्रफुल्लित और ख़ुशमिजाज नज़रिया रखें; निराशावादी के बजाय आशावादी बनें। धूप की तरफ़ हमेशा अपना चेहरा रखना भी उतना ही आसान है, जितना कि हमेशा छाया को देखना। हम नकारात्मक हैं या सकारात्मक, इससे हमारे जीवन की संतुष्टि और असंतुष्टि, ख़ुशी और दुख

के बीच फ़र्क़ पड़ता है। इससे हमारे जीवन में समृद्धि और विपत्ति, सफलता और असफलता के बीच फ़र्क़ पड़ता है।

आइए, हम अब सीखते हैं कि प्रकाश की तलाश कैसे की जाए। हम सीखते हैं कि छायाओं, धब्बों, नकारात्मक चित्रों और बुरी चीज़ों को कैसे दूर रखा जाए। उन चीज़ों को मन में रखें, जो ख़ुशी दें, जो सहायता करें, जो प्रेरित करें। इस तरह हम चीज़ों को देखने का अपना पूरा नज़रिया बदल लेंगे और बहुत ही कम समय में अपने व्यक्तित्व का कायाकल्प कर लेंगे।

आशावाद उपलब्धि की ओर ले जाता है

हेलन केलर दृष्टिहीन और बधिर महिला थीं, जिनके पास अपनी क़िस्मत पर अफ़सोस करने और निराशावादी होने का हर कारण था, लेकिन उन्होंने कहा, "आशावाद वह आस्था है, जो उपलब्धि की ओर ले जाती है; आशा के बिना कुछ नहीं किया जा सकता।"

जो लोग जीवन में सबसे अच्छी तरह सफल हुए हैं, वे हमेशा ख़ुशमिज़ाज और आशावादी रहे हैं, जो अपने चेहरे पर मुस्कान रखकर अपना काम करते रहे, जिन्होंने इस नश्वर जीवन के परिवर्तनों और घटनाओं को परिपक्व वयस्कों की तरह लिया, जिन्होंने संयम रखते हुए अच्छी और बुरी परिस्थितियों का सामना एक जैसे तरीक़े से किया।

आशावादी लोगों में ऐसी सृजनात्मक शक्ति होती है, जो निराशावादी लोगों में कभी नहीं होती। ऐसी ख़ुशमिज़ाज और आशावादी स्वभाव जीवन को मधुर बनाता है, अप्रियता को दूर रखता है, जीवन के झटकों का इतना बुरा प्रभाव नहीं पड़ने देता। यदि मानसिक योग्यता समान हो, तो आशावादी मानसिकता वाले व्यक्ति में निराशावादी मानसिकता वाले व्यक्ति से बहुत ज़्यादा शक्ति होती है। आशावाद मस्तिष्क को सुचारू रखने वाली चिकनाई है। यह ख़ुशी का वह तेल है, जो घर्षण, चिंताओं, तनाव और अप्रिय अनुभवों को दूर करता है। आशावादी के जीवन की मशीन उतनी तेज़ी से नहीं घिसती या ख़राब होती है, जितनी तेज़ी से उस व्यक्ति की होती है, जिसकी मनोदशा और स्वभाव कमज़ोर पुर्जों को घिस देते हैं और पूरी मशीन को असंतुलित कर देते हैं।

नकारात्मकता को सकारात्मकता में बदलना

नकारात्मकता से कभी कोई अच्छी चीज़ हासिल नहीं हो सकती। नकारात्मकता में कोई जीवन नहीं है। इसमें सिर्फ़ क्षरण, विनाश और मृत्यु है। नकारात्मकता सफलता चाहने वाले लोगों की परम शत्रु है। जो लोग हमेशा हर चीज़ को बुरा बताते हैं, हर पल मुश्किल समय, बुरे कारोबार, ख़राब सेहत और ग़रीबी का रोना रोते रहते हैं, वे अपनी ओर विध्वंसकारी, नकारात्मक प्रभावों को आकर्षित कर लेते हैं और उनकी सारी मेहनत बेकार जाती है।

सृजनात्मक सिद्धांत नकारात्मक, विध्वंसकारी माहौल में जीवित नहीं रह सकते। ऐसे माहौल में कोई भी महत्त्वपूर्ण उपलब्धि नहीं मिल सकती। इसलिए नकारात्मक लोग हमेशा अवनति के मार्ग पर चलते हैं, हमेशा असफल साबित होते हैं। वे दृढ़ कथन की शक्ति गँवा देते हैं और भटकते रहते हैं। वे जीवन की दौड़ में आगे निकलने में अक्षम रहते हैं।

नकारात्मक चीज़ें महत्त्वाकांक्षा को पंगु बना देती हैं। वे हमारे जीवन में ज़हर घोल देती हैं। वे हमारी शक्ति लूट लेती हैं। वे हमारे आत्म-विश्वास का गला दबा देती हैं। वे हमें स्थिति के स्वामी के बजाय इसका शिकार बना देती हैं। शक्ति काफ़ी हद तक आत्म-विश्वास का मामला होती है। हम किसी काम को तब तक नहीं कर सकते, जब तक कि हम यह न सोच लें कि हम उसे कर सकते हैं। हम इसमें तब तक कभी माहिर नहीं बन पाएँगे, जब तक हम मन में यह महसूस न कर लें कि हम उसमें माहिर बन सकते हैं। सृजन पहले मन में होता है, इसके बाद ही यह बाहरी संसार में होता है। मानसिक सफलता भौतिक सफलता से पहले आती है।

कई लोग जहाँ भी जाते हैं, डर, शंका और असफलता के विचार बिखेर देते हैं। उनके ये विचार दूसरे लोगों के मनों में जड़ जमा लेते हैं, जो उनके बिना ख़ुश, आत्म-विश्वासी और सफल रह सकते थे।

जब हम किसी दूसरे के प्रति कोई बुरा या प्रतिकूल विचार रखते हैं, तो यह समझ लें कि हमारे मन में कोई न कोई चीज़ गड़बड़ है। हमें ख़ुद से कहना चाहिए, "रुक जाओ! उलटे मुड़ जाओ!" सकारात्मक पहलू देखें; यह निर्णय लें कि अगर हम संसार में कोई भलाई नहीं कर सकते, तो हम विष और नफ़रत के बीज भी नहीं बिखेरेंगे।

यदि हम हर एक के प्रति दयालुतापूर्ण, परोपकारी, उदार, प्रेमपूर्ण विचार रखते हैं, तो हम उन्हें उदास या बाधित नहीं करेंगे। हम दुख और निराशा के बजाय सुख और प्रसन्नता बिखेरेंगे। हम हताशा के बजाय सहायता और प्रोत्साहन बिखेरेंगे।

कई लोग हमेशा सफलता के विचार, स्वास्थ्य के विचार, ख़ुशी के विचार, मनोबल बढ़ाने वाले, मददगार विचार बिखेरते रहते हैं। वे जहाँ भी जाते हैं, उस जगह को प्रकाश से भर देते हैं। वे लोग संसार के सहायक होते हैं, दूसरों का बोझ हल्का करते हैं, जीवन के झटकों को सहने योग्य बनाते हैं, आहत लोगों को मरहम लगाते हैं और हताश लोगों को सांत्वना देते हैं।

हम भी उन्हीं जैसे बन सकते हैं, यदि हम कंजूसी के बजाय उदारता से ख़ुशी बिखेरना सीख लें। हमें बिना किसी संकोच के ख़ुशी फैलाना सीखना चाहिए। हमें इसे घर में, सड़क पर, कार में, स्टोर में हर जगह संप्रेषित करना सीखना चाहिए।

अँधेरे को बाहर रखने का सबसे अच्छा तरीक़ा जीवन को प्रकाश से भरना है। नकारात्मक विचारों को दिमाग़ से बाहर रखें; मन को सद्भाव से भर लें। ग़लती को बाहर रखें; मन को सच्चाई से भरा रखें। बदसूरती को बाहर रखें; सौंदर्य और मनोरमता पर विचार करें। जो भी ग़लत और अस्वास्थ्यकर है, उससे मुक्ति पाएँ; जो मधुर और स्वस्थ है, उसके बारे में सोचें। विपरीत विचार मन में एक ही समय क़ायम नहीं रह सकते।

हमें शुरुआत से ही अपने मन से सभी अप्रिय, अस्वस्थ, मौत से सरोकार रखने वाले विचारों को मिटाने की आदत डाल लेनी चाहिए। हमें हर सुबह कोरी स्लेट से शुरुआत करनी चाहिए। हमें अपनी मानसिक वीथिका से सभी प्रतिकूल चित्र हटा देने चाहिए और उनकी जगह पर सामंजस्यपूर्ण, मनोबल बढ़ाने वाले, जीवनदायक चित्र लगा लेने चाहिए।

शिकागो के सफल मार्केटिंग एक्ज़ीक्यूटिव फ़्रैंक ए टीवी पर इंटरव्यू दे रहे थे। उनसे जब पूछा गया कि वे अपनी नौकरी के दबावों के बावजूद अपनी मानसिक शांति कैसे क़ायम रखते हैं, तो उन्होंने कहा कि वे सुबह तब तक ऑफ़िस नहीं जाते हैं, जब तक कि वे अपने मन को संसार के साथ आदर्श सामंजस्य में न रख लें। यदि उन्हें ईर्ष्या या डाह की थोड़ी-सी

भी भावना महसूस होती है, अगर उन्हें महसूस होता है कि वे स्वार्थी या पक्षपाती हैं, अगर अपने साझेदार या किसी कर्मचारी के प्रति उनका नज़रिया सही नहीं होता है, तो वे ऑफ़िस नहीं जाते हैं, जब तक कि उनका वाद्य यंत्र पूरी तरह से सुरीला न हो जाए, जब तक कि उनके मन से हर तरह की विसंगति साफ़ न हो जाए।

वे कहते हैं कि यदि वे सुबह हर एक के प्रति सही मानसिक नज़रिये से शुरुआत करते हैं, तो उन्हें उस दिन बहुत कुछ मिल जाता है, जो इस नज़रिये बिना कभी नहीं मिल पाता। उन्होंने बताया कि पहले जब वे अपने मन में नकारात्मक विचार लेकर ऑफ़िस जाते थे, तो उन्हें अच्छे परिणाम नहीं मिलते थे। नकारात्मक मानसिकता की वजह से उन्हें ज़्यादा थकान महसूस होती थी और उन्होंने अपने आस-पास के लोगों को भी दुख पहुँचाया था।

अपने जीवन में दुर्भाव की जगह सद्भाव रखें

चाहे हम सकारात्मक महसूस करते हों या न करते हों, हमें यह दृढ़ कथन कहना चाहिए कि हम सकारात्मक महसूस करते हैं कि हम सकारात्मक महसूस करेंगे, कि हम सकारात्मक काम करने की सर्वश्रेष्ठ स्थिति में हैं। इसे संकल्प के साथ कहें, इसे दृढ़ता से कहें और यह सच हो जाएगा। जैसा *बाइबल* कहती है, "जैसा इंसान अपने दिल में सोचता है, वैसा ही वह होता है।"

कई सामान्य चीज़ें करने वाले लोगों में दरअसल बहुत योग्यता होती है, लेकिन नकारात्मक होने के कारण वे प्रभावी काम नहीं कर पाते हैं। यदि उनके पास कोई ऐसा होता, जो उन्हें दिशा दिखाता, उनके लिए योजना बनाता, उनसे मनमुटाव को दूर रखता और सद्भाव में उनकी मदद करता, तो वे उल्लेखनीय चीज़ें कर सकते थे। चूँकि हममें से ज़्यादातर लोगों के पास ऐसा "संरक्षक देवदूत" नहीं होता है, इसलिए यह काम हमें ख़ुद करना होगा। कोई दूसरा हमारे लिए यह काम नहीं कर सकता। हम इस संसार में किसी महान चीज़ को तब तक हासिल नहीं कर सकते, जब तक कि हम ध्यान भटकाने वाली हज़ार चीज़ों के प्रलोभन से न बच जाएँ। दुर्भाग्य से, कई मौक़ों पर हम अप्रिय और चिड़चिड़े होते हैं। यह हमारा सच्चा स्वभाव

नहीं है। हमारे चिड़चिड़ेपन और सद्भाव की कमी का कारण यह है कि हम थके हुए या तनावग्रस्त होते हैं। हमें यह पता लगाना चाहिए कि यह कब हो सकता है और फिर इससे उबरने की हर कोशिश करनी चाहिए।

हम अक्सर ऐसे लोगों को देखते हैं, जो एक साल की कड़ी मेहनत करने के बाद असहनीय लगते हैं, लेकिन जब वे छुट्टियाँ मनाकर लौटते हैं, तो उनका कायाकल्प हो जाता है। वे जाने से पहले जैसे दिखते थे, अब वैसे नहीं दिखते हैं। छुट्टियों पर जाने से पहले जिन छोटी-छोटी बातों पर वे तैश में आ जाते थे, अब उनका उन पर ज़रा भी असर नहीं होता है।

जिस तरह चूँ-चूँ करने वाला एक्सल चिकनाई की कमी की चेतावनी देता है, उसी तरह भौतिक जगत में कहीं भी घर्षण या मनमुटाव इस बात की चेतावनी है कि कोई चीज़ गड़बड़ है। नाश्ते की टेबल पर विवाद या सुबह छुटपुट तकरार से घर की दिन भर की शांति नष्ट हो सकती है। पल भर का गुस्सा किसी अच्छी मित्रता को जीवन भर के लिए नष्ट कर सकता है।

जब हम थके-हारे होते हैं, जब हमारी स्फूर्ति चली जाती है और हमारे अति महत्त्वपूर्ण पैमाने कमतर हो जाते हैं, तब भी हम अपनी दैनिक गतिविधियों में ख़ुद को काम करने के लिए विवश करते हैं। हम सभी प्रकार के उद्दीपकों और इच्छा शक्ति से ख़ुद को विवश करते हैं। हम अपने मन और शरीर की नाज़ुक प्रणालियों पर दबाव डालते हैं। नतीजा यह होता है कि वे अक्सर असमय ही अपने सर्वश्रेष्ठ काम को करने के लिए अनुपयुक्त हो जाती हैं, चोटिल हो जाती हैं या अति दबाव में आ जाती हैं।

हमें ख़ुद को शिक्षित करना चाहिए कि चाहे जो हो जाए, हम अपने मन की तत्परता और संतुलन नहीं खोएँगे। हमें अपना संतुलन बनाए रखना चाहिए, ताकि हर परिस्थिति में हम शांति वाली चीज़ ही करें, समझदारी भरी चीज़ ही करें, सही चीज़ ही करें।

याद रखें, ख़ुशी इस बात पर निर्भर नहीं करती कि आप कौन हैं या आपके पास क्या है; यह तो पूरी तरह इस बात पर निर्भर करती है कि आप क्या सोचते हैं।

—डेल कारनेगी

ख़ुद को पराजित करने वाले वैचारिक तौर-तरीक़े

कई बार आत्म-विश्वास के अभाव और अपने नकारात्मक परिवेश की वजह से हम अपनी योग्यताओं और अपनी उपलब्धियों पर शक करने लगते हैं। परिस्थितियाँ तब और बदतर हो जाती हैं, जब हम यह सोचने लगते हैं कि दूसरे क्या सोचते हैं, ताकि हम अपनी योग्यता और अपना मूल्यांकन कर सकें। यह मानसिकता हमें असफलता के डर की वजह से जोखिम से बचने की ओर ले जा सकती है। इस तरह की मानसिकता से हम ख़ुद को हीन मानेंगे, सकारात्मक प्रशंसा को अमान्य कर देंगे और नकारात्मक आलोचना को स्वीकार कर लेंगे, जिससे ख़ुद को पराजित करने वाले वैचारिक साँचे तथा नकारात्मक नज़रिये शक्तिशाली बन जाएँगे। कुछ आत्म-पराजयी वैचारिक तौर-तरीक़ों पर ग़ौर करें :

अतिवादी सोच

जब चीज़ें आर या पार की हों और कोई मध्यम मार्ग न हो। हम सोचते हैं : "अगर मेरा प्रदर्शन आदर्श नहीं है, तो मैं पूरी तरह असफल हूँ।"

विपत्ति

विपत्ति हर नुक्कड़ पर मँडराती नज़र आती है और हम इसकी अपेक्षा करते हैं। मिसाल के तौर पर, एक नकारात्मक विवरण, आलोचना या सरसरी टिप्पणी सारी सच्चाई पर पानी फेर देती है। हम यह चिंता करते हैं, "मैंने उस छोटी प्रस्तुति में गड़बड़ कर दी, इसलिए मुझे अब प्रमोशन कभी नहीं मिलेगा।"

नकारात्मकता को बढ़ा-चढ़ाकर देखना

अच्छी चीज़ें बुरी चीज़ों जितनी मायने नहीं रखती हैं। इससे हम यह कहने लगते हैं, "मैं जानता हूँ कि पिछले तीन महीनों में मेरा बिक्री का रिकॉर्ड सर्वश्रेष्ठ था, लेकिन इस महीने तीसरे स्थान पर रहने से मैं ख़ुद के बारे में बहुत बुरा महसूस करता हूँ।"

"चाहिए" वाले कथनों पर ज़्यादा ज़ोर देना

"चाहिए" कथन हमें आदर्श परिदृश्य की ओर धकाते हैं। हमें जो होना चाहिए, उसे हासिल करने के लिए हमें सबसे पहले तो "यथा स्थिति" का

आकलन करना चाहिए। इसके बाद ही हम यह योजना बना सकते हैं कि हम इस वक़्त जहाँ हैं, वहाँ से जहाँ हमें "होना चाहिए," वहाँ तक कैसे पहुँचा जाए। हम "चाहिए" के क़रीब नहीं हैं, इसलिए रुकने और प्रयास छोड़ने की कोई ज़रूरत नहीं है।

ख़ुद को दोष देना

ख़ुद को दोष देना वह अतार्किक विचार प्रक्रिया है, जिसमें हम ख़ुद को दोषी मानते हैं। यह बहुत आसान होता है कि हम शुरुआती पराजयों को अपनी दीर्घकालीन मानसिकता तय करने दें। यह सोचने के जाल में न फँसें, "मैं असफल हूँ और मैं कभी कुछ नहीं बन पाऊँगा।"

प्रशंसा स्वीकार करने में मुश्किल होना

जब कोई हमारी प्रशंसा करता है, तो हमें इसे स्वीकार करना चाहिए। हमें इस तरह की टिप्पणियों से इसे घटाना नहीं चाहिए, जैसे, "आपको यह प्रस्तुति पसंद आई। यह ख़ास नहीं थी। मैंने तो इससे भी बेहतर प्रस्तुतियाँ दी हैं।" इसके बजाय यह कहें, "धन्यवाद।" इस तरह आप प्रशंसा करने वाले को जता देते हैं कि आप उसकी टिप्पणी की क़द्र करते हैं, लेकिन इससे भी ज़्यादा महत्त्वपूर्ण, आप अपने आत्म-विश्वास और आत्म-छवि को बलवान कर लेते हैं।

आत्म-विश्वास बढ़ाने की रणनीतियाँ

ये आत्म-पराजयी विचार हमें आशावादी से निराशावादी बना सकते हैं, सकारात्मक चिंतक से नकारात्मक चिंतक बना सकते हैं और सफलता-केंद्रित से पराजय-केंद्रित बना सकते हैं। नीचे दी गई रणनीतियाँ आत्म-पराजयी वैचारिक तौर-तरीक़ों से उबरने में हमारी मदद कर सकती हैं :

आत्म-स्वीकृति

यह हमारी इस क़ाबिलियत से आती है कि हम ख़ुद को इंसान के रूप में स्वीकार करें। हमें अपने सकारात्मक पहलुओं पर ध्यान केंद्रित करना चाहिए - हमारे वे गुण, शक्तियाँ और विशेषताएँ, जो हमारे स्वरूप का निर्माण करती हैं। जब हम आत्म-छवि के इन क्षेत्रों पर अपना ध्यान केंद्रित

करते हैं, तो हमारे आत्म-विश्वास और आत्म-गौरव दोनों पर ही सकारात्मक प्रभाव पड़ता है। आम तौर पर देखा जाता है कि लोग अपनी शक्तियों के बजाय अपनी कमज़ोरियों पर ध्यान केंद्रित कर लेते हैं और इस तरह से अपना नुक़सान कर लेते हैं। हमें सकारात्मक चित्रों पर ध्यान केंद्रित करने में ख़ुद की और दूसरों की मदद करनी चाहिए।

आत्म-सम्मान

यहाँ कुंजी पिछली सफलताओं और उपलब्धियों पर ध्यान केंद्रित करना है। हमने अतीत में जो अच्छा काम किया है, उसके लिए ख़ुद का सम्मान करें। असफलताओं पर ध्यान केंद्रित करना कहीं ज़्यादा आसान होता है, क्योंकि दूसरे हमें उनकी याद दिलाने के लिए बहुत उत्सुक होते हैं। जब हम जीवन में मिली सफलताओं के बारे में सोचते हैं, तो पहले दृष्टिकोण बदलता है, फिर आत्म-विश्वास आता है।

विचारों पर नियंत्रण

ख़ुद के और अपने आस-पास के लोगों के प्रति विचार-नियंत्रण या आत्म-नियंत्रण से ऊँचा कर्तव्य या इससे ज़्यादा महत्त्वपूर्ण अध्ययन नहीं है, क्योंकि इसी की वजह से हमारा विकास होता है। विचार अपने आप में अमूर्त है और हममें से ज़्यादातर लोगों का दरअसल इस पर बहुत कम नियंत्रण होता है। शायद इसीलिए ऐसा लगता है कि मस्तिष्क की सोचने की प्रक्रिया को मार्गदर्शन देना काफ़ी मुश्किल और दुरूह मामला है। हमें लगता है कि इसके लिए बहुत अध्ययन, फ़ुरसत और पुस्तकें पढ़ने की ज़रूरत होगी। कोई दूसरी चीज़ सच्चाई से इतनी दूर नहीं हो सकती। हम सभी के भीतर वे सारी चीज़ें हैं, जो हमारे बौद्धिक स्वभाव, चरित्र और जीवन को बेहतर बनाने के लिए आवश्यक हैं।

अपने लक्ष्य पर ध्यान केंद्रित करें

हमें अपने लक्ष्य पर ध्यान केंद्रित करना चाहिए और मन की आँखों से उस पुरस्कार को इस तरह देखना चाहिए, मानो हम उसे जीत चुके हैं। फिर बाधाएँ एक-एक करके ग़ायब हो जाएँगी और जिसे हासिल करना बहुत मुश्किल लग रहा था, अब वह सरल नज़र आएगा। सबसे बड़ी आवश्यकता

है लक्ष्य पर ध्यान केंद्रित रखना, रुचि कम न होने देना और आंतरिक स्वप्न को डगमगाने न देना।

> *हम सभी में ऐसी संभावनाएँ होती हैं, जिनका हमें पता भी नहीं होता। हम ऐसी चीज़ें कर सकते हैं, जिनके बारे में हम सपने में भी नहीं सोचते कि हम कर सकते हैं।*
>
> **—डेल कारनेगी**

सार

- आशावादी नज़रिया रखने से ज़्यादा प्रेरक आदत दूसरी नहीं है। आशावादी नज़रिये का मतलब यह विश्वास करना है कि चीज़ें बुरी नहीं, अच्छी होंगी; हम असफल नहीं, सफल होंगे; चाहे कुछ हो या न हो, हम ख़ुश रहेंगे।
- जीवन में हमें जो भी मिलता है, उसका सृजन पहले हमारे मन में होता है। जिस तरह कोई इमारत किसी ईंट या पत्थर के रखने से पहले ही आर्किटेक्ट के मन में वास्तविक होती है, उसी तरह हम भी मानसिक रूप से हर उस चीज़ का सृजन करते हैं, जिसे हम बाद में हासिल करते हैं।
- पूरी स्पष्टता और तीक्ष्णता से लक्ष्य का मानसिक चित्र बनाकर हम अपने सपने सच कर सकते हैं। हम जिस चीज़ को सचमुच चाहते हैं, उसे पूरे मन, दिल और आत्मा से चाहें। यह कल्पना करें कि यह पहले ही साकार हो चुकी है। फिर आप इसे अपनी ओर आकर्षित कर लेंगे।
- हमें अपने अवचेतन को सटीकता से बताने की ज़रूरत है कि हम क्या चाहते हैं। जब हम जान जाते हैं कि हमारी सच्ची इच्छा कैसी दिखती है, तो हमारा अवचेतन मन बिना किसी ग़लती के हमें इसकी ओर धकेलेगा। हमें यह विश्वास करना चाहिए कि हम जो चाहते हैं, उसे साकार कर सकते हैं। हमें विश्वास करना चाहिए कि यह अवश्य होगा।
- बड़ी सफलता हासिल करने वाले सभी लोगों में आत्म-विश्वास का गुण होता है। वे इस विश्वास को कभी डगमगाने नहीं देते हैं कि वे जो शुरू करते हैं, उसे सफलतापूर्वक पूरा करेंगे।

- सफलता पहले मानसिक रूप से हासिल की जाती है। यदि मानसिक नज़रिया शंका का है, तो परिणाम भी ऐसे ही होंगे। जीतने के लिए निरंतर आस्था और सतत विश्वास होना चाहिए। डगमगाने वाला और शंकालु मन हमेशा डगमगाते और शंकालु परिणाम ही देगा।
- जीवन में यह सोचने से ज़्यादा मूल्यवान दूसरी आदत नहीं है कि हमारे साथ सबसे बुरे के बजाय सबसे अच्छा होगा और हम जो भी करेंगे, उसमें सफल होंगे।
- बहुत से लोग अपने लक्ष्य हासिल करने में इसलिए नाकाम रहते हैं, क्योंकि वे उन्हें साकार करने में अपनी भूमिका नहीं निभाते हैं। हसरत या किसी चीज़ को करने की इच्छा सिर्फ़ महत्त्वाकांक्षा का बीज बोना है। हमारा हृदय जो हासिल करने के लिए लालायित है, उसे हासिल करने के लिए हमें अपना सर्वश्रेष्ठ प्रयास करना चाहिए।
- शक्ति सिर्फ़ भीतर से उत्पन्न होती है। अपने अंदर की आवाज़ सुनें। हर पेशे, व्यापार और कारोबार में बेहतरी की गुंजाइश होती है। संसार को ऐसे लोगों की ज़रूरत है, जो नए और बेहतर तरीक़ों से चीज़ें कर सकें। यह न सोचें कि चूँकि किसी योजना या विचार का कोई पूर्व उदाहरण नहीं है या चूँकि हम युवा और अनुभवहीन हैं, इसलिए कोई हमारी नहीं सुनेगा। यदि हमारे पास संसार को देने के लिए कुछ नया और मूल्यवान है, तो हमारी बात सुनी जाएगी और हमारा अनुसरण किया जाएगा।
- जब तक हम "बदक़िस्मती," "नहीं कर सकता" और "शंका" को अपनी शब्दावली से हटा नहीं देते, हम ऊपर नहीं उठ सकते। अगर हम ख़ुद को कमज़ोर मानते हैं और अपने दुखों तथा दुर्भाग्यों के बारे में ही सोचते रहते हैं, तो हम शक्तिशाली या सुखी नहीं बन सकते।
- हम जिस चीज़ को हासिल करने की इच्छा रखते हैं, उसके प्रति दृढ़ता से समर्पित बनें। जब परिस्थितियाँ गड़बड़ होती हैं, जब बाधाएँ अजेय नज़र आती हैं, जब हताशा सिर उठाती है, तो हमारा समर्पण ही हमें जूझते रहने की प्रेरणा देगा।

7

साहसी बनें

अपने लक्ष्यों का पीछा करते समय आपको ऊर्जा और समय लगाना होगा, तात्कालिक ख़ुशियों का त्याग करना होगा, विरोध से जूझना होगा। बाधाओं व चुनौतियों से उबरने की इच्छा शक्ति और सफल होने का संकल्प सफलता की राह में एक अनिवार्य तत्व है।

सफल लोगों में अपने विचारों पर अमल करने का साहस होता है। उन्हें जिस काम में विश्वास होता है, उसमें वे अपने धन, मेहनत और भावनाओं का निवेश करने के इच्छुक होते हैं।

सफल होने वाले ये लोग जब आश्चर्यजनक साहस का प्रदर्शन करते हैं, तो वे लापरवाह जुआरी नहीं होते हैं। वे अपनी कार्ययोजना बहुत सावधानी से तैयार करते हैं और फिर कर्म में सक्रियता से जुट जाते हैं।

यदि हम आम लोगों की श्रेणी से ऊपर उठना चाहते हैं, तो हमें जोखिम लेना होगा। हम इसे हमेशा "सुरक्षित घेरे" से नहीं खेल सकते। सुरक्षा ज़्यादातर मामलों में अंधविश्वास है, मिथ्या धारणा है। यह प्रकृति में मौजूद नहीं है, न ही लोग आम तौर पर इसका अनुभव करते हैं। सभी ख़तरों से बचने की कोशिश हमें लंबे समय में उतनी ही सुरक्षित बनाती है, जितनी कि उनसे सीधी मुठभेड़ करना। जीवन अपने आप में साहसिक अभियान है।

महान अमेरिकी सर्वोच्च न्यायालय के न्यायाधीश ऑलिवर वेंडेल होम्स ने इसे इस तरह से कहा था, "सुरक्षा एक भ्रम है और चैन इंसान की तक़दीर में नहीं होता।"

चाहे संसार कारोबार का हो, खेल का हो या राजनीति का हो, वही लोग महानता के शिखर पर पहुँचते हैं, जिन्होंने संभावनाओं की अवज्ञा करके, ख़तरनाक दिखने वाले पानी में छलाँग लगाकर और सृजनात्मक निर्णय लेकर अपने साहस का प्रदर्शन किया। उन्होंने अपना सब कुछ गँवाने का जोखिम लिया, क्योंकि उन्हें अपनी सफलता के बारे में रत्ती भर भी शंका नहीं थी।

संसार में सबसे ख़तरनाक स्थिति में वे लोग हैं, जो ख़तरों से बचते हैं, जो अपनी मदद करने की कोशिश नहीं करते हैं और जो जीवन की सीढ़ी पर ऊपर पहुँचने का कोई प्रयास नहीं करते हैं। संसार में कोई भी शक्ति आपको ऊपर नहीं उठाएगी; यह काम आपको ख़ुद करना होगा। जो लोग ख़ुद की मदद नहीं करते हैं, ईश्वर भी उन लोगों की मदद नहीं करता है। सफलता का संकल्प हमारी प्रगति की सीढ़ी है। हमें यह सुनिश्चित करना चाहिए कि हमारी सीढ़ी में कोई पायदान कमज़ोर न हो।

हमें संकल्प की शक्ति विकसित करनी चाहिए। यदि हमारे विश्वास सतही हैं, तो हम किसी चीज़ के प्रति समर्पित नहीं होंगे। तब कोई भी हममें विश्वास नहीं करेगा, क्योंकि हम विश्वास को संप्रेषित नहीं कर पाएँगे। जब तक विश्वास इंसान के समूचे अस्तित्व पर नहीं छा जाता, तब तक जीवन में बहुत कम सफलता मिलती है।

नए अनुभवों को जीतने या हारने के अवसर न मानें। इसके बजाय उन्हें सीखने के अवसर मानें। ऐसा करने से हमारे सामने नई संभावनाएँ खुल जाती हैं और आत्म-स्वीकृति का हमारा अहसास भी बढ़ सकता है। ऐसा न करने से हर संभावना असफलता का अवसर बन जाती है और व्यक्तिगत विकास को सीमित कर देती है।

जोखिम लें! पूरा जीवन एक जोखिम है। सबसे आगे तक जाने वाला इंसान आम तौर पर वही होता है, जो जोखिम लेने और क़दम बढ़ाने का इच्छुक होता है। जोखिम न लेने वाली नाव कभी किनारे से दूर नहीं जाती है।

—डेल कारनेगी

लोगों के साथ जुड़िए

ऐलेक्स का बचपन शिकागो में गुज़रा था। किशोरावस्था में वे और उसके मित्र काब्ज़ (शिकागो की बेसबॉल टीम) के जोशीले प्रशंसक थे। जब उनकी टीम जीतती थी, तो वे बहुत ख़ुश होते थे और जब हारती थी, तो बहुत दुखी हो जाते थे। ऐलेक्स को अपने दोस्तों से ज़्यादा दुख होता था। काब्ज़ की टीम के हारने पर वे बुरी तरह निराश हो जाते थे। एक ख़ास बुरे दौर के बाद ऐलेक्स ने सोचा, "यह इस लायक़ नहीं है। मैं किसी टीम के साथ इतना नहीं जुडूँगा कि मुझे इतनी निराशा हो।" इसके बाद उसने काब्ज़ या किसी टीम के साथ ख़ुद को जोड़ने से इंकार कर दिया।

ऐलेक्स ने अपने जीवन के सभी पहलुओं में यही सिद्धांत अपना लिया। उनका दर्शन था : "अगर मैं किसी से ज़्यादा नहीं जुडूँगा, तो मुझे कभी चोट नहीं पहुँच सकती।" स्कूल और नौकरी में वे हमेशा मध्यम मार्ग पर चलते थे। ऐलेक्स को कभी चोट नहीं पहुँची, लेकिन उन्हें कभी सच्ची ख़ुशी भी महसूस नहीं हुई। उनका किसी से रिश्ता कामयाब न रहे, उनकी कोई टीम या चीज़ सफल नहीं होगी, यह जोखिम न लेकर वे "विचारों की पीड़ा" से तो बच गए, लेकिन उन्हें कभी "विजय के रोमांच" का अनुभव भी नहीं हुआ।

समर्पित बनें

डॉ. रॉबर्ट जारविक बरसों से कृत्रिम हृदय के आविष्कार पर मेहनत कर रहे थे। कृत्रिम हृदय पहले कभी नहीं बनाया गया था। उनके सहकर्मियों तथा दूसरे "विशेषज्ञों" ने उन्हें आगाह किया कि यह संभव नहीं है। जारविक के सामने यह जोखिम था कि आविष्कार सफल न होने पर उनकी बरसों की मेहनत पर पानी फिर जाएगा। लेकिन वे इस बात के प्रति समर्पित थे कि जब तक वे सफल नहीं हो जाएँगे, तब तक कोशिश करते रहेंगे।

आविष्कारकों और नवाचारी लोगों को हमेशा मखौल का सामना करना पड़ा है। फुल्टन की स्टीमबोट को "फुल्टन की मूर्खता कहा गया था और पहली कार का स्वागत यह ताना मारकर किया गया था कि तनाव ले आओ।" एडिसन ने बिजली के बल्ब का सफल आविष्कार करने से पहले इस दिशा में सैकड़ों कोशिशें की थीं और उनमें नाकाम हुए थे। यह अनिवार्य है कि आविष्कारक समर्पित रहें, दूसरों के ताने झेलने को तैयार रहें, कई शंकाओं

का सामना करने को तैयार रहें और अपने लक्ष्य तक पहुँचने से पहले एक के बाद एक पराजयों को झेलने को भी तैयार रहें।

असहमति प्रकट करने से न डरें

लिज़ विचलित थी। समूह के सभी लोग सहमत थे कि जिस समाधान पर चर्चा हो रही थी, उससे उनकी समस्या सुलझ जाएगी। अगर वह अपनी असहमति प्रकट करती है, तो लोग उसे मूर्ख या इससे भी बदतर, विद्रोही मान सकते हैं। ख़ामोश बने रहना ही सुरक्षित क़दम था, लेकिन लिज़ को पूरा विश्वास था कि समूह ने समस्या के एक महत्त्वपूर्ण पहलू को नज़रअंदाज़ कर दिया था। लिज़ ने तिरस्कार का जोखिम लेकर अपने दिल की बात कह दी। इसकी बदौलत समूह ने समस्या को एक अलग कोण से देखा और ज़्यादा प्रभावी निष्कर्ष पर पहुँचा।

जोखिम लेने का मतलब यह नहीं है कि इंसान को दुस्साहसी होना चाहिए। तार्किक लोग तार्किक जोखिम लेते हैं, लेकिन जोखिम की प्रकृति ही ऐसी होती है कि इसमें असफलता की आशंका रहती है। तार्किक लोग निर्णय लेने से पहले सावधानी से विश्लेषण और जाँच-पड़ताल करके सफलता की संभावना को अधिकतम कर लेते हैं। लेकिन जब आख़िरकार निर्णय हो जाता है, तो मैनेजर को धन, समय, ऊर्जा और भावना की संभावित क्षति का जोखिम लेने के लिए तैयार रहना चाहिए। जोखिम के बिना सफलता की कोई संभावना नहीं होती है।

सबसे बुरा क्या हो सकता है?

अध्याय 1 में हमने पढ़ा था कि डेल कारनेगी ने अपनी पुस्तक *हाउ टु स्टॉप वरीइंग ऐंड स्टार्ट लिविंग (चिंता छोड़ो सुख से जीयो)* में यह सलाह दी थी कि मुश्किल आने पर ख़ुद से पूछें, "वह सबसे बुरा क्या है, जो संभवतः हो सकता है?"; "सबसे बुरे को स्वीकार करने के लिए तैयार रहें; फिर सबसे बुरे को बेहतर बनाने की कोशिश करें।"

हमें भी इन्हीं सिद्धांतों पर चलना चाहिए, जब हम यह निर्णय लेने वाले हों कि किसी नवाचारी व क्रांतिकारी चीज़ का जोखिम लेना उचित है या नहीं या फिर समस्या के प्रति थोड़ी अलग नीति अपनाना ही बेहतर होगा।

अगर हम अपनी नौकरी और जीवन में प्रगति करना चाहते हैं, तो हम सभी को जोखिम लेना होगा। सावधानीपूर्ण विश्लेषण करके हम असफलता की आशंकाओं को कम तो कर सकते हैं, लेकिन पूरी तरह ख़त्म नहीं कर सकते। कष्ट के बिना लाभ की संभावना भी नहीं रहती है। हमेशा सुरक्षित खेलकर हम पराजय के दर्द से तो बच सकते हैं, लेकिन हम वह भारी ख़ुशी और संतुष्टि कभी महसूस नहीं कर सकते, जो बाधाओं से उबरने और अपने लक्ष्यों तक पहुँचने से मिलती है।

हममें से ज़्यादातर में इतना ज़्यादा साहस होता है, जितना हमने कभी सपने में भी नहीं सोचा था।

—डेल कारनेगी

विश्वास रखें

अगर हम भीरु हों, ख़ुद पर विश्वास न करते हों और अपने विचारों पर विश्वास न करते हों, तो हम सफल होने की उम्मीद नहीं कर सकते। क़दम आगे बढ़ाने से पहले हमेशा निश्चितता की उम्मीद न करें। ख़ुद में विश्वास की कमी ही हमारी ज़्यादातर असफलताओं का कारण होती है। शक्ति पर विश्वास करने से ही शक्ति मिलती है। जिन लोगों को ख़ुद पर या अपनी शक्तियों पर विश्वास नहीं होता, वे चाहे जितने शक्तिशाली हों, वे कमज़ोर ही होते हैं।

व्यापारियों की आम असफलता का कारण यह नहीं है कि उनमें कारोबारी योग्यता की कमी है। इसके बजाय कारण यह है कि उनमें कारोबारी साहस की कमी है। हम बहुत प्रतिभाशाली क्षमताओं वाले लोगों को देखते हैं, जो अनिर्णय के शिकार होते हैं।

वे स्पष्ट बुद्धि का इस्तेमाल करने के बजाय कमज़ोर स्वभाव के सहज बोध का अनुसरण करने की प्रवृत्ति रखते हैं। संसार उन लोगों से भरा पड़ा है, जो सुरक्षा चाहते हैं, छोटे पदों पर काम करते हैं और कम तनख़्वाह पाते हैं, सिर्फ़ इसलिए क्योंकि उन्होंने अपने चुने हुए क्षेत्रों में महारत हासिल करने को कभी महत्त्वपूर्ण नहीं माना।

कुछ असफल लोग अपने और दूसरों के लिए समस्या होते हैं। वे मेहनती, समझदार और किफ़ायती होते हैं, लेकिन इसके बावजूद बुढ़ापे में ग़रीब बने रहते हैं। वे बदक़िस्मती की शिकायत करते हैं, तक़दीर के ख़िलाफ़ होने का रोना रोते हैं, जबकि सच यह है कि वे सिर्फ़ इसलिए विफल हुए, क्योंकि उन्होंने सिर्फ़ गतिविधि को ऊर्जा मानने की ग़लती कर ली। ये दोनों चीज़ें मूलतः अलग हैं, लेकिन असफल लोग इनके फ़र्क़ को नहीं समझ पाते हैं। वे यह मान लेते हैं कि यदि वे हमेशा व्यस्त रहते हैं, तो वे निश्चित रूप से अपनी तक़दीर चमका रहे हैं। वे यह बात भूल जाते हैं कि ग़लत दिशा में श्रम करना समय की बर्बादी है।

साहस सपनों को सच करता है

कई लोग अपने लक्ष्य इसलिए हासिल नहीं कर पाते हैं, क्योंकि वे अपने जीवन स्वप्न या अपनी महत्त्वाकांक्षा को काल्पनिक मान बैठते हैं और वास्तविक संसार में उसे संभव नहीं मानते हैं। ये लोग कभी अपने जीवन के उद्देश्य को बहुत गंभीरता से नहीं लेते हैं। नतीजा यह होता है कि वे अपनी क्षमताओं के अनुरूप ऊपर नहीं उठ पाते हैं। उन्हें यह अहसास ही नहीं होता कि उन सपनों को सच करने के लिए उन्हें एक निश्चित और स्पष्ट व्यक्तिगत भूमिका निभानी थी। हम यही करने के लिए यहाँ पर हैं; हमें सृष्टि की स्वतंत्र, असंबद्ध इकाइयों के रूप में नहीं भेजा गया है। जिन लोगों को ख़ुद पर भरोसा होता है, वे महसूस करते हैं कि उनकी योग्यताएँ उनके सपनों को साकार कर सकती हैं।

अब्राहम लिंकन बहुत विनम्र और सरल इंसान थे। जब पूरे उत्तर में गृह युद्ध की पहली गूँज होने लगी और राष्ट्रपति का चुनाव क़रीब था, तो उन्होंने ख़ुद को राष्ट्र नायक के रूप में आगे रखा। जब राजनेता इस सर्वोच्च पद के लिए किसी उपयुक्त व्यक्ति की तलाश कर रहे थे, तो लिंकन ने उनसे पूछा कि उन्हें नामांकित क्यों नहीं किया गया। उन्होंने बताया कि अंतरात्मा में उन्हें यह शक्ति महसूस होती है कि वे देश को आसन्न संकट के पार ले जाएँगे और उन्हें इस बात पर यक़ीन था कि उन्हें चुन लिया जाएगा। किसी कम विनम्र व्यक्ति के मुँह से यह बात निकलती, तो उसे डींग माना जाता, लेकिन लिंकन के उद्देश्य पवित्र थे, इसलिए उनका विश्वास उन्हें सफलता की ओर ले गया।

इतिहास रचने वाले लोगों को अपने जीवन के उद्देश्य के बारे में हमेशा पूरा विश्वास रहा है। उन्हें अपने सपने पर पूरा विश्वास था। उन्हें उस भूमिका पर पूरा विश्वास था, जो उन्हें निभानी थी। उन्हें इस बात पर यक़ीन था कि उनकी महत्त्वाकांक्षा अपने आप में एक भविष्यवाणी थी। उन्हें विश्वास था कि उनके सपने कोरी कल्पना का ताना-बाना नहीं हैं, बल्कि भावी वास्तविकता हैं।

दूसरे शब्दों में, संसार के विजेता अपनी तक़दीर में गहन विश्वास करते हैं। उनके विश्वास की बदौलत हम भी उनकी शक्ति पर विश्वास करने लगते हैं। जो लोग अपनी तक़दीर में विश्वास करते हैं, उनमें हमें कोई ख़ास बात नज़र आती है, जिससे वे हमारा सम्मान और आदर हासिल कर लेते हैं। जिन लोगों को यक़ीन होता है कि वे मानव नाटक में एक भव्य भूमिका निभाने के लिए पैदा हुए हैं, संसार ख़ुद उनके लिए राह बना देता है।

लेश़ वलेसा - पोलैंड के मुक्तिदाता

साहस के सर्वश्रेष्ठ उदाहरणों में से एक लेख़ वलेसा हैं। शेक्सपियर ने कहा था कि कुछ लोग महान पैदा होते हैं, कुछ महानता हासिल करते हैं और कुछ पर महानता थोप दी जाती है। लेश़ वलेसा आख़िरी श्रेणी में आते हैं। पोलैंड की तानाशाह सरकार के ख़िलाफ़ खड़ा होने वाला एक भी नेता नहीं था। ऐसे समय लेश़ साम्यवादी सरकार के दमन के ख़िलाफ़ अपने लोगों की अगुआई की और गुमनामी के अँधेरे से निकलकर सामने आए।

वे गिडांस्कि के लेनिन शिपयार्ड में इलेक्ट्रिशियन थे। वे पोलैंड की साम्यवादी सरकार के प्रति असंतोष ज़ाहिर करने वाले पहले व्यक्तियों में थे। सोवियत संघ के आधिपत्य की वजह से पोलैंड एक कठपुतली देश बनकर रह गया था। रोमन कैथोलिक होने के नाते उन्होंने इस बात पर भी आपत्ति की कि साम्यवादी चर्च का दमन कर रहे थे।

ज़ाहिर है, वालेसा अकेले नहीं थे। तथाकथित "मज़दूरों के स्वर्ग" से शिपयार्ड के ज़्यादातर कर्मचारियों का भी मोहभंग हो चुका था, जिसका दावा साम्यवादियों ने किया था। शिपयार्ड में असंतोष प्रबल होता जा रहा था। यूनियन के सदस्यों ने एक गोपनीय समूह बनाया, जिसका नाम था "सॉलिडेरिटी।" यह शब्द पारंपरिक रूप से मजदूर संघ की गतिविधियों का

संकेत था। यह पूँजीपतियों के ख़िलाफ़ मज़दूरों की एकता का प्रतीक था। अब इस शब्द ने एक नया अर्थ ले लिया - साम्यवादियों के ख़िलाफ़ कर्मचारियों का ठोस मोर्चा। वालेसा इस समूह के लीडर के रूप में उभरे।

उन्होंने यह विकट ज़िम्मेदारी क्यों ली? वे जानते थे कि इसकी वजह से वे गिरफ़्तार हो सकते हैं, जेल जा सकते हैं, पुलिस की यातना मिल सकती है, और यहाँ तक कि उनकी मौत भी हो सकती है। वे जानते थे कि वे अपने परिवार को ख़तरे में डाल रहे हैं।

बरसों बाद जब उनसे पूछा गया कि क्या उन्हें डर लग रहा था, तो उन्होंने स्वीकार किया कि उन्हें बहुत डर लग रहा था, लेकिन किसी न किसी को तो नेतृत्व करना ही था। उन्हें पोप जॉन पॉल तृतीय के शब्द याद आए, जिनके वे बहुत बड़े प्रशंसक थे। पोप की सलाह थी, "डर को जीतना सीखो।" वालेसा ने पोप के शक्तिशाली शब्दों पर अमल किया।

कारावास और रिहाई

यह जोखिम लेने के साथ ही वालेसा ने इतिहास के पन्नों पर अपना नाम अंकित कर लिया। डंस्क शिपयार्ड में उनके साहसी क़दम की वजह से वे पूरे संसार की निगाह में आ गए। लेकिन इससे यातनाओं का एक दौर भी शुरू हुआ, जिसने वालेसा के साहस का इम्तिहान लिया। 1981 में उन्हें गिरफ़्तार किया गया और मार्शल लॉ के तहत उन्हें ग्यारह महीने तक देश के दूर-दराज़ वाले हिस्से में एक शिकार के लिए प्रयोग किए जाने वाले लॉज में नज़रबंद कर दिया गया।

रिहा होने के बाद उनके अपार्टमेंट के सामने जमा 1,500 लोगों की भीड़ ने उनका अभिवादन किया। वालेसा की भावनात्मक और बहुप्रतीक्षित घर वापसी ने यह दिखा दिया कि वे काफ़ी करिश्माई लीडर थे और साम्यवादी अधिकारी इस बात को पसंद करें या न करें, वे पोलैंड की प्रबल राजनीतिक शक्ति बन चुके थे।

उन्होंने उनसे वादा किया, "अपने भावी व्यवहार में मैं साहसी, लेकिन बुद्धिमान रहूँगा और इस मामले में किसी चीज़ से समझौता नहीं करूँगा। मैं घुटनों के बल नहीं, बल्कि विवेक के साथ बोलूँगा और काम करूँगा।"

अगले कुछ महीनों तक उन्हें और उनकी पत्नी दानुता दोनों को ही पुलिस ने सताया और पूछताछ के लिए थाने बुलाया - कई बार तो कई दिनों तक। लेकिन अब उन्हें उनका कोई डर नहीं रह गया था। सॉलिडेरिटी के दूसरे नेताओं के साथ मिलने पर उन्हें कारावास के एक और दौर की धमकी दी गई।

लेकिन अंततः पोलैंड की सरकार मामले को ख़त्म करना चाहती थी। रिहाई के बाद वालेसा ने पत्रकारों को बताया कि अधिकारियों ने उन्हें सॉलिडेरिटी के नेताओं से दोबारा न मिलने का आदेश दिया था, लेकिन वालेसा ने अवज्ञा के साथ कहा था, "मैं इसे दोबारा करूँगा। मैं एक और मीटिंग करूँगा।"

नोबेल शांति पुरस्कार

1983 में वालेसा को नोबेल शांति पुरस्कार से नवाज़ा गया। शक्तिशाली साम्यवादी सरकार की अवज्ञा करने वाले इस साहसिक व्यक्ति को पूरे संसार की प्रशंसा और सराहना मिली। रोनाल्ड रीगन ने इसे "पाशविक शक्ति पर नैतिक शक्ति की विजय" करार दिया। 1979 में जॉन पॉल द्वितीय पहली बार अपनी जन्मभूमि पोलैंड आए थी और उनकी इस घर वापसी ने सॉलिडेरिटी मुहिम शुरू करने में मदद की थी। उन्होंने वालेसा को बधाई का एक तार भेजा, जिसमें उन्होंने उनकी "विशेष मुखरता" की प्रशंसा की।

नॉर्वे की नोबेल शांति पुरस्कार समिति के पाँच सदस्यों ने आधिकारिक प्रशस्ति में वालेसा के संघर्ष की प्रशंसा में कहा, "मज़दूरों के अपने ख़ुद के संगठन बनाने के अधिकार" के लिए उनका संघर्ष प्रशंसनीय है। साथ ही इसमें यह भी कहा गया था, "मानव अधिकारों के लिए छेड़ा गया हर अभियान शांति के लिए छेड़ा गया अभियान है।"

जब सोवियत संघ का संरक्षण हट गया, तो लेख़ वलेसा के साहस ने पोलैंड की साम्यवादी सरकार के पतन में काफ़ी बड़ा योगदान दिया। 1990 में गिडांस्कि के साहसी इलेक्ट्रिशियन वालेसा को पोलैंड का राष्ट्रपति चुन लिया गया।

वलेसा की उपलब्धि हमें क्या सिखाती है

- हमारी पृष्ठभूमि चाहे जितनी छोटी हो, अगर हममें साहस और अपने लक्ष्यों का पीछा करने का समर्पण है, तो हमें कोई चीज़ नहीं रोक सकती।
- हो सकता है कि वालेसा की तरह "महानता हम पर थोप दी जाए।" हमारी चुनौती दमन से जूझना नहीं है, बल्कि सफलता हासिल करना है। हो सकता है कि हमारा अवसर अपना ख़ुद का व्यवसाय शुरू करने में छिपा हो या किसी अपरिचित बिक्री इलाक़े को विकसित करने में छिपा हो। हो सकता है कि हमें परिणामों से डर लगता हो, लेकिन अगर हमें ख़ुद पर भरोसा है, तो हम अंततः सभी बाधाओं से उबर जाएँगे और सफल होंगे।

बेहतर मार्ग को चुनें

मिलवॉकी की एक कंपनी ने छँटनी में बैरी और लियॉन को नौकरी से निकाल दिया। लियॉन ने इसे भारी निराशा और दुर्भाग्य की तरह देखा। उसके मन में निराशा के विचार भर गए, जो उसके चेहरे में साफ़ झलक रहे थे। उसे देखकर ऐसा लगता था, जैसे उसने अपने सबसे अच्छे मित्र और अपने आख़िरी डॉलर को खो दिया हो। उसके कंधे झुक गए थे, वह पैर घसीटकर चलता था और उसके कपड़े गंदे तथा सलवटें भरे थे। उसे पूरा विश्वास था कि वह दुर्भाग्यपूर्ण ग्रह-नक्षत्र में पैदा हुआ है, इसीलिए वफ़ादारी, निष्ठा और मेहनत से कई साल काम करने के बावजूद उसे नौकरी से निकाल दिया गया था। अपने दुर्भाग्य से लड़ने और दोबारा कोशिश करने में उसे कोई फ़ायदा नज़र नहीं आ रहा था।

उसका तर्क था, जिस काम में वह अनुभवी था, अगर वह उसमें सफल नहीं हो पाया, तो किसी दूसरे काम में कैसे सफल हो सकता है। उसे विश्वास था कि वह असफल हो चुका है। यह विचार उसकी सोच पर हावी हो गया और वह यह विश्वास करने लगा कि असफलता उसकी तक़दीर थी। इस युवक को मनोबल कम करने वाला रोग हो गया था, जिसे निराशा कहा जाता है।

दूसरी तरफ़, बैरी ने अपनी छँटनी को बिलकुल अलग दृष्टिकोण से देखा। वह हर सुबह यह नज़रिया लेकर उठता था कि यह उसके लिए एक

नया अवसर है। वह उतनी ही सफ़ाई से पोशाक पहनता रहा, मानो वह ऑफ़िस जा रहा हो। उसके चेहरे पर पराजय का कोई संकेत नहीं था। उसका नज़रिया विजेता का था। उसकी आँखों में संकल्प का भाव लगभग अवज्ञा की सीमा तक था। वह इतना ख़ुश और प्रसन्न दिखता था कि उसके मित्रों को लगा कि उसे अच्छी नौकरी मिल गई होगी।

बहरहाल, उसने उन्हें बताया कि वह अब भी नौकरी की तलाश कर रहा है, लेकिन उसे ज़रा भी शक नहीं है कि उसे नौकरी जल्दी ही मिल जाएगी और वह पुरानी नौकरी से बेहतर होगी। उसने डींग मारने के बजाय शांत विश्वास के साथ कहा कि जिस कंपनी ने उसे नौकरी से निकाला था, वह उसे दिखा देगा कि वह कितना मूल्यवान था; कि वह निरंतर क्लर्क नहीं बने रहना चाहता था; कि वह तरक्की की सीढ़ियों पर चढ़ते हुए शिखर तक पहुँचने का इरादा रखता था। वह अपना स्वतंत्र कारोबार शुरू करना चाहता था और वह चाहता था कि जिस फ़र्म में वह कभी कर्मचारी था, वह उसे तरक्की करते हुए देखे।

बैरी ने अपना स्वतंत्र व्यवसाय शुरू किया और उसकी कंपनी जल्दी ही उसकी पुरानी कंपनी से भी ज़्यादा सफल हो गई। समय के साथ उसकी कंपनी और भी तरक्की करेगी और वह यह साबित कर देगा कि उसमें कितनी ज़्यादा योग्यता, प्रेरणा, पहलशक्ति, मौलिकता और साधन-संपन्नता थी, जिसे उसकी पुरानी कंपनी नहीं पहचान पाई थी।

इन दो युवा कर्मचारियों का फ़र्क़ हमें विजय और पराजय के बीच का फ़र्क़ बताता है। विजेता गिरने के बाद पहले से भी ज़्यादा संकल्प के साथ उठ जाता है और गंभीर विपत्ति के बाद ज़्यादा बड़ा काम करता है। अस्थायी असफलता ऐसे व्यक्ति के लिए ज़्यादा मायने नहीं रखती है; यह उसके जीवन में सिर्फ़ एक छोटी-सी घटना होती है।

यदि आप साहस विकसित करना चाहते हैं, तो वह चीज़ करें, जिसे करने से आप डरते हैं। इसे तब तक करते रहें, जब तक कि आप बहुत-सी सफलताओं का रिकॉर्ड न बना लें। यह डर को जीतने का अब तक खोजा गया सबसे तीव्र और अचूक तरीक़ा है।

—डेल कारनेगी

रिचर्ड ब्रैन्सन - कारोबार में साहस

रिचर्ड ब्रैन्सन ने वर्जिन रिकॉड्र्स की स्थापना करके संगीत उद्योग में क्रांति कर दी। फिर उन्होंने नई चुनौतियों की तलाश की। 1984 में उन्होंने अपनी कंपनी बेचकर एक बिलकुल नए उद्यम में क़दम रखने का फ़ैसला किया। उन्होंने वर्जिन अटलांटिक एयरवेज़ शुरू की। एयरलाइन ही क्यों? संगीत व्यवसाय में ब्रैन्सन ने लगातार यात्राएँ की थीं और ज़्यादातर एयरलाइनों की ख़राब सेवा से उनका मन खट्टा हो चुका था। ग्राहकों पर ध्यान केंद्रित करने वाली एयरलाइन बनाना एक ऐसी चुनौती थी, जिसने उन्हें आकर्षित किया। कई उद्यमियों की तरह उन्होंने भी नया कारोबार बनाने में ग्राहक के रूप में अपने व्यक्तिगत अनुभव का लाभ लिया। उनके साहस का पता हमें इस बात से चलता है कि जब उन्होंने यह कारोबार शुरू किया, तब वे एयरलाइन के बारे में कुछ भी नहीं जानते थे। लेकिन वे उद्यमी बनने के बारे में बहुत कुछ जानते थे।

जनता को आकर्षित करने के लिए उन्होंने अपनी कंपनी को छोटा रखा, जिसमें अफ़सरशाही या लालफ़ीताशाही की अड़चनें न हों। उन्होंने न्यू यॉर्क सिटी के क़रीब नेवार्क हवाई अड्डे से लंदन के निकट गैटविक हवाई अड्डे के बीच सस्ती हवाई उड़ान शुरू की। जिस तरह उन्होंने डिस्काउंट देकर वर्जिन रिकॉड्र्स को बुलंदी पर पहुँचाया था, उसी तरह उन्होंने विमान यात्रा में भी डिस्काउंट देकर युवा उपभोक्ताओं को आकर्षित कर लिया, जो पैसे बचाने के लिए उत्सुक थे।

उनकी रणनीति सरल थी : एक ऐसी एयरलाइन बनाओ, जिसमें लोग यात्रा करना चाहें। ऐसे प्रॉडक्ट्स या सेवाओं के विचार तो कई लोगों के मन में आते हैं, लेकिन सिर्फ़ सच्चे उद्यमी में ही अपने विचारों पर काम करने का साहस होता है। ब्रैन्सन ऐसे ही इंसान थे। कई लोगों की राय में वे धनाढ्य ब्रिटिश एयरवेज़ से प्रतिस्पर्धा में सफल नहीं हो सकते थे, लेकिन इससे ब्रैन्सन नहीं रुके और लगातार आगे बढ़ते रहे।

वर्जिन अटलांटिक ने मुनाफ़े में आने से पहले कई साल तक भारी घाटा झेला। बैंकरों और मित्रों ने सलाह दी कि उनका सारा पैसा ख़त्म होने से पहले उन्हें हार मान लेनी चाहिए, लेकिन ब्रैन्सन जुटे रहे। जब एक अख़बार रिपोर्टर ने पूछा कि कोई इंसान मल्टी-मिलियनेअर कैसे बन सकता

है, तो ब्रैन्सन ने चुटकी लेते हुए कहा, "मल्टी-मिलियनेअर किसी एयरलाइन में निवेश करने वाला बिलियनेअर होता है।"

आज वर्जिन अटलांटिक दुनिया भर के कई शहरों में उड़ान भरती है और बहुत लाभदायक है। अब यह दूसरी सबसे बड़ी ब्रिटिश अंतरराष्ट्रीय एयरलाइन है। बोइंग 747 और एयरबस ए340 विमानों का इसका बेड़ा न्यू यॉर्क, मयामी, बोस्टन, लॉस एंजेलिस, ऑरलैन्डो, सैन फ़्रांसिस्को, हांगकांग, एथेन्स और टोकियो शहरों तक उड़ान भरता है।

ब्रैन्सन का साहस उनके निजी जीवन में भी दिखाई देता है। नाव और ऐयर बलून दौड़ में उनके कीर्तिमान इस साहस की गवाही देते हैं।

ब्रैन्सन की कहानी हमें क्या सिखा सकती है

- सफल बनने के लिए किसी नए प्रॉडक्ट या सेवा का आविष्कार करना ज़रूरी नहीं है। ब्रैन्सन ने बाज़ार का अध्ययन किया और पहले से परिपक्व कारोबारों में क़दम रखा। उन्हें विश्वास था कि वे बेहतर, ज़्यादा कार्यकुशल या ज़्यादा सस्ती सेवा दे सकते हैं।
- सफलता में जोखिम शामिल होता है। ब्रैन्सन ने अपने सभी कामों में जोखिम लिया, सबसे बढ़कर ब्रिटिश एयरवेज़ से प्रतिस्पर्धा करने में। ब्रैन्सन ने एक ख़ाली जगह खोज ली, जिसे ब्रिटिश एयरवेज़ ने नज़रअंदाज़ कर दिया था। वर्जिन अटलांटिक ने सस्ते भाव और बेहतर सेवा देकर इस ख़ाली जगह को भर दिया।
- ब्रैन्सन को अपने विचारों पर पूरा भरोसा था। उन्हें यक़ीन था कि उनके उद्यम सफल होंगे और वे कई साल तक घाटा उठाने के बावजूद हार नहीं मानेंगे, जब तक कि वे सफल न हो जाएँ।
- अगर हम किसी नए कारोबार में जाने के बारे में सोच रहे हैं या इस समय अपना ख़ुद का कारोबार कर रहे हैं, तो हमें ब्रैन्सन के अनुभव को दिमाग़ में रखना चाहिए। अगर हमें अपने प्रॉडक्ट या सेवा पर भरोसा है, तो हममें प्रतिस्पर्धी बाज़ार में दाख़िल होने का साहस होना चाहिए। ब्रैन्सन ने जुआ नहीं खेला। उन्होंने अच्छी तरह मूल्यांकन करके समझदारी भरा जोखिम उठाया। वे संभावनाओं के समीकरण को अच्छी तरह जानते थे, इसलिए उन्होंने सिर्फ़ वही जोखिम लिया,

जिसमें सफलता की संभावना उनके पक्ष में थी।

इसका इस्तेमाल करें या इसे गँवा दें

ज़्यादातर कर्मचारी कभी ऊँचाइयों पर नहीं पहुँच पाते हैं। इसका एक कारण यह है कि वे ऊपर चढ़ने की कोशिश छोड़ देते हैं। उन्होंने कभी अपनी महत्त्वाकांक्षा को सही ढंग से विकसित नहीं किया है। उन्होंने इसे कभी वह ईंधन नहीं दिया, जिसकी वजह से यह जलती रहे, ज़्यादा तेज़ी से जले और ज़्यादा बड़ी बने। युवावस्था में महत्त्वाकांक्षा का क्षय या कमी इंसान की क्षीणता का संकेत है। महत्त्वाकांक्षा कम होने के साथ संकल्प और साहस भी कम हो जाते हैं।

दूसरी ओर, जो युवा अपनी महत्त्वाकांक्षा की अग्नि को प्रज्ज्वलित रखते हैं और अपने लक्ष्य की रक्षा करते हैं, वे हमेशा अच्छा प्रदर्शन करेंगे। जो लोग इसे थोड़े ही समय में बुझ जाने देते हैं, वे कभी कुछ नहीं बन पाते। कई युवाओं को पहलेपहल यह लगता था कि वे किसी कॉरपोरेशन के मुखिया बन जाएँगे, लेकिन उन्होंने अपनी महत्त्वाकांक्षा को बढ़ाने के लिए कुछ नहीं किया। नतीजा यह हुआ कि आज वे शून्य हैं और उन्होंने अपने या संसार के प्रति बहुत कम योगदान दिया है।

चाहे हमारे गुण कितने ही स्पष्ट और अच्छे हों, जब तक हम उनका लगातार इस्तेमाल नहीं करते हैं, वे कमज़ोर हो जाएँगे। प्रकृति का नियम है "इस्तेमाल करो या गँवा दो।" यह नियम हर जगह सक्रिय है। इससे दूर जाना या इसे नज़रअंदाज़ करना संभव नहीं है। चाहे महत्त्वाकांक्षा हो, गुण हो या ज़मीन में बोया गया बीज हो, नियम अटल है। जिसका इस्तेमाल नहीं किया जाता है, जिसकी परवाह नहीं की जाती है या जिसे विकसित नहीं किया जाता है, वह कमज़ोर हो जाएगा।

सफलता के बारे में सोचें

अपने मन को सफलता पर केंद्रित करें। हमारी हर चीज़ को सफलता का संकेत देना चाहिए। हमारे अंदाज़, पोशाक, हुलिये और बातचीत से सफलता झलकनी चाहिए। हमारे हर काम को उपलब्धि और सफलता की भाषा में बोलना चाहिए।

हर सुबह मन में सफलता और उपलब्धि के विचारों से शुरुआत करना बहुत लाभदायक काम है। समृद्धि और सामंजस्य के विचारों से मन को लबालब भर लें। इसके लिए हम फ़ॉर्मूले दोहरा सकते हैं, जैसा कुछ लोग सुझाव देते हैं। या फिर हम अपने मन को उस चीज़ पर केंद्रित कर सकते हैं, जिसे हासिल करने के लिए हम कटिबद्ध हैं। अगर हम ऐसा करते हैं, तो उस दिन हमें नकारात्मक अनुभव कम होंगे। अगर हमें कोई ख़ास काम करने की अपनी योग्यता के बारे में शक है, तो हमें ख़ुद को यह सोचने के लिए प्रशिक्षित करना चाहिए हममें दृढ़ता और लगन से आगे बढ़ने का साहस है। यह आत्म-विश्वास हमारी सत्यनिष्ठा की मान्यता है। यह हमारे साहस का परिचायक है। यह हमें शक्तिशाली बनने में सक्षम बनाता है। इसकी बदौलत हम जो भी काम हाथ में लेते हैं, उसे पूरे जोश से पूरा करने में सक्षम बन जाते हैं।

इन लक्ष्यों को निरंतर क़ायम रखने से हमारा जीवन संबंधी पूरा नज़रिया बदल जाएगा। समस्याओं के प्रति हमारा एक नया दृष्टिकोण होगा और जीवन में एक नया अर्थ होगा। निरंतर दृढ़ कथन हमें अपने परिवेश के सामंजस्य में ला देगा; यह हमें संतुष्ट और ख़ुश बना देगा। यह हमारी इच्छाशक्ति को भी बढ़ा देगा। यह हमारे मस्तिष्क को ज़्यादा स्पष्ट और हमारे विचारों को ज़्यादा प्रभावी बना देगा। मानसिक मशीन साफ़ रखने से सोच मज़बूत और कर्म निर्णायक बनती है।

साहस को मज़बूत करें और डर को हरा दें

यदि हमारा कोई गुण कमज़ोर है, तो हम लगातार दृढ़ कथन बोलकर इसे मज़बूत कर सकते हैं। यदि हमारे स्वभाव में कहीं पर भी साहस का अभाव है (और ज़्यादातर लोगों में होता है), तो हम लगातार यह दृढ़ कथन कहकर अपना साहस बढ़ा सकते हैं कि हम निडर हैं, साहसी हैं और कोई चीज़ हमें नुक़सान नहीं पहुँचा सकती। डर बस ख़तरे का आभास है और जब हमें ख़ुद पर पूरा विश्वास होता है, तो डर की कोई वजह ही नहीं रह जाती है।

जब भी हमें अपने भीतर डर का अहसास उठता महसूस हो, ख़ुद से कहें, "मैं पूरी तरह निडर हूँ; डरने की कोई बात नहीं है; डर वास्तविक नहीं है; यह जीवन का सत्य नहीं है। यह सिर्फ़ साहस का अभाव है, जो दैवी

कारण के अज्ञान से उत्पन्न होता है।” इमर्सन इस दर्शन के लाभ जानते थे, इसीलिए उन्होंने कहा था, “निरंतर दृढ़ कथन कहकर ख़ुद को साहसी बनाएँ। बुरे के ख़िलाफ़ न बोलें। इसके बजाय अच्छे के सौंदर्य का बखान करें।”

यह संकल्प लें कि हम अपने मन में ऐसी कोई चीज़ नहीं रखेंगे, जिसे हम अपने जीवन में न चाहते हों। जो विषैले विचार हमें उदास या दुखी करते हैं, उन्हें अपने मन से उसी तरह हटा दें, जिस तरह हम किसी तरह के शारीरिक ख़तरे से बचते हैं। मनमुटाव, कमज़ोरी और कष्ट के विचारों की जगह पर सुखद, आशावादी, शक्तिशाली विचार रखें।

हमें किसी प्रिय या सुखद विषय पर ध्यान केंद्रित करने या सोचने की आदत डाल लेनी चाहिए। हमें किसी ऐसे शब्द या विचार पर मनन करने की आदत डालनी चाहिए, जिससे आनंद, प्रसन्नता और सद्भाव की भावना जाग्रत हो। हम यह देखकर हैरान रह जाएँगे कि हम कितनी तेज़ी से अपने विचारों की पूरी दिशा बदल सकते हैं। जब हमारे विचार बदल जाते हैं, तो हमारी भावनाएँ भी अपने आप बदल जाएँगी। हम अपना साहस और आत्म-विश्वास बढ़ा लेंगे। तब हम आधा युद्ध जीत लेंगे।

आत्म-चर्चा

जैसा इस पुस्तक के पहले अध्याय में बताया गया है, जब डर या हताशा के विचार मन में दाख़िल होने लगें, तो हम ख़ुद को एक प्रेरक चर्चा देकर अपने संकल्प को शक्तिशाली बना सकते हैं। आत्म-चर्चा एक ऐसा तर्क है, जो शक्तिशाली प्रमाण की वजह से जाँच में खरा उतरता है। प्रमाण जितना ज़्यादा शक्तिशाली और मोहक होता है, संदेश भी उतना ही विश्वसनीय और शक्तिशाली होता है। यह आंतरिक चर्चा हम सभी को समय-समय पर करनी चाहिए। यह उस एकमात्र चीज़ को नियंत्रित करने का साधन है, जिस पर हमारा हर समय पूरा नियंत्रण होना चाहिए - हमारी सोच।

निष्क्रियता से शंका और डर उत्पन्न होता है। कर्म से विश्वास और साहस उत्पन्न होता है। यदि आप डर को जीतना चाहते हैं, तो घर पर बैठकर इसके बारे में न सोचें। बाहर जाकर व्यस्त हो जाएँ।

—डेल कारनेगी

निर्णय लें और काम शुरू दें

निर्णय लेते समय ढुलमुल या दुविधा में रहना एक मुख्य कारण है, जिसकी वजह से हमें जीवन में निराशाजनक परिणाम मिलते हैं, जिसकी वजह से पूर्ण या आंशिक असफलता मिलती है।

कई उद्यमियों ने भारी जोखिम का त्वरित निर्णय लेकर दौलत बनाई है। दूसरी ओर, ढुलमुल रहने से बहुत से लोग असफल हुए हैं। संकल्पवान लोग जानते हैं कि वे क्या करना चाहते हैं और वे इसे करने में जुट जाते हैं; ढुलमुल लोग चाहे कितने भी शक्तिशाली हों, जीवन की दौड़ में पीछे रह जाते हैं।

यदि हम अनिश्चय में रहते हैं, यदि हममें झिझकने की आदत है या लंबे समय तक पुनर्विचार करने की आदत है, यदि हमें स्पष्टता से यह कभी पता नहीं होता कि हम क्या चाहते हैं, तो हम कभी लीडर नहीं बन पाएँगे। यह वह घटक नहीं है, जिससे लीडर बनते हैं, क्योंकि लीडर में भले ही किसी दूसरी चीज़ की कमी हो, लेकिन वे हमेशा अपने सपने को जानते हैं। वे जानते हैं कि वे क्या चाहते हैं और वे सीधे इसकी ओर बढ़ जाते हैं। उनसे ग़लतियाँ हो सकती हैं; वे कभी-कभार गिर सकते हैं, लेकिन वे हमेशा तुरंत ही उठ जाते हैं और आगे बढ़ जाते हैं।

जो लोग तुरंत निर्णय लेते हैं, वे ग़लतियों को बर्दाश्त कर सकते हैं, क्योंकि चाहे वे कितनी भी ग़लतियाँ करें, वे उन लोगों से ज़्यादा तेज़ी से आगे बढ़ेंगे, जो भीरु हैं, अनिश्चय में हैं और ग़लत दिशा में जाने से इतना डरते हैं कि वे कभी कोई काम शुरू करने का जोखिम ही नहीं लेते हैं। जो लोग हर चीज़ के निश्चित होने का इंतज़ार करते हैं, जो लोग नदी के एक किनारे पर खड़े होकर इस बात का इंतज़ार करते हैं कि कोई उन्हें अंदर धकाएगा, वे कभी दूसरे किनारे पर नहीं पहुँच पाते।

बहुत सारे लोग निर्णय लेने में बहुत घबराते हैं। वे ज़िम्मेदारी लेने का साहस नहीं करते हैं, क्योंकि उन्हें यह पता नहीं होता कि इसका परिणाम क्या होगा। वे इस बात से घबराते हैं कि अगर आज वे किसी एक चीज़ पर निर्णय ले लें, तो कल कोई दूसरी बेहतर चीज़ आ सकती है, जिसकी वजह से उन्हें अपने निर्णय पर अफ़सोस हो सकता है। ये आदतन अनिश्चय वाले लोग अपने आत्म-विश्वास को गँवा देते हैं और उनमें किसी महत्त्वपूर्ण चीज़ पर

निर्णय लेने के मामले में ख़ुद पर भरोसा नहीं होता है। अनिर्णय की घातक आदत की वजह से कई लोग अच्छे-ख़ासे मस्तिष्क को बर्बाद कर लेते हैं।

"मैं करूँगा" जितने महत्त्वपूर्ण शब्द दूसरे नहीं हैं। इनमें शक्ति, गहराई और ठोसपन, निर्णय, विश्वास और शक्ति, संकल्प, साहस, जोश और निजता झलकती है, जो इनकी निश्चय भरी ध्वनि में व्यक्त होती है। ये बताते हैं कि हम मुश्किलों पर विजय पाएँगे, निराशा को जीतेंगे, हममें प्रदर्शन करने और वादा करने की शक्ति है, हममें ऊँचे और साहसी उद्यम शुरू करने की शक्ति है, हममें बंधनहीन आकांक्षाओं की शक्ति है और कुल मिलाकर हममें सफल होने का प्रबल आत्म-विश्वास है, जिसकी बदौलत हम प्रगति की राह में आने वाली सारी बाधाओं पर विजय पा लेंगे।

सार

- जब हमारे जीवन में आत्म-विश्वास और अपने लक्ष्य पर विश्वास प्रबल हो जाता है, तो कोई चीज़ हमें नहीं रोक सकती, कोई शक्ति हमें सफलता से दूर नहीं रख सकती। हममें दूसरी कमज़ोरियाँ, दोष या कमियाँ हो सकती हैं, लेकिन हमें अपनी योग्यताओं में विश्वास होना चाहिए कि हम जो काम हाथ में लेते हैं, हम उसे सफलतापूर्वक पूरा कर लेंगे।
- चाहे हमारी योग्यताएँ कितनी ही स्पष्ट या अच्छी हों, जब तक हम उनका लगातार इस्तेमाल नहीं करते हैं, वे कमज़ोर हो जाएँगी। प्रकृति का नियम है "इस्तेमाल करो या गँवा दो।" यह नियम हर जगह सक्रिय है। इससे दूर जाना या इसे नज़रअंदाज़ करना संभव नहीं है।
- यदि हम दृढ़ कथन की शक्ति को पहचान लें, इसे मन में लगातार क़ायम रखें और इसे दोहराते रहें कि हम वह बन चुके हैं, जो हम बनना चाहते हैं और हम वह कर सकते हैं, जो हम करना चाहते हैं, तो इससे हमारे समूचे जीवन का कायाकल्प हो जाएगा। यह हमें ज़्यादातर बीमारियों और मुश्किलों से बचा लेगा और उन ऊँचाइयों पर पहुँचा देगा, जिनके बारे में हमने सपने में भी नहीं सोचा था।
- हम इस संसार में तब तक कोई चीज़ हासिल नहीं कर सकते, जब तक कि हम यह दृढ़ कथन न कहें कि हम अपने शुरू किए हुए काम को

सफलतापूर्वक पूरा कर सकते हैं। घोर आलस सफलता का सबसे बुरा शत्रु है।

- निर्णय लेते समय ढुलमुल या दुविधा में रहना एक मुख्य कारण है, जिसकी वजह से हमें जीवन में निराशाजनक परिणाम मिलते हैं, जिसकी वजह से पूर्ण या आंशिक असफलता मिलती है।
- विपरीत परिस्थितियों से शक्ति मिलती है। विरोध हमें प्रगति करने की ज़्यादा बड़ी शक्ति देता है। एक बाधा पार करने से हमें अगली बाधा पार करने की ज़्यादा बड़ी योग्यता मिलती है।
- शंकाएँ और डर, निराशावाद और नकारात्मक सोच जीवन में विष घोल देते हैं। वे हमारी ऊर्जा, उत्साह, महत्त्वाकांक्षा, आशा और आस्था को चूस लेते हैं - हर वह चीज़ जो जीवन को शक्तिशाली, जोशीला और सृजनात्मक बनाती है। अपनी महत्त्वाकांक्षा के मानसिक मित्रों को ही मन में रहने दें, जो हमारे लक्ष्य तक पहुँचने और हमारे सपने सच करने में हमारी मदद करेंगे।
- इंसान को चीज़ें करने के लिए बनाया गया था। कोई भी चीज़ जीवन में उपलब्धि की जगह नहीं ले सकती। किसी सार्थक लक्ष्य की उपलब्धि के बिना सच्ची ख़ुशी के बारे में सोचा भी नहीं जा सकता।
- दौड़ना सीखने का तरीक़ा है दौड़ना, तैरना सीखने का तरीक़ा है तैरना। इसी तरह साहस विकसित करना सीखने का तरीक़ा यह है कि जीवन में साहस का सचमुच इस्तेमाल किया जाए। लेख़ वलेसा और रिचर्ड ब्रैन्सन जैसे महान लीडरों की महान मिसालों का अनुसरण करके हम साहस का इस्तेमाल करना सीख सकते हैं।

8

पराजय को पराजित करें

हम अक्सर नए विचारों, नए अभियानों या समस्या सुलझाने की असाधारण नीतियों को आज़माने से घबराते हैं। वजह यह है कि हम असफल होने से डरते हैं। असफलता का डर सहज मानव गुण है। कोई भी पराजय का दर्द नहीं झेलना चाहता, लेकिन किसी भी काम में तब तक सफलता नहीं मिल सकती, जब तक कि इसकी कोशिश न की जाए और हर कोशिश के साथ इसके कामयाब न होने का जोखिम जुड़ा रहता है।

हम अपनी असफलताओं से सीखते हैं

हम सभी जीवन में कई चीज़ों में असफल होते हैं, लेकिन हम अपनी ग़लतियों से सीख लेते हैं और इसका इस्तेमाल उनसे उबरने के लिए करते हैं। जब हम पहली बार कोई नया काम करते हैं, तो शायद हम सफल नहीं होंगे। जब छोटी ट्रिसिया ने अपनी पहली ज़िगसॉ पज़ल को जमाने की कोशिश की, तो वह कुंठा में रोने लगी। पज़ल के हिस्से जम ही नहीं रहे थे। लेकिन धैर्य और माँ के थोड़े मार्गदर्शन की बदौलत वह सही आकृति को पहचानने लगी और कुछ ही समय में उसकी असफलता सफलता में बदल गई। जब जॉनी ने बेसबॉल मैच में पहली बार पिचर का सामना किया, तो वह गेंद मार ही नहीं पा रहा था। वह बार-बार चूकता रहा, जब तक कि वह अपनी इन चूकों को प्रहार में बदलने में कुशल नहीं हो गया।

कोशिश करते रहें

अनुभव और व्यावहारिक ज्ञान होने के बावजूद हम हमेशा सफल नहीं हो सकते। कई मर्तबा हम असफल भी होंगे, लेकिन हमें असफलता के विचार को ख़ुद पर हावी नहीं होने देना चाहिए। हम अपनी ग़लतियों से सीखते हैं और सीखी हुई बातों का इस्तेमाल करके अपनी असफलताओं से उबरते हैं।

आर.एच. मेसी के पहले सात स्टोर बंद हो गए, लेकिन इसके बावजूद उन्होंने ख़ुद को "असफल" समझकर हार नहीं मानी। वे लगातार कोशिश करते रहे और अमेरिका के अग्रणी रिटेलर्स में से एक बन गए। बेब रूथ अपने करियर में 1,300 से ज़्यादा बार आउट हुए थे, लेकिन आज यह किसी को याद नहीं है; लोगों को बस उनके 714 होम रन याद हैं।

जो चीज़ करने से आप डरते हैं, उसे कर दें और उसे करते रहें... यह डर को जीतने का अब तक खोजा गया सबसे तीव्र और अचूक तरीक़ा है।

—डेल कारनेगी

कारण खोजें

थॉमस एडिसन ने कभी हार नहीं मानी, लेकिन सिर्फ़ लगन ही काफ़ी नहीं होती। जब भी उनका कोई प्रयोग नाकाम होता था, तो हर बार वे पता लगाते थे कि वे किस वजह से असफल हुए। वे लगातार समाधान खोजते रहते थे। कहा जाता है कि बिजली के बल्ब का सही फ़िलामेंट बनाने से पहले वे लगभग 1,000 बार असफल हुए थे।

सिर्फ़ महान जीनियस और खेल चैंपियन ही असफलताओं व निराशाओं का सामना नहीं करते हैं या उनसे नहीं उबरते हैं। हम सभी को अपनी नौकरी और निजी जीवन में समय-समय पर असफलताओं के लिए तैयार रहना चाहिए। हमें उन्हें पछाड़ने के लिए ख़ुद को तैयार करना चाहिए।

जस्टिन परेशान थी। उसने पेरोल प्रक्रिया की गति तेज़ करने के लिए कुछ परिवर्तन करने का सुझाव दिया था, उसे यह देखकर सदमा लगा कि उसके सुझाए परिवर्तनों की वजह से प्रक्रिया धीमी हो गई थी। उसके बॉस

की आलोचना से वह ख़ुद को मूर्ख समझ रही थी। लेकिन हार मानने के बजाय उसने तहक़ीक़ात की कि यह विचार क्यों असफल हुआ था। उसे पता चला कि विचार तो सही था, बस उस पर सही तरीक़े से अमल नहीं किया गया था। क्लर्कों को नई प्रक्रिया का प्रशिक्षण देने के बाद असफलता सफलता में बदल गई।

जोखिम को न्यूनतम करें

सभी नए विचारों में जोखिम होता है। यदि यह अतीत में सफल नहीं हुआ है, तो संभवतः यह अब भी सफल नहीं होगा। जब पॉल ने अपनी कंपनी का नया प्रॉडक्ट उतारने के लिए एक अनूठी मार्केटिंग योजना बनाई, तो वह जानता था कि कई अति सूक्ष्म बातें उसके उद्देश्य को पराजित कर सकती थीं।

कौन-से अवरोध आ सकते हैं, यह पता लगाने के लिए उसने सीधे राष्ट्रीय वितरण की योजना बनाने से पहले तीन शहरों में प्रॉडक्ट की टेस्ट मार्केटिंग की। इससे उसे संभावित समस्या क्षेत्रों का पता चल गया और उसने उन्हें दूर कर लिया। जब तक राष्ट्रीय मार्केटिंग अभियान शुरू हुआ, तब तक ज़्यादातर समस्याओं का पता लग चुका था, उन्हें दूर किया जा चुका था और सफलता के अवसर बहुत बढ़ गए थे।

वैकल्पिक समाधान खोजें

यदि पीटर का बनाया नया प्रोग्राम तेज़ी से काम नहीं करता, तो कंपनी का गंभीर मुश्किल में पड़ना तय था। पीटर जानता था कि विचार अच्छा था, लेकिन यह नया था और इसे कभी आज़माया नहीं गया था। इसके असफल होने पर कारणों का मूल्यांकन करने और फ़ेरबदल करने के लिए समय ही नहीं था। इसे बस तुरंत कारगर होना था।

पीटर ने एक वैकल्पिक समाधान तैयार किया, ताकि नए प्रोग्राम में समस्याएँ आने पर वह ख़ुद और कंपनी सुरक्षित रहे। यह वैकल्पिक समाधान कम नवाचारी था और बुनियादी प्रोग्राम जितना प्रभावी नहीं था, लेकिन यह कम से कम अंतरिम समाधान के रूप में काम करेगा। यानी अगर बुनियादी प्रोग्राम सफल नहीं हुआ, तब भी समस्या नियंत्रण में रहेगी। फिर यह पता

लगाने के लिए आगामी अध्ययन किया जा सकता है कि प्रोग्राम क्यों कारगर नहीं हुआ और उसे सफल बनाने के लिए अतिरिक्त क़दम उठाए जा सकते हैं।

सफल होने की मनोवैज्ञानिक तैयारी करें

जब कोई योजना या विचार असफल होता है, तो इससे जुड़े व्यक्ति निराश हो सकते हैं और कुछ तो आसानी से हार मान सकते हैं। हमें इस बात के लिए तैयार रहना चाहिए कि हम समय-समय पर असफल होंगे और हमें पराजय का सामना करना पड़ सकता है।

एंड्रिया बुरी तरह निराश थी। उसे पूरा विश्वास था कि उसके सुझावों से स्थिति सुलझ जाएगी, लेकिन उसकी तमाम कोशिशों के बावजूद काम नहीं बना। उसने सोचा, "मैं असफल हूँ। मैं इस तरह की चुनौतियों को सुलझाने के क़ाबिल नहीं हूँ।"

यदि यह नज़रिया क़ायम रहा, तो एंड्रिया न सिर्फ़ दुखी बनी रहेगी, बल्कि इसकी वजह से वह समस्या को सुलझाने के दूसरे तरीक़े स्पष्टता से नहीं सोच पाएगी।

हमें यह स्वीकार करना चाहिए कि हम सभी समय-समय पर असफल होते हैं और इसमें शर्म की कोई बात नहीं है। आत्म-चर्चा हमें याद दिलाने में मदद करेगी कि असफलताएँ नई चीज़ों को आज़माने का हिस्सा हैं और अगर हम नवाचार नहीं करेंगे, तो हम स्थिर हो जाएँगे।

असफलता मिलने के बाद हमें अपनी सारी पुरानी सफलताओं को याद करना चाहिए और ख़ुद को बताते रहना चाहिए कि हम पहले सफल हो चुके हैं और हम दोबारा सफल हो सकते हैं। असफलता एक अल्पकालीन स्थिति है। हम अतीत में इससे उबर चुके हैं, इसलिए हम इससे दोबारा उबरकर सफल हो सकते हैं और होंगे।

जब स्टाफ़ असफल हो जाए, तो उनका साथ दें

प्रबंधकों और पर्यवेक्षकों की एक अतिरिक्त ज़िम्मेदारी होती है। उन्हें अपने स्टाफ़ की असफलताओं से निबटने के लिए तैयार रहना चाहिए। ज़ाहिर है, कई बार किसी अधीनस्थ का असफल प्रयास हमें निराश कर देता है।

हमारे मन में उसे फटकारने या इससे भी बदतर उसे नौकरी से निकालने का प्रलोभन होता है। अगर हम जल्दबाज़ी में काम करते हैं, तो हो सकता है कि हम स्टाफ़ के एक संभावित अच्छे सदस्य का मनोबल कम कर दें या उसे खो दें।

आईबीएम में एक मध्यम श्रेणी के मैनेजर के ग़लत फ़ैसले की वजह से कंपनी को एक लाख डॉलर से ज़्यादा का नुक़सान हुआ। जब उसे आईबीएम के बॉस थॉमस वाटसन के ऑफ़िस में बुलाया गया, तो वह डर रहा था कि उसे नौकरी से निकाल दिया जाएगा। उसने चेयरमैन से कहा, "यह मेरी ग़लती थी। मुझे लगता है आप मेरा इस्तीफ़ा चाहते हैं।"

वाटसन ने कहा, "बकवास मत करो! मैंने अभी-अभी तुम्हारे प्रशिक्षण में एक लाख डॉलर से ज़्यादा का निवेश किया है। अब इससे सीखो और दोबारा काम में जुट जाओ।"

प्रबंधकों को यह पहचानना चाहिए कि अगर वे कर्मचारियों को प्रगतिशील बनाना चाहते हैं, तो उन्हें असफल होने का अवसर भी देना होता है। वरना वे नई, सृजनात्मक या अलग नीतियों के इस्तेमाल से डरेंगे।

प्रदर्शन को दोबारा पटरी पर लाना

इसका यह मतलब नहीं है कि हमें अपने स्टाफ़ के सदस्यों का मनोबल बनाए रखने के लिए उनकी असफलताओं, उनके दोष या ख़राब प्रदर्शन को नज़रअंदाज़ करें। उन्हें सफल होने का प्रशिक्षण देना मैनेजर की ज़िम्मेदारी है।

डेल कारनेगी ट्रेनिंग में प्रतिभागियों को छह क़दमों की नीति सिखाई जाती है, जिससे वे अपने स्टाफ़ के प्रदर्शन को तेज़ गति से सुधार सकते हैं।

क़दम 1 : तालमेल बनाएँ

सबसे पहले तो हमें साथी कर्मचारी के साथ तालमेल बनाने के तरीक़ों की तलाश करनी चाहिए। तालमेल बनाएँ। तालमेल लंबी अवधि के निष्पक्ष व्यवहार द्वारा संग्रहीत सद्भाव और आपसी विश्वास का भंडार है। मुलाक़ात में सामने वाले व्यक्ति को आरामदेह बनाकर और तनाव को कम करके शुरुआत करें। उसे आरामदेह महसूस कराएँ। दृढ़ अंदाज़ में संप्रेषण करें और वर्तमान मुद्दे पर बातचीत के पुल बनाएँ।

क़दम 2 : नरम भाषा का इस्तेमाल करें

रूखेपन से बचने के लिए नरम भाषा का इस्तेमाल करें, ताकि सामने वाला रक्षात्मक न हो। बातचीत में तालमेल बनाने के बाद मुद्दे पर पहुँचने के सहज तरीक़े की तलाश करें, जिस पर बातचीत होनी है।

"यह ग़लत है" यह कहने के बजाय अपनी टिप्पणी को इस तरह नरम रखें, "मुझे नज़र आ रहा है कि आप इसे सुलझाने की राह पर हैं। क्या मैं यह सुझाव दे सकता हूँ..." फिर बताएँ कि सुधार कैसे किया जा सकता है।

क़दम 3 : व्यक्ति पर नहीं, समस्या पर ध्यान केंद्रित करें

इस क़दम में हमें व्यक्ति पर नहीं, बल्कि समस्या पर ध्यान केंद्रित करना चाहिए। व्यक्तिगत सर्वनामों को हटा दें और समस्या को अवैयक्तिक बना लें। काम ग़लत था; उसे करने वाला व्यक्ति नहीं। हम सामने वाले व्यक्ति को पूरी घटना बताने का मौक़ा देना चाहते हैं और फिर उसे समस्या संबंधी अपना ज्ञान बताना चाहते हैं। सुनते समय हमारा लक्ष्य यह समझना और तय करना होना चाहिए कि वह ज़िम्मेदारी को स्वीकार कर रहा है या फिर इसका दोष दूसरों पर मढ़कर ज़िम्मेदारी से बच रहा है। लक्ष्य है तथ्य और जानकारी एकत्रित करना, ताकि समस्या को सटीकता से पहचाना जा सके और यह पता लगाया जा सके कि यह क्यों उत्पन्न हुई। प्रश्न पूछकर और निष्कर्षों पर न कूदकर रक्षात्मकता को कम कर दें। इस तरह भिन्न दृष्टिकोण सामने आएँगे और समस्या के मूल कारण को पहचाना जा सकेगा।

क़दम 4 : मिलकर विकल्पों की तलाश करें

इस क़दम का उद्देश्य समस्या का इलाज करना है, उस ग़लती के दोबारा होने की आशंका को कम करना है और व्यक्ति के प्रदर्शन को दोबारा बेहतर बनाना है। इसमें समस्या को दोबारा उत्पन्न होने से रोकने की योजना भी शामिल है। फ़ीडबैक को प्रोत्साहित करें। इस क़दम में उस कर्मचारी के साथ अलग व्यवहार करना चाहिए, जो ज़िम्मेदारी को स्वीकार करता है और उसके साथ अलग व्यवहार करना चाहिए, जो दूसरों को दोष देता है तथा ज़िम्मेदारी लेने से कतराता है। ज़िम्मेदार कर्मचारी के मामले में प्रभावी सवाल पूछने, सुनने और कोचिंग का इस्तेमाल करके उसे स्थिति सही करने के तरीक़े सुझाने के लिए प्रोत्साहित किया जा सकता है। कर्मचारी को समस्या

के विश्लेषण और निर्णय लेने की प्रक्रिया में शामिल किया जा सकता है। अगर वह समाधान सुझाता है, तो उसके ज़्यादा समर्पित होने की संभावना है। "दोष देने वाले" या "ज़िम्मेदारी से कतराने वाले" कर्मचारी के मामले में मैनेजर को पहले तो प्रदर्शन अपेक्षाओं को दोहराना होगा और जवाबदेही व ज़िम्मेदारी स्वीकार करने के लिए कोचिंग भी देनी पड़ सकती है। यह सुनिश्चित करें कि वह पूरी बात समझ गया है और उसकी सहमति हासिल करने की कोशिश करें।

क़दम 5 : प्रतिबद्धता स्थापित करें

यह क़दम व्यक्ति पर केंद्रित है। स्पष्ट रूप से, जिस कर्मचारी ने ग़लती की है, वह कुछ हद तक असफल महसूस करता है और इस बात की संभावना है कि वह अगली बार उस काम में उसका आत्म-विश्वास कम होगा। इसीलिए यह ज़रूरी होता है कि मैनेजर कर्मचारी को एक अलग दृष्टिकोण से स्थिति समझाए।

स्टाफ़ के सदस्य को यह आश्वस्त करना होता है कि वह संगठन के लिए मूल्यवान और महत्त्वपूर्ण है और मैनेजर उसे समर्थन व प्रोत्साहन देता है। कर्मचारी जब मीटिंग से बाहर जाए, तो उसके भीतर आदर्श प्रदर्शन करने की प्रेरणा होनी चाहिए, क्योंकि वह संगठन के साथ एक ठोस संबंध महसूस करता है।

हमें उच्च प्रदर्शन के उसके समर्पण को मज़बूत करना चाहिए, साथ ही हमें यह भी बता देना चाहिए कि संगठन उसकी सफलता के प्रति समर्पित है।

क़दम 6 : जवाबदेह ठहराएँ

स्टाफ़ का सदस्य जब मीटिंग छोड़कर जाए, तो उसमें जवाबदेही का अहसास होना चाहिए और उसे कंपनी की अपेक्षाओं का स्पष्ट ज्ञान होना चाहिए।

कई बार हम पाते हैं कि कर्मचारी किसी ख़ास काम, प्रोजेक्ट या विभाग में अच्छी तरह फ़िट नहीं हो रहा है। हमें इस बात की पड़ताल करनी चाहिए कि कर्मचारी की शक्तियाँ, रुचियाँ और लक्ष्य क्या हैं। फिर हम कंपनी के भीतर बेहतर तालमेल वाली कोई दूसरी जगह खोज सकते हैं, जिसके लिए वह कर्मचारी ज़्यादा उपयुक्त हो। अगर कर्मचारी महसूस करता हो कि वह

उस पद पर कभी सफल नहीं हो सकता, तो उसे वहीं रखना कर्मचारी और कंपनी दोनों के प्रति अन्याय है। अपेक्षित प्रदर्शन के लिए कोचिंग दें। जब सारी कोशिशें नाकाम रहें, तो आख़िरी विकल्प यही है कि उन्हें ज़िम्मेदारी के उस क्षेत्र से हटा दिया जाए।

लगन और नवाचार

हम अपने सारे कार्यों में सफल नहीं हो सकते। सफलता की ख़ुशी के साथ असफलता का दुख जुड़ा होता है। असफलताओं से सृजनात्मक तरीक़े से निबटकर हम अक्सर उन्हें सफलताओं में बदल सकते हैं।

जब ली आयाकोका को फ़ोर्ड मोटर कंपनी से निकाला गया, तो वे अपने करियर के सबसे निचले बिंदु पर थे। उन्होंने इस पराजय को क्रिस्लर के सीईओ की नई नौकरी में किस तरह सफलता में बदला, यह कहानी मशहूर है। अपनी आत्मकथा में उन्होंने बताया कि नई नौकरी शुरू करने के तुरंत बाद एक और तबाही की आशंका उनके सामने आकर खड़ी हो गई। क्रिस्लर दिवालियेपन की कगार पर थी। कोई कमतर व्यक्ति एक और असफलता झेलने से बचने के लिए उसी समय कंपनी छोड़कर जा सकता था। लेकिन आयाकोका ने नवाचारी सोच और लगन से इस संकट से मुक़ाबला किया और इसे परास्त कर दिया।

दिशा बदलें

डॉन सामान्य संगीतकार नहीं बनना चाहता था। उसका सपना था मशहूर कन्सर्ट वायलिन वादक बनना। प्रतिष्ठित जूलियार्ड स्कूल ऑफ़ म्यूज़िक से पढ़ाई पूरी करने के बाद वह कई महत्त्वपूर्ण प्रतिस्पर्धाओं में गया, लेकिन कहीं भी विजेताओं की श्रेणी में नहीं पहुँच पाया। अध्ययन के इतने बरसों के बाद उसे यह अहसास था कि हालाँकि वह एक सक्षम वायलिन वादक है, लेकिन उसमें शिखर पर पहुँचने का माद्दा नहीं है। वह छोटे कार्यों से संतुष्ट हो सकता था और सिम्फ़नी या ऑर्केस्ट्रा का सदस्य बन सकता था। इस तरह उसे स्थायी रोज़गार मिल जाता और वह अपनी योग्यता का इस्तेमाल भी कर पाता। बहरहाल, डॉन कई संगीतकारों में से एक नहीं बनना चाहता था; वह तो अपने क्षेत्र में शिखर पर पहुँचना चाहता था।

उसने सावधानी से अपने विकल्पों पर ग़ौर किया। उसे रिकॉर्डिंग व्यवसाय के उत्पादन वाले छोर पर संगीतकारों की भारी कमी दिखी। उस बड़ी रिकॉर्ड कंपनी ने उसे क्लासिकल रिकॉर्ड्स के उत्पादन के लिए असिस्टेंट प्रोड्यूसर की नौकरी दे दी। उसकी योग्यताओं और ज्ञान की बदौलत उसे जल्दी ही तरक्की मिली और अंततः वह उस विभाग का प्रमुख बन गया। कई साल बाद डॉन के सामने एक और संकट आया। क्लासिकल रिकॉर्ड डिपार्टमेंट भारी मुनाफ़ा नहीं कमाता था, इसलिए लागत कम करने के लिए उसे बंद कर दिया गया। छँटनी में डॉन की नौकरी चली गई। एक बार फिर डॉन को दिशा बदलनी थी। उसने ख़ुद को परामर्शदाता प्रोड्यूसर के रूप में स्थापित किया और अपने पूर्व नियोक्ता व अन्य रिकॉर्ड कंपनियों को अपनी सेवाएँ दीं। क्लासिकल रिकॉर्ड उत्पादन में सफलता के उसके इतिहास की बदौलत वह जल्दी ही अपने क्षेत्र के अग्रणी स्वतंत्र प्रोड्यूसर्स में से एक बन गया।

दो अवसरों पर डॉन ने अपनी असफलताओं पर अफ़सोस करने के बजाय पराजय को सफलता में बदल लिया, क्योंकि उसने अपनी शक्तियों का विश्लेषण किया और अपनी योग्यताओं का सर्वश्रेष्ठ इस्तेमाल करने के लिए अपनी दिशा को बदला।

लक्ष्य बदलें

क्रिस्टीन ने कई मेडिकल कॉलेजों के लिए आवेदन दिए थे। जब आख़िरी मेडिकल कॉलेज का अस्वीकृति पत्र मिला, तो वह बहुत निराश थी। ज़िंदगी भर उसने डॉक्टर बनने की योजना बनाई थी। कॉलेज में उसने जो कोर्स चुने थे, वे सभी मेडिकल करियर की दिशा में थे। वह प्रतिभाशाली छात्रा थी और उसे क़तई आशा नहीं थी कि मेडिकल कॉलेज में दाख़िला पाने में किसी तरह की समस्या आएगी। लेकिन विज्ञान के कोर्स में उसके उतने ऊँचे ग्रेड नहीं आए थे, जितने मेडिकल कॉलेज के लिए चाहिए थे।

दो दिनों तक चिंता करने के बाद क्रिस्टीन को अहसास हुआ कि उसे निर्णय लेना था कि अब क्या करे। उसने चिकित्सा के क्षेत्र में मौजूद विकल्पों की जाँच की, जिनमें विदेशों में मेडिकल कॉलेज में आवेदन करना शामिल था, चिकित्सा से संबद्ध क्षेत्र में नौकरी पाना शामिल था या विज्ञान के कोर्स

को दोबारा पढ़कर अपने ग्रेड ऊँचे करना शामिल था, ताकि वह उन कॉलेजों में दोबारा आवेदन कर सके, जिन्होंने उसे अस्वीकार किया था। इनमें से कोई विकल्प उसे आकर्षक नहीं लगा। उसने अपना गंभीर विश्लेषण किया। उसने अपने मित्रों, परिवार वालों और सलाहकारों से विचार-विमर्श किया। इससे उसे अहसास हुआ कि विज्ञान में कम अंक क्षमता की कमी के कारण नहीं आए थे, बल्कि इसलिए आए थे, क्योंकि उस विषय में उसकी गहरी रुचि नहीं थी। इतने बरसों में उसकी सच्ची रुचियाँ बदल गई थीं, लेकिन यह बात न जानने की वजह से उसने अपने करियर के लक्ष्य को नहीं बदला था।

अपने लक्ष्यों के बारे में दोबारा सोचकर और पेशेवर काउन्सलिंग की सहायता से क्रिस ने अपनी वास्तविक योग्यताओं को पहचाना और पाया कि उसके लिए कई क्षेत्रों में अवसर खुले हैं। जीवन में इस बिंदु पर लक्ष्य बदलने से वह एक ऐसे करियर में जाने से शायद बच गई, जिसमें वह दुखी होती।

अतीत की सफलताओं की ओर लौटना

जोएल कई साल तक अपनी फ़र्म का शीर्ष वित्तीय विश्लेषक था। फिर उसे तरक्की देकर डिवीज़न कंट्रोलर बना दिया गया। जल्दी ही जोएल को यह अहसास हो गया कि नई नौकरी उसे रास नहीं आ रही थी। वह आँकड़ों के साथ काम करने में माहिर था, जबकि अब उसे ज़्यादातर समय लोगों के साथ काम करने में लगाना पड़ रहा था। वह 40 अकाउंटेंटों, कंप्यूटर ऑपरेटरों और क्लर्कों के स्टाफ़ का सुपरवाइज़र था। उसका ज़्यादातर समय दूसरे मैनेजरों, बैंकों व अन्य वित्तीय संस्थाओं के अधिकारियों और अपनी कंपनी के शीर्ष प्रबंधन के साथ मुलाक़ातों में लग जाता था। एक साल बाद उसके बॉस ने कई बार उसे बताया कि उसका विभाग अच्छा प्रदर्शन नहीं कर पा रहा है। उन्होंने इस बारे में जोएल को सलाह भी दी।

जोएल इस्तीफ़ा देने और दूसरी नौकरी खोजने की कगार पर था। एक दिन कॉरपोरेट कंट्रोलर ने होम ऑफ़िस से आकर उसके विभाग का दौरा किया। उन्होंने कहा, “जोएल, आप हमारी कंपनी के सबसे अच्छे वित्तीय विश्लेषक थे। आपके विश्लेषण शानदार रहते थे। लेकिन वर्तमान पद पर आप सफल नहीं हैं। अगर आप अपनी पुरानी नौकरी में जाना चाहते हों,

तो शायद आप ज़्यादा ख़ुश भी रहेंगे और निश्चित रूप से कंपनी के लिए ज़्यादा मूल्यवान भी होंगे।"

निचले पद पर लौटने को आम तौर पर पराजय के रूप में देखा जाता है। इसका मतलब यह स्वीकार करना है कि हम ज़्यादा ऊँचे पद पर सफल नहीं हो सकते और यह अक्सर इंसान के अहं पर आक्रमण होता है। लेकिन इतिहास ऐसे लोगों से भरा है, जिन्हें उनकी क्षमता से ऊपर वाली नौकरियों पर तरक्की दी गई है। लोगों में अलग-अलग शक्तियाँ और कमज़ोरियाँ होती हैं। हमें यह स्वीकार करना चाहिए कि हम सब लोगों के लिए सारी चीज़ें नहीं कर सकते। अपने पुराने पद पर लौटने के बाद जोएल एक बार फिर अपनी कंपनी - और ख़ुद के लिए मूल्यवान बन गया।

ऑटोमोबाइल सेल्फ़-स्टार्टर व कई अन्य आविष्कारों के जनक चार्ल्स केटरिंग ने अपनी कंपनी जनरल मोटर्स को बेच दी। इसके बाद उन्हें कई कार्यों का प्रभारी वाइस प्रेसिडेंट बना दिया गया। केटरिंग बहुत बुरे प्रशासक थे और उनके विभाग कंपनी के मानदंडों को पूरा नहीं कर पाए। आख़िरकार केटरिंग को प्रबंधकीय ज़िम्मेदारियों से मुक्त कर दिया गया और आविष्कारों पर ध्यान केंद्रित करने के लिए छोड़ दिया गया। इससे उन्हें और जनरल मोटर्स दोनों को फ़ायदा हुआ, क्योंकि अब वे उन क्षेत्रों में पूरे समय काम कर सकते थे, जिनमें वे सर्वश्रेष्ठ थे।

असफलता और पराजय मिलने पर निराशा या अफ़सोस न करें। पराजय के कारण का विश्लेषण करें और पता लगाएँ कि हम इसे सफलता में कैसे बदल सकते हैं।

असफलताओं की नींव पर सफलता का महल बनाएँ। हताशा और असफलता सफलता की दो सबसे अचूक सीढ़ियाँ हैं।

—डेल कारनेगी

नौकरी में निराशा से उबरना

जब विक्टर अपनी नौकरी में आया था, तो उसने पाँच साल के भीतर ब्रांच मैनेजर बनने का लक्ष्य बनाया था। चार साल बीतने के बाद वह अपने लक्ष्य

के क़रीब भी नहीं पहुँच पाया है। वह नाख़ुश, निराश और अप्रेरित महसूस करता है। कभी वह अचानक क़िस्मत बदलने के सपने देखता है, तो कभी अपने दुर्भाग्य को कोसता है।

विक्टर अपने लक्ष्य तक क्यों नहीं पहुँच पाया? शायद यह उसके नियंत्रण के बाहर की परिस्थितियों के कारण हुआ, जैसे मंदी या कठोर प्रतिस्पर्धा। या शायद विक्टर ने सौंपे गए कामों में अपनी सर्वश्रेष्ठ क्षमताओं का प्रदर्शन नहीं किया। यदि पहला मामला है, तो विक्टर नए लक्ष्य तय कर सकता है या नई नौकरी खोज सकता है, जहाँ परिस्थितियाँ ज़्यादा अनुकूल हों।

पदोन्नति को अर्जित करना होता है

अगर कोई व्यक्ति कंपनी में तरक्की नहीं कर पाता है, तो इसके लिए हमेशा बाहरी घटक ही ज़िम्मेदार नहीं होते। हो सकता है कि विक्टर ने उस प्रमोशन को अर्जित ही न किया हो। सिर्फ़ नौकरी में समय बिताना ही काफ़ी नहीं है। विक्टर को अपने काम का दोबारा मूल्यांकन करना चाहिए और अपने सुपरवाइज़र के साथ बातचीत करनी चाहिए कि वह कैसे बेहतर काम कर सकता है। उसे अतिरिक्त प्रशिक्षण लेना चाहिए, ताकि वह उस पद पर तरक्की के लिए तैयार हो जाए, जिसे वह हासिल करना चाहता है।

मेरिडिथ बहुत विचलित थी। उसकी बॉस रिटायर हो गई थी और उसे उम्मीद थी कि उसे उनके पद पर प्रमोशन मिल जाएगा। वह विभाग की सबसे वरिष्ठ कर्मचारी थी और उसका काम हमेशा अच्छा रहा था। उसे प्रमोशन देने के बजाय कंपनी ने एक बाहरी व्यक्ति को नियुक्त कर दिया, जो विभाग के बारे में कुछ नहीं जानता था। "यह न्यायपूर्ण नहीं था।"

मेरिडिथ को उसकी बॉस का पद क्यों नहीं मिला? जब कोई कंपनी किसी व्यक्ति को नेतृत्व के पद के लिए चुनती है, तो यह निश्चित रूप से उसके कामकाजी रिकॉर्ड, विश्वसनीयता और सक्षमता पर विचार करती है, लेकिन इसे तकनीकी क्षमताओं से ज़्यादा बड़ी विशेषताओं वाले लोगों को भी खोजना होता है। उनमें ऐसे ख़ास तत्व होने चाहिए, जिनकी वजह से वे अलग हटकर दिखें। वे ऐसे लोग होने चाहिए, जो यह दिखा चुके हैं कि वे सामान्य से ज़्यादा काम करने के लिए अपनी क्षमताएँ बढ़ाने के लिए इच्छुक हैं।

क्षमताओं को बढ़ाना

लियो मध्यम श्रेणी के मैनेजर थे, जो रिटायर होने वाले थे। वे एक्ज़ीक्यूटिव वाइस-प्रेसिडेंट जैक से मिलने गए। जब उन्होंने लियो के वारिस को काम समझाने पर बातचीत कर ली, तो लियो बोले, "जैक, मेरे दिमाग़ में काफ़ी समय से एक बात घूम रही है। इसने बरसों से मुझे परेशान और कुंठित किया है। अगर मैं रिटायर नहीं हो रहा होता, तो मैं यह बात आपसे पूछने की कभी हिम्मत नहीं कर पाता। आपने और मैंने इस कंपनी में लगभग एक साथ शुरुआत की थी, लेकिन आज आप एक्ज़ीक्यूटिव वाइस-प्रेसिडेंट हैं और मैं कभी प्रबंधन की मध्यम श्रेणी के ऊपर नहीं उठ पाया। मुझसे कहाँ ग़लती हुई? मैंने हमेशा बेहतरीन काम किया है। मेरे अधिकारियों ने हमेशा मेरे काम की उत्कृष्ट समीक्षाएँ की हैं। मैंने हमेशा हर वह चीज़ की है, जो मुझसे करने को कहा गया और मैंने उसे अच्छी तरह किया है। आपने ऐसा क्या किया, जो मैंने नहीं किया और जिसकी वजह से आप मुझसे इतनी आगे पहुँच गए?"

"लियो, आपने अपने सवाल का ख़ुद ही जवाब दे दिया है। आपने हर वह चीज़ की, जो आपसे करने को कही गई, लेकिन आपने बस इतना ही किया। मैं इस पद पर इसलिए पहुँचा, क्योंकि मैंने अपने नियमित कामों से ज़्यादा करने की पहल की। मैंने वे काम करने की स्वैच्छिक पेशकश की, जो कोई दूसरा नहीं चाहता था। मैंने नए विचार सोचे और शीर्ष प्रबंधन को उन पर अमल करने के लिए राज़ी किया। निश्चित रूप से मैंने जोखिम लिया, क्योंकि कुछ विचार कारगर नहीं रहे, जिनसे कंपनी को घाटा हुआ। बहरहाल, मैंने ख़ुद को कंपनी के लिए अमूल्य बना लिया। जब मुझे महसूस हुआ कि मुझे जिस विभाग में भेजा गया था, वहाँ मैं सब कुछ सीख गया हूँ, तो मैंने दूसरे विभाग में तबादला माँगा, जहाँ मैं कंपनी के बारे में ज़्यादा सीख सकता था और अतिरिक्त योगदान दे सकता था। अपनी नौकरी को अच्छी तरह करना महत्त्वपूर्ण है और यह बाक़ी सब चीज़ों की बुनियाद है। लेकिन इंसान को अपने तय कामों से ज़्यादा करना होता है, तभी वह शीर्ष मैनेजरों की निगाह में आता है, जो तरक्की देने का निर्णय लेते हैं।"

बहुत सारे लोग लियो, मेरिडिथ और शायद विक्टर की तरह होते हैं। वे अच्छा काम करते हैं और उम्मीद करते हैं कि इतना ही काफ़ी होगा। यह

महत्त्वपूर्ण है, लेकिन जैसा जैक ने कहा था, सचमुच तरक्की करने के लिए इंसान को अपनी क्षमताओं को बढ़ाना चाहिए।

क्यों को समझना

यदि हमें दरकिनार करके दूसरों को तरक्की दी जा रही है, तो ध्यान से सोचें कि हम ऐसा क्या कर सकते हैं, जिससे अगले अवसर पर हमारे नाम पर विचार किया जाए। इन दस सवालों के जवाब दें :

1. मैं अपने वर्तमान काम को कंपनी के लिए ज़्यादा मूल्यवान कैसे बना सकता हूँ?
2. इस कंपनी के लिए मैं ऐसा क्या कर सकता हूँ, जो इस वक़्त नहीं कर रहा हूँ?
3. किन तरीक़ों से मैं अपने विभाग में होने वाली चीज़ों को बेहतर बना सकता हूँ?
4. मैं काम के कौन से नए पहलू सीख सकता हूँ, ताकि मैं इस संगठन के लिए ज़्यादा मूल्यवान बन जाऊँ?
5. मैं अपने अधिकारियों को यह कैसे बता सकता हूँ कि मैं ज़्यादा ज़िम्मेदारी लेना चाहता हूँ?
6. मैं इस बारे में कैसे पता लगा सकता हूँ कि दूसरे विभाग क्या कर रहे हैं, जो मेरे लक्ष्यों में मदद कर सकता है?
7. अगर मैं अपने वर्तमान काम में शिखर पर पहुँच गया हूँ, तो क्या संगठन के भीतर दूसरे काम हैं, जिन्हें मैं कर सकता हूँ?
8. क्या दूसरे लोग कोई काम नहीं करना चाहते, जिसे करने की मैं स्वैच्छिक पेशकश कर सकता हूँ?
9. अपने अधीनस्थों के प्रदर्शन को बेहतर करके मैं मैनेजर के रूप में अपनी उपलब्धियों को कैसे बेहतर बना सकता हूँ?
10. क्या मैं वह समर्पण और त्याग करने व आवश्यक जोखिम लेने के लिए तैयार हूँ, जिसकी बदौलत मुझे प्रबंधन की सीढ़ी पर ऊपर उठने का अधिकार मिल जाए?

अपनी तक़दीर के स्वामी बनें

अपनी कुंठाओं का दोष तंत्र पर न मढ़ें... जब तक कि तंत्र सचमुच ही दोषी न हो। अगर हम ईमानदार मूल्यांकन करते हैं कि हम अपने लक्ष्य तक क्यों नहीं पहुँच रहे हैं और इसमें पता चलता है कि हम उससे उबरने के लिए कुछ कर सकते हैं, तो यह पता लगाएँ कि वह क्या है, जो हम इस समय नहीं कर रहे हैं और उसे सुधार लें। सिर्फ़ अच्छे नहीं, बल्कि उत्कृष्ट कर्मचारी बनने का लक्ष्य रखें। इस दिशा में स्पष्ट क़दम उठाकर हम अपने करियर में सफलता की राह पर पहुँच जाएँगे।

> *हम सभी को आपदा और त्रासदी झेलनी पड़ सकती है और उन्हें परास्त करना पड़ सकता है - यदि हम यह ठान लें। शायद हम यह सोचते हैं कि हम ऐसा नहीं कर सकते, लेकिन हमारे पास बेहद शक्तिशाली आंतरिक संसाधन होते हैं, जो हमें सारी मुसीबतों से निकाल ले जाएँगे, बशर्ते हम उनका इस्तेमाल करें। हम ख़ुद को जितना शक्तिशाली मानते हैं, हम उससे ज़्यादा शक्तिशाली होते हैं।*
>
> **—डेल कारनेगी**

निराशा या हार से उबरना

चाहे व्यवसाय में हो या जीवन के दूसरे पहलुओं में, किसी बड़ी निराशा के बाद इंसान का मनोबल रसातल में पहुँच सकता है और उसके आत्म-विश्वास को गंभीर झटका लग सकता है। अगर स्थिति को तुरंत न सुधारा जाए, तो निराशा आत्म-दया, असफलता और अप्रसन्नता में बदल सकती है।

क्लाइड ने सोचा, "मैं नहीं सोचता कि मैं इस ग्राहक की हानि से कभी उबर पाऊँगा।" वह बहुत ही निराश था। द लिंकन मैन्युफ़ैक्चरिंग कंपनी कई सालों से उसकी सबसे बड़ा ग्राहक थी और उसकी 30 प्रतिशत आमदनी के लिए ज़िम्मेदार थी। उसे अभी-अभी पता चला था कि कंपनी टोलेडो का प्लांट बंद करने वाली थी और अपने ह्यूस्टन प्लांट के साथ इसका विलय करने वाली थी।

अगले कुछ सप्ताह तक क्लाइड अपने नुक़सान पर चिंता करता रहा। उसके सेल्स मैनेजर ने उससे बात करके उसे प्रेरित करने की कोशिश की

दीं, उसे नए ग्राहक विकसित करने के लिए प्रोत्साहित किया, उसे अतिरिक्त संभावित नाम बताए, लेकिन किसी चीज़ से मदद नहीं मिली।

वह संभावित ग्राहकों से मिलने तो गया, लेकिन उसकी प्रस्तुतियाँ सामान्य थीं। उसे अपनी योग्यताओं पर जो शक हो रहा था, उन्हें ग्राहकों ने भाँप लिया, इसलिए वह बिक्री करने में कामयाब नहीं हुआ।

बड़े झटके के बाद मिली इन असफलताओं ने स्थिति को बदतर बना दिया। क्लाइड गहरी निराशा में डूब गया और गंभीरता से विचार करने लगा कि वह बिक्री का करियर छोड़कर किसी आसान करियर में जाए।

यथार्थवादी और हासिल हो सकने वाले लक्ष्य तय करें

क्लाइड ने सफल सेल्समैन बनने के लिए कड़ा संघर्ष किया था। बरसों की मेहनत पर पानी फेरना ग़लत क़दम था। अपने सेल्स मैनेजर की सहायता से उसने "शोक" की राह पर अपना रास्ता तय किया, जो किसी गंभीर नुक़सान के बाद हमेशा आता है। अंत में उसने इस सच्चाई को स्वीकार कर लिया कि ग्राहक के खोने का उसकी क्षमता से कोई संबंध नहीं था। उसमें अब भी वही क्षमता और प्रेरणा थी, जिसकी वजह से वह लिंकन और दूसरे ग्राहकों को बेचने में कामयाब हुआ था। उसे नए विश्वास और उत्साह के साथ दोबारा नई शुरुआत करनी थी। इस आत्म-विश्वास को हासिल करने का इकलौता तरीक़ा यह था कि वह ग्राहकों से सफलतापूर्वक सेल्स ला सके। उसने अपने लिए नए लक्ष्य बनाए और उन पर अपने मैनेजर से चर्चा की।

"आर्ट, मैं छह महीने में इस बिजनेस को बदल दूँगा।"

"बढ़िया, क्लाइड। आपकी कार्ययोजना क्या है?"

"मैं काम करूँगा, सचमुच मेहनत से और लगन से काम करूँगा और मैं इसे करके दिखा दूँगा।"

"मुझे ख़ुशी है कि आप ऐसा महसूस करते हैं, लेकिन चलिए बाज़ार का अध्ययन करते हैं और यथार्थवादी लक्ष्य तय करते हैं। अगर आप बहुत कम समय में बहुत ऊँचा लक्ष्य बना लेते हैं, तो संभवतः आप इसे हासिल नहीं कर पाएँगे। छोटे लक्ष्य तय करना ज़्यादा महत्त्वपूर्ण है, जिन्हें हासिल करने का आपको विश्वास हो। इसके बाद उनसे ऊपर का रास्ता तय करें।"

आर्ट की बात सही थी। वापसी करने का सबसे अच्छा तरीक़ा नई सफलताओं का स्वाद चखना है। यदि शुरुआती लक्ष्य बहुत ज़्यादा ऊँचे हों, तो उनके हासिल होने की संभावना कम होती है। यथार्थवादी और हासिल हो सकने वाले लक्ष्य तय करें। जब भी हम किसी छोटे लक्ष्य को हासिल करते हैं, तो हम अपनी नज़रों में अपनी विश्वसनीयता बढ़ा लेते हैं।

हम ख़ुद को अपनी क्षमता का प्रमाण दे रहे हैं। इससे हमारे अगले क़दम की नींव ठोस बनती है। सफलता से सफलता उत्पन्न होती है। आर्ट की सलाह पर अमल करके क्लाइड न सिर्फ़ अपने खोए हुए ग्राहक की जगह पर दूसरा ग्राहक बनाने में सक्षम हुआ, बल्कि उसने अगले कुछ महीने में अपनी बिक्री भी बढ़ा ली।

अतीत की उपलब्धियों पर ध्यान केंद्रित करें

मेरिबेथ का विवाह किसी तबाही से कम नहीं था। पूर्व-पति के लगातार फटकारने की वजह से एक उत्साही और आत्म-विश्वासी महिला भयभीत, निराश तथा पराजित बन चुकी थी। उसने स्नातक की पढ़ाई पूरी करने के ठीक बाद शादी कर ली थी। हालाँकि वह पढ़ाना चाहती थी, लेकिन उसके पति ने उसे बैंक में क्लर्क बनने के लिए तैयार कर लिया। उसे लगा कि वह बेहतर कर सकती है, लेकिन पति उससे कहता रहा कि वह ज़िम्मेदारी के किसी पद के योग्य नहीं है। पति उसके हर काम में दोष निकालता था और उसे नीचा दिखाकर अपने अहं को फुलाता था। इसके तीन साल बाद मेरिडिथ ने उसे तलाक़ दे दिया और अपने जीवन को नए सिरे से बनाने की कोशिश की।

उसने अपने अतीत की समीक्षा की और उसे अहसास हुआ कि कॉलेज के दिनों में वह सबसे ख़ुश और सबसे सफल थी।

उसने एक स्थानीय कॉलेज में नाम लिखा लिया। क्लास में उसकी सहभागिता, शोध रिपोर्ट और उत्कृष्ट ग्रेड ने उसकी सफलता की मानसिक छवि मज़बूत हुई। इससे उसे मास्टर्स डिग्री का आवेदन करने का साहस मिला, जहाँ उसने उतना अच्छा प्रदर्शन किया कि उसे डिग्री पाने के बाद शिक्षक बनने का प्रस्ताव मिल गया।

अतीत की उपलब्धियों पर ध्यान केंद्रित करके और उन्हें दोहराने के अवसर खोजकर मेरिडिथ ने ख़ुद को निराशा से बाहर खींचा और उछलकर सुखद व संतुष्टिदायक जीवन में पहुँच गई।

"चिंता" को "परवाह" में बदलें

कार्लोस सो नहीं पाता था। उसे चिंता का रोग हो गया था। एक सप्ताह बाद उसका नया बॉस आने वाला था। एक अजनबी। पुराने बॉस से उसकी बहुत अच्छी पटरी बैठती थी, लेकिन रिटायर होते समय किसी पुराने कर्मचारी को सुपरवाइज़र बनाने के बजाय उन्होंने एक बाहरी व्यक्ति को नियुक्त कर दिया। "शायद यह नया आदमी बहुत सख़्त होगा; संभवतः वह मुझे पसंद नहीं करेगा।"

अगले कुछ दिनों तक वह अपनी नौकरी में घबराया हुआ था और उसे सोने में बहुत मुश्किल आ रही थी। उसने ग़ौर किया कि उसका मित्र और सहकर्मी टोनी विचलित नहीं लग रहा है। उसने उससे पूछा, "टोनी, क्या आप नए बॉस के बारे में चिंतित नहीं हैं?"

टोनी ने अपना सिर हिलाया। "बेशक मुझे परवाह है। वे यहाँ बहुत से परिवर्तन कर सकते हैं। लेकिन मुझे चिंता नहीं है। वह सबसे बुरी चीज़ क्या है, जो हो सकती है? देखिए, सबसे बुरा यह है कि वे मुझे नौकरी से निकाल सकते हैं। अगर वे मुझे नौकरी से निकाल देते हैं, तो यहाँ मैंने अच्छी योग्यताएँ हासिल कर ली हैं, इसलिए मुझे आराम से नई नौकरी मिल जाएगी। वैसे ऐसा कोई असली कारण नहीं है, जिसकी वजह से वे मुझे नौकरी से निकालें। मैंने अच्छा काम किया है और आगे भी करता रहूँगा। यदि वे परिवर्तन करते हैं, तो मैं उन्हें झेल लूँगा - और अगर मैं नहीं झेल पाया, तो आस-पास दूसरी नौकरियाँ मौजूद हैं। तो फिर चिंता क्यों करना?"

यह बात कार्लोस के दिल में उतर गई। वह बिना चिंता के काम करने लगा और इसके बाद उसकी रातों की नींद नहीं उड़ी। वह परवाह तो करेगा, लेकिन चिंता नहीं करेगा। चिंता को नियंत्रित करने वाले सूत्रों को दिमाग़ में रखकर वह इस स्थिति को सँभालने में कामयाब हुआ।

निराशा को हराना

हम सभी में पलटकर उछलने और नीचे गिराने वाली गड़बड़ परिस्थितियों या निराशाओं को हराने की क्षमता होती है। हम मूर्त समस्याओं को सही करने के लिए काम कर सकते हैं, लेकिन हमें उस मनोवैज्ञानिक डिप्रेशन से उबरने के स्पष्ट प्रयास भी करने होंगे, जो हमारी शक्तियों और ऊर्जा को चूस सकते हैं।

जब निराशाएँ वार करें, तो अपनी आशा धुँधली न होने दें। चमकता नारंगी सूरज अब भी वहाँ पर है। यह तो बस कुछ समय के लिए छिपा हुआ है। काले बादलों के पीछे। हो सकता है कि उन आशा भरी किरणों तक पहुँचने का रास्ता दूसरों की गहन ईर्ष्या द्वारा बाधित हो, अत्यधिक क्रोध द्वारा विकृत हो या तेज़ रोशनियों से अवरुद्ध हो, जो हमें अति सावधान बना सकती हैं। वापस सही बनने के लिए हमें स्पष्ट रूप से अपने लक्ष्यों का मानसिक चित्र देखना चाहिए और अपनी समस्याओं से उबरने के लिए अपने उत्साह की तप्त लपटों को हवा देनी चाहिए, ताकि शक्ति और संकल्प की सुकून भरी गर्मी मिले, जिसकी बदौलत हम उन गहरे गड्ढों के ऊपर छलाँग लगाने में सक्षम बनें, जो हमें अपने लक्ष्यों तक पहुँचने से रोकते हैं। इस तरह हम अपने जीवन की निराशाओं को चमकती सुनहरी आशा में बदल सकते हैं।

सार

- हम अपने सभी प्रयासों में सफल नहीं हो सकते। सफलता की ख़ुशी के साथ असफलता का दुख भी जुड़ा रहता है। असफलताओं पर सृजनात्मक प्रतिक्रिया करके हम अक्सर उन्हें सफलताओं में बदल सकते हैं।
- हमें समय-समय पर असफलताएँ मिलने की संभावना का ध्यान करना चाहिए और उनसे निराश न होना सीखना चाहिए।
- यदि हम मैनेजर हैं, तो अपने स्टाफ़ के असफल होने पर उसे प्रोत्साहित करना और उसे सफल होने का प्रशिक्षण देना हमारी ज़िम्मेदारी है।
- सफल होने के लिए अच्छा प्रदर्शन करना ही काफ़ी नहीं है। सचमुच

आगे निकलने के लिए हमें अपेक्षा से बहुत ज़्यादा प्रदर्शन करना चाहिए, नवाचारी होना चाहिए और जोखिम लेने का साहस रखना चाहिए।

- प्रसन्नचित्त मानसिक नज़रिया विकसित करने के लिए डेल कारनेगी की सलाह पर चलें :

1. अपने मन को शांति, साहस, स्वास्थ्य और आशा के विचारों से भर लें।
2. अपने शत्रुओं के साथ हिसाब बराबर करने की कोशिश न करें।
3. कृतघ्नता की अपेक्षा रखें।
4. अपनी मुश्किलें नहीं - अपने वरदान गिनें।
5. दूसरों की नक़ल न करें।
6. अपने नुक़सानों से फ़ायदा उठाने की कोशिश करें।
7. दूसरों को ख़ुशी दें।

परिशिष्ट अ

डेल कारनेगी के बारे में

डेल कारनेगी एक नवप्रवर्तक थे, जिन्होंने मानवीय संभावना या क्षमता अभियान के क्षेत्र में महत्त्वपूर्ण भूमिका निभाई। उनके शिक्षण और लेखन ने पूरे संसार के लोगों को आत्म-विश्वासी, लोकप्रिय और प्रभावी व्यक्ति बनाने में मदद की है।

1912 में कारनेगी ने न्यू यॉर्क सिटी के वायएमसीए में सार्वजनिक संभाषण में अपना पहला कोर्स शुरू किया। उस वक़्त के ज़्यादातर सार्वजनिक संभाषण कोर्सों की तरह ही कारनेगी ने भी एक सैद्धांतिक व्याख्यान से क्लास शुरू की, लेकिन जल्दी ही उन्होंने देखा कि क्लास के सदस्य ऊब रहे थे और बेचैन दिख रहे थे। कुछ नया करने की ज़रूरत थी।

एक दिन डेल ने अपना व्याख्यान रोक दिया और पीछे वाली क़तार के एक व्यक्ति की ओर इशारा करके कहा कि वह खड़े होकर अपनी पृष्ठभूमि के बारे में तुरंत कुछ बताए। जब उस विद्यार्थी की बात पूरी हो गई, तो उन्होंने दूसरे विद्यार्थी से बोलने को कहा और यह सिलसिला तब तक चलता रहा, जब तक कि कक्षा के हर विद्यार्थी ने अपने बारे में छोटा आशु-व्याख्यान नहीं दे दिया। उनके पास अपनी क्लास के साथियों का प्रोत्साहन और कारनेगी का मार्गदर्शन था, इसलिए हर एक ने अपने डर से उबरकर संतोषजनक व्याख्यान दिया। कारनेगी ने बाद में कहा, “मैं क्या कर रहा था, यह जाने बिना ही मुझे अचानक डर को जीतने की सर्वश्रेष्ठ पद्धति मिल गई।”

उनका कोर्स इतना लोकप्रिय हो गया कि उनसे इसे दूसरे शहरों में देने का आग्रह किया गया। समय गुज़रने के साथ वे अपने कोर्स की सामग्री को बेहतर बनाते गए। उन्हें पता चला कि विद्यार्थियों की सबसे ज़्यादा रुचि आत्म-विश्वास बढ़ाने, अपने संबंधों को बेहतर बनाने, अपने करियर में सफल होने और डर व चिंता से उबरने में थी। इसके फलस्वरूप कोर्स सार्वजनिक संभाषण से हटकर इन मसलों पर केंद्रित हो गया। ये व्याख्यान लक्ष्य के बजाय माध्यम बन गए।

उन्होंने अपने विद्यार्थियों से जो सीखा, उसके अलावा कारनेगी ने सफल स्त्री-पुरुषों के जीवन पर व्यापक शोध किया। उन्होंने इसे अपनी कक्षाओं में शामिल किया। इसके फलस्वरूप उन्होंने बाद में अपनी सबसे मशहूर पुस्तक *हाउ टु विन फ़्रेंड्स ऐंड इन्फ़्लुएंस पीपल* लिखी।

यह पुस्तक तुरंत बेस्टसेलर बन गई और 1936 में इसके प्रकाशन (1981 में इसके संशोधित संस्करण) से आज तक इसकी 2 करोड़ प्रतियाँ बिक चुकी हैं। इसका अनुवाद 36 भाषाओं में किया गया है। 2002 में *हाउ टु विन फ़्रेंड्स ऐंड इन्फ़्लुएंस पीपल* को 20वीं सदी की नंबर वन बिज़नेस बुक घोषित किया गया। 2008 में *फ़ॉरच्यून* पत्रिका इसे उन सात पुस्तकों में से एक क़रार दिया, जो हर लीडर की लाइब्रेरी में होनी चाहिए। उनकी पुस्तक *हाउ टु स्टॉप वरीइंग ऐंड स्टार्ट लिविंग* 1948 में लिखी गई। इसकी भी करोड़ों प्रतियाँ बिकीं और 27 भाषाओं में इसका अनुवाद हो चुका है।

> डेल कारनेगी का निधन 1 नवंबर 1955 को हुआ। वॉशिंगटन के अख़बार में छपी श्रद्धांजलि समाज के प्रति उनके योगदान का सार है : "डेल कारनेगी ने सृष्टि के गहरे रहस्यों में से एक भी रहस्य को नहीं सुलझाया। लेकिन शायद अपनी पीढ़ी के किसी दूसरे व्यक्ति से अधिक उन्होंने इंसानों को यह सिखाया कि दूसरों के साथ हिल-मिलकर कैसे रहा जाता है - जो कई बार सभी की सबसे बड़ी ज़रूरत नज़र आती है।"

डेल कारनेगी ऐंड एसोसिएट्स के बारे में :

1912 में स्थापित डेल कारनेगी ट्रेनिंग स्व-सुधार की शक्ति में एक व्यक्ति के विश्वास से विकसित होकर प्रदर्शन-आधारित प्रशिक्षण कंपनी बन चुकी

है, जिसके पूरे संसार में ऑफ़िस हैं। यह व्यवसाय में कार्यरत लोगों को अपनी योग्यताएँ पैनी करने का अवसर देने और सकारात्मक, स्थायी व लाभकारी परिणाम पाने के लिए उनके प्रदर्शन को बेहतर बनाने पर ध्यान केंद्रित करती है।

डेल कारनेगी के ज्ञान के मौलिक भंडार को लगभग एक सदी के वास्तविक कारोबारी अनुभवों के ज़रिये लगातार अद्यतन किया गया है, व्यापक बनाया गया है और तराशा गया है। पूरे संसार में कार्यरत 160 डेल कारनेगी फ्रैंचाइज़ी अपने प्रशिक्षण व परामर्शदाता सेवाओं का उपयोग सभी व्यावसायिक क्षेत्रों में कार्यरत सभी आकार की कंपनियों के ज्ञान और प्रदर्शन बढ़ाने के लिए करते हैं। इस सामूहिक, वैश्विक अनुभव का परिणाम कारोबारी कुशाग्रता का व्यापक होता भंडार है, जिस पर हमारे ग्राहक व्यावसायिक परिणाम देने के लिए भरोसा कर सकते हैं।

डेल कारनेगी ट्रेनिंग का मुख्यालय हॉपाग, न्यू यॉर्क में है और यह अमेरिका के सभी 50 राज्यों और 75 से अधिक देशों में कार्यरत है। 2,700 से ज़्यादा प्रशिक्षक 25 से अधिक भाषाओं में डेल कारनेगी ट्रेनिंग प्रोग्राम देते हैं। डेल कारनेगी ट्रेनिंग पूरे विश्व के व्यावसायिक समुदाय की सेवा करने के प्रति समर्पित है। अब तक लगभग 70 लाख लोग डेल कारनेगी ट्रेनिंग ले चुके हैं।

डेल कारनेगी ट्रेनिंग ऐसे प्रोग्राम तैयार करके व्यावहारिक सिद्धांतों और प्रक्रियाओं पर ज़ोर देती है, जो लोगों को वह ज्ञान, योग्यताएँ और आदतें सिखाती है, जिनकी ज़रूरत उन्हें अपने व्यवसाय का मूल्य बढ़ाने के लिए होती है। आज़माए हुए समाधानों को असल संसार की चुनौतियों से जोड़ने की बदौलत डेल कारनेगी ट्रेनिंग को अंतरराष्ट्रीय रूप से लीडर माना जाता है, जो लोगों के सर्वश्रेष्ठ स्वरूप को उजागर करती है।

इन प्रोग्रामों में हिस्सा लेने वालों में बड़े कॉरपोरेशनों के सीईओ, हर आकार-प्रकार व वाणिज्यिक व औद्योगिक गतिविधि के व्यवसायों के मालिक व मैनेजर, शासन के विधायक और कार्यपालिका के अधिकारी तथा असंख्य व्यक्ति शामिल हैं, जिनका जीवन इस अनुभव से समृद्ध हुआ है।

ग्राहक संतुष्टि पर आयोजित वैश्विक सर्वे में डेल कारनेगी ट्रेनिंग के 99 प्रतिशत स्नातकों ने प्रशिक्षण से संतुष्टि व्यक्त की है।

संपादक के बारे में

इस पुस्तक को डॉ. आर्थर आर. पेल ने संकलित और संपादित किया है, जो डेल कारनेगी ऐंड एसोशिएट्स में 22 साल तक परामर्शदाता थे और उन्हें कंपनी ने डेल कारनेगी की *हाउ टु विन फ़्रेंड्स ऐंड इन्फ़्लुएंस पीपल* का संपादन करने और उसे अद्यतन करने के लिए चुना था। उन्होंने *एनरिच युअर लाइफ़, द डेल कारनेगी वे* भी लिखी है और उन्होंने डेल कारनेगी के मासिक *फ़ीचर द ह्यूमन साइड* को भी लिखा व संपादित किया है, जिसे 150 व्यापारिक व पेशेवर पत्रिकाओं में प्रकाशित किया जाता है।

उन्होंने प्रबंधन, मानव संबंधों और स्व-सुधार पर 50 से अधिक पुस्तकें और सैकड़ों लेख लिखे हैं। अपने ख़ुद के लेखन के अलावा डॉ. पेल ने मानव क्षमता क्षेत्र में कई कालजयी पुस्तकों के संपादन और अद्यतन करने का काम किया है, जैसे नेपोलियन हिल की *थिंक ऐंड ग्रो रिच*, जोसेफ़ मर्फ़ी की *द पॉवर ऑफ़ युअर सबकॉन्शियस माइंड*, जेम्स एलन की *एज़ अ मैन थिंकेथ*, युरिटोमो ताशी की *कॉमन सेन्स*, और ओरिसन स्वेट मार्डन, जूलिया सेटन तथा वैलेस डी. वैटल्स की पुस्तकें।

परिशिष्ट – ब

डेल कारनेगी के सिद्धांत

एक दोस्ताना इंसान बनें

1. आलोचना न करें, निंदा न करें या शिकायत न करें।
2. ईमानदार, सच्ची प्रशंसा करें।
3. सामने वाले व्यक्ति में उत्सुकता जगाएँ।
4. दूसरों में सच्ची रुचि लें।
5. मुस्कराएँ।
6. याद रखें कि किसी व्यक्ति का नाम उस व्यक्ति के लिए किसी भी भाषा का सबसे मधुर शब्द होता है।
7. अच्छे श्रोता बनें। दूसरों को उनके बारे में बात करने के लिए प्रोत्साहित करें।
8. सामने वाले की रुचियों के संदर्भ में बात करें।
9. सामने वाले को महत्त्वपूर्ण महसूस कराएँ - और इसे ईमानदारी से करें।
10. किसी भी बहस में जीतने के लिए - इससे बचें।
11. सामने वाले की राय के प्रति सम्मान दिखाएँ। कभी किसी व्यक्ति से यह न कहें कि वह ग़लत है।

12. यदि आप ग़लत हैं, तो इसे तुरंत, ज़ोर देकर स्वीकार करें।
13. दोस्ताना अंदाज़ में शुरुआत करें।
14. सामने वाले व्यक्ति से तुरंत "हाँ" कहलाएँ।
15. सामने वाले व्यक्ति को ज़्यादा बातचीत करने दें।
16. सामने वाले व्यक्ति को यह महसूस कराएँ कि यह विचार उसका है।
17. सामने वाले के दृष्टिकोण से स्थिति को देखने की ईमानदार कोशिश करें।
18. सामने वाले के विचारों और इच्छाओं के साथ सहानुभूति रखें।
19. ज़्यादा बड़े उद्देश्य बताकर आग्रह करें।
20. अपने विचारों का नाटकीयकरण करें।
21. चुनौती दें।
22. प्रशंसा और सच्ची क़द्र से शुरुआत करें।
23. लोगों की ग़लतियों की ओर अप्रत्यक्ष रूप से ध्यान दिलाएँ।
24. सामने वाले की आलोचना करने से पहले अपनी ख़ुद की ग़लतियों के बारे में बात करें।
25. सीधे आदेश देने के बजाय प्रश्न पूछें।
26. सामने वाले को अपनी लाज बचाने दें।
27. हल्के से सुधार की प्रशंसा करें और हर सुधार की प्रशंसा करें। "अपने अनुमोदन में दिलदार बनें और अपनी प्रशंसा में उदार बनें।"
28. सामने वाले को एक अच्छी प्रतिष्ठा दें, जिसे वह क़ायम रख सके।
29. प्रोत्साहन का इस्तेमाल करें। ऐसा दिखाएँ कि ग़लती को सुधारना आसान है।
30. सामने वाले व्यक्ति को वह चीज़ करने के बारे में ख़ुश बनाएँ, जिसका आप सुझाव देते हैं।
31. चिंता की आदत को तोड़ें, इससे पहले कि यह आपको तोड़ दे।

32. व्यस्त रहें।

33. छोटी-छोटी बातों का बतंगड़ न बनाएँ।

34. अपनी चिंताओं को दूर करने के लिए औसत के नियम का इस्तेमाल करें।

35. अवश्यंभावी के साथ सहयोग करें।

36. यह निर्णय लें कि किसी चीज़ के बारे में कितनी चिंता करनी चाहिए और उसके बारे में उससे ज़्यादा चिंता न करें।

37. अतीत के बारे में चिंता न करें।

38. एक ऐसा मानसिक नज़रिया विकसित करें, जो आपको शांति और ख़ुशी दे।

39. अपने दिमाग़ में शांति, साहस, स्वास्थ्य और आशा के विचार भर लें।

40. अपने शत्रुओं से बदला लेने की कोशिश न करें।

41. कृतघ्नता की अपेक्षा करें।

42. अपनी मुश्किलों के बजाय अपने वरदान गिनें।

43. दूसरों की नक़ल न करें।

44. अपने नुक़सानों से लाभ उठाने की कोशिश करें।

45. दूसरों को ख़ुशी दें।

चिंता से उबरने के बुनियादी सिद्धांत

1. “डे-टाइट कम्पार्टमेंट” में जिएँ।
2. मुश्किल का सामना कैसे करें?
3. ख़ुद से पूछें, “वह सबसे बुरा क्या है, जो संभवतः हो सकता है?”
4. सबसे बुरे को स्वीकार करने के लिए तैयार हो जाएँ।
5. सबसे बुरे को बेहतर बनाने की कोशिश करें।
6. ख़ुद को याद दिलाएँ कि अगर आप चिंता करते हैं, तो अपने

स्वास्थ्य के संदर्भ में आपको कितनी भारी क़ीमत चुकानी पड़ सकती है।

चिंता का विश्लेषण करने की बुनियादी तकनीकें

1. सारे तथ्य इकट्ठे करें।
2. सभी तथ्यों को तौलें - फिर किसी निर्णय पर पहुँचें।
3. एक बार जब निर्णय पर पहुँच जाएँ, तो फिर काम करें!
4. नीचे दिए गए प्रश्नों को लिखें और उनका जवाब दें :
    - समस्या क्या है?
    - समस्या के कारण क्या हैं?
    - संभव समाधान क्या हैं?
    - सर्वश्रेष्ठ संभव समाधान क्या है?

अनुवादक के बारे में

डॉ. सुधीर दीक्षित *टाइम मैनेजमेंट, सफलता के सूत्र, 101 मशहूर ब्रांड्स* और *अमीरों के पाँच नियम* सहित सात लोकप्रिय पुस्तकों के लेखक हैं, जिनमें से कुछ के मराठी व गुजराती भाषाओं में अनुवाद हो चुके हैं। इसके अलावा उन्होंने हैरी पॉटर सीरीज़, चिकन सूप सीरीज़ तथा मिल्स ऐंड बून सीरीज़ सहित 150 से भी अधिक अंतर्राष्ट्रीय बेस्टसेलर्स का हिंदी अनुवाद किया है, जिनमें रॉन्डा बर्न, डेल कारनेगी, नॉर्मन विन्सेन्ट पील, स्टीफ़न कवी, रॉबर्ट कियोसाकी, जोसेफ़ मर्फ़ी, एडवर्ड डी बोनो, ब्रायन ट्रेसी आदि बेस्टसेलिंग लेखक शामिल हैं। उन्होंने मशहूर भारतीय क्रिकेट खिलाड़ी सचिन तेंदुलकर की आत्मकथा *प्लेइंग इट माय वे* का हिंदी अनुवाद भी किया है।

हिंदी साहित्य और अँग्रेज़ी साहित्य में स्नातक की उपाधि लेने के अतिरिक्त डॉ. दीक्षित अँग्रेज़ी साहित्य में एम.ए. तथा पीएच.डी. भी हैं। उनकी साहित्यिक अभिरुचि की शुरुआत हिंदी जासूसी उपन्यासों से हुई, जिसके बाद उन्होंने अँग्रेज़ी के सभी उपलब्ध जासूसी उपन्यास पढ़े। वे अगाथा क्रिस्टी और आर्थर कॉनन डॉयल के लगभग सभी उपन्यास व कहानियाँ पढ़ चुके हैं।

कॉलेज के दिनों में डेल कारनेगी की पुस्तकों का उन पर गहरा प्रभाव पड़ा। कॉलेज की शिक्षा पूरी करने के बाद डॉ. दीक्षित ने *दैनिक भास्कर, नई दुनिया, फ़्री प्रेस जर्नल, क्रॉनिकल, नैशनल मेल* आदि समाचार पत्रों में कला, नाटक एवं फ़िल्म समीक्षक के रूप में शौक़िया पत्रकारिता की। उन्हें म.प्र. फ़िल्म विकास निगम द्वारा फ़िल्म समीक्षा के लिए पुरस्कृत भी किया गया। चेतन भगत और डैन ब्राउन उनके प्रिय लेखक हैं। डॉ. दीक्षित को पाठक sdixit123@gmail.com पर फ़ीडबैक प्रदान कर सकते हैं।